십이 (十二天門) 천문

십이천문 2

허담 新무협 판타지 소설

초판 1쇄 찍은 날 § 2018년 11월 20일
초판 1쇄 펴낸 날 § 2018년 11월 27일

지은이 § 허담
펴낸이 § 서경석

총괄팀장 § 최하나
편집책임 § 김경민

펴낸곳 § 도서출판 청어람
등록번호 § 제387-1999-000006호
등록일자 § 1999. 5. 31
어람번호 § 제2-2759호

주소 § 경기도 부천시 부일로 483번길 40 서경B/D 3F (우) 14640
전화 § 032-656-4452 팩스 § 032-656-4453
http://www.chungeoram.com
E-mail § chungeorambook@daum.net

ISBN 979-11-04-91874-2 04810
ISBN 979-11-04-91872-8 (세트)

도서출판 청어람

십이천문

十二天門

2

북두산문 下

담 新무협 판타지 소설

ANTASTIC ORIENTAL HEROES

십이천문

十二天門

目次

제1장
백가(家)의 수련동(修鍊洞)

"이런 젠장!"

쾅!

불사 나왕이 무너진 석문을 주먹으로 치며 욕설을 터뜨렸다.

쿠르릉!

강력한 나왕의 장력을 맞은 석문이 잠시 흔들렸지만, 고수의 내공이 실린 장력을 맞고도 크게 흠집이 나지 않았다. 다만 문 주위로 켜켜이 쌓인 벽돌 모양의 흑석들이 조금씩 진동을 일으켜 그 사이로 먼지들이 흘러나올 뿐이었다.

"어쩌죠?"

적월이 걱정스러운 표정으로 물었다.

"그러게 말이다. 이곳까지 막혀 있을 줄은 몰랐구나."

나왕도 고개를 저으며 말했다.

검신 백초산의 유해가 있던 석대 아래에서 나타난 좁은 비도는 또 다른 거대한 석실로 연결되어 있었다.

석실로 연결된 비도의 출구는 낡은 나무 침상 아래에 있었는데, 비도의 존재를 모르는 사람은 절대 비도의 출입구를 찾을수 없게 되어 있었다.

애초부터 비도와 자신만의 공간이었던 석실의 존재를 철저하게 숨기려 한 검신 백초산의 의도를 알 수 있는 배치였다.

그런데 밖으로 나갈 수 있을 거라는 기대를 안고 비도를 벗어난 두 사람은 곧 또 다른 난관에 부딪혔다. 석실의 문이었던 곳으로 추정되는 곳이 뒤쪽이 완전히 무너져 문 자체가 의미가 없어졌기 때문이다.

석실 문과 연결된 통로가 인위적으로 무너진 것인지 세월을이기지 못하고 자연적으로 무너진 것인지는 알 수 없었다.

그러나 어쨌든 문 뒤쪽 통로에 흙과 바위들이 가득 차 있다는것은 확실했다. 그건 곧 두 사람이 또 다른 석실에 고립되었다는것을 의미했다.

"그런데 이곳은 최근까지 사람들이 드나들었나 봐요."

의기소침해 있던 적월이 말했다.

"어째서?"

"저길 보세요. 병장기들이 깨끗해요."

적월이 석실 왼쪽 편에 있는 병장기들을 가리켰다. 무기들을보관하기 위해 만들어놓은 나무 보관대는 짙게 옻칠을 해 검은쇠처럼 보였는데, 그 위에 걸려 있는 병장기들이 적월의 말대로녹이 슬지 않고 시퍼런 날을 자랑하고 있었다.

"음, 이곳이 북두산문 문주들의 비밀스러운 수련 공간이라고 했었지."

죽은 자는 말이 없다지만 검신 백초산의 유언에는 자신이 죽어 있는 공간과 그 공간에서 나갈 수 있는 비도, 그리고 그 비도와 연결된 이 수련동에 대한 간단한 설명이 남아 있었다.

덕분에 적월과 나왕은 이 비밀스러운 석실이 검신 백초산이 자신과 자신의 후대 문주들을 위해 수련동으로 만든 석실이란 것을 알고 있었다.

단지 검신 백초산이 죽어 있던 수련동과 비도로 연결된 밀폐된 석실의 존재는 그의 후손인 백룡과 백완도 모르는 공간이었다.

백초산의 유언을 보면 그가 죽어 있던 공간은 자신의 신공인 마하공을 극성까지 수련하기 위해 만든 공간이었다고 한다.

마하공을 극성까지 끌어올렸을 때 수련자에게 외부의 충격이 가해지면 주화입마에 빠질 수 있기에 백초산은 세상으로부터 완벽하게 차단된 공간이 필요했던 것이다.

하지만 그 공간이 자신의 무덤이 될 줄은 백초산 자신도 예상치 못한 일이었을 것이다.

차랑!

한순간 맑은 소성이 석실에 울려 퍼졌다. 불사 나왕이 무기 보관대에서 꺼내 든 검으로 만들어내는 소리였다.

"명검이구나."

나왕이 석실에 갇힌 자신의 처지를 잊고 그의 눈앞에서 번쩍이는 검신을 보며 홀린 듯 말했다.

"백초산의 검이었을까요?"

"모르지. 그가 젊을 때 사용하던 검일지도. 하지만 그는 사십 대 후반의 나이에 이미 검의 좋고 나쁨에 구애받지 않는 검신이었다. 그즈음에는 가끔 목검으로도 적을 상대하곤 했지."

"목검으로요?"

"음… 그런 이야기가 전해진다. 솔직히 그 이야기들을 믿지 않았는데 그가 남긴 금강검을 보니 믿을 수 있을 것 같구나. 금강검의 요체는 그물처럼 섬세한 초식들로 적의 검세를 비껴내는 검법이다. 날카로움에서 목검은 쇠 검을 당할 수 없지만, 쇠 검의 검날을 정면으로 받지 않고 비껴 받을 수만 있다면 능히 적의 공격을 막아낼 수 있는 것이지."

나왕의 설명에 적월이 고개를 끄떡였다. 이미 금강검의 구결을 머릿속에 담고 있는 적월이 나왕의 설명을 이해하지 못할 리 없었다.

"결국 방위가 중요하지요?"

적월이 물었다.

"검술로는 그렇고… 하지만 결국 완성은 검의 기세를 읽는 감각이라고 해야 하지. 상대 검이 움직이는 기세를 읽어낼 수 있어야 그 방위를 차단할 수 있으니까. 검신이 남긴 금강검의 구결이 상대의 기세를 알아채는 것에 많은 부분을 할애한 것은 다 그런 이유가 있는 것이다."

"어려운 검법이에요. 검이 아니라 눈과 육감을 수련해야 하는 검법이라니."

"어쨌든 널 위해 준비된 검법이라 할 수 있다. 말했지만 일살검과는 완벽하게 보완적인 검법이니까. 어떤 상황에서도 충실히 수련해라."

나왕이 정색을 하며 말했다.

"알았어요. 이미 시작했어요."

"그래, 그래야지. 그나저나… 이곳에 갇힌 것은 갇힌 것이지만 그렇다고 굶어 죽을 일은 없겠구나."

"무슨 말씀이세요?"

"이것 봐라. 벽곡단이다."

나왕이 무기 보관대 뒤쪽에 놓여 있는 항아리를 꺼내며 말했다. 나무 항아리에선 짙은 약향이 흘러나왔는데 안에 든 벽곡단 때문이 아니라 나무 항아리 자체에서 흘러나오는 향이었다.

"향나문가요?"

"음, 벌레들이 꼬이는 것을 막기 위해 일부러 향나무로 만든 항아리를 사용한 것 같구나. 보자……."

나왕이 항아리 안에서 벽곡단을 집어 들었다. 그러고는 코로 가져가 향기를 맡다가 그중 한 알을 입에 넣고 씹었다.

"나쁘지 않아. 상품이라고 할 순 없지만 오래 보관하기 좋게 만들어졌다. 잘 말랐고… 이런 상태면 아마 십 년이 지나도 먹을 수 있을 것 같구나."

나왕의 말에 적월이 씁쓸한 미소를 지으며 대답했다.

"사부님 말씀처럼 적어도 굶어 죽지는 않겠군요."

"그렇지. 그리고 결국 우린 이곳에서 나가게 될 것이니 그때까지는 굶지 않아도 된다는 말이지."

"어떻게요?"

"이 벽곡단이 다 떨어질 때까지 설마 무너진 출구를 뚫지 못하겠느냐?"

"하지만 지상까지의 거리가 얼마인지 모르잖아요? 더군다나 이 석실 벽들은 검으로 쳐도 흠집이 잘 생기지 않는 흑옥으로 되어 있고, 문은 저렇게 무너진 채로 막혀 있으니……."

"상관없다. 며칠이든 몇 개월이든 혹은 몇 년이든 상관없이 나갈 수 있는 길을 만들면 되는 거다. 문제는 지치지 않아야 한다는 건데, 그런 면에서 난 자신 있다. 우리 불파일문의 전통은 바로 끈기니까. 무공의 성격도 그러하고… 너도 할 수 있겠지?"

나왕이 적월을 보며 물었다.

그러자 적월이 금세 고개를 끄떡였다.

"혼자라면 모를까. 사부님과 함께라면 할 수 있어요."

"좋아. 그리고 어쩌면 네게 좋은 시간이 될지도 모른다."

"무슨 말씀이세요?"

"무공의 수련이란 세상사로부터 완전히 벗어나 있을 때 성취도 좋은 법이다? 그래서 폐관 수련을 하는 것이고. 어쩔 수 없이 이리된 것이지만 이곳에 머무는 동안 넌 무공 수련에 집중하거라. 길을 내가 내마. 수련을 위해서라면 몇 년도 짧은 법이다."

"그런 뜻으로 하신 말씀이군요. 그렇다면 알겠습니다, 사부님!"

적월이 순순히 나왕의 말에 대답했다.

사실 적월도 새로 얻은 검신 백초산의 검공, 금강검을 제대로 수련해 보고 싶던 차이기도 했다.

"이곳을 나갈 때쯤이면 네가 내 도움이 필요 없는 사람이 되었으면 좋겠구나. 아니, 날 도와줄 수 있는 사람이 되었으면 좋겠다."

"에이, 그건 어렵죠. 사부님은 수십 년 동안 무공을 수련하신 분인데……."

"불파일맥의 무공만이라면 나도 그렇게 생각했겠지만 검신의 무공이 더해졌으니 한번 기대해 볼 만은 하다. 만약 네가 금강검과 우리 불파일맥의 일살검을 부드럽게 조화시킨다면 넌 아마도… 제이의 검신이 될 수 있을 것이다."

"설마요!"

적월이 자신 없다는 듯 고개를 저었다. 그러자 나왕이 정색을 하면서 말했다.

"자신 없다는 말을 하지 말거라. 불파일맥의 이름 앞에 포기란 없다. 알겠느냐?"

나왕이 적월을 바라보며 말했다.

그러자 적월이 흠칫한 표정을 짓다가 이내 정색을 하며 고개를 끄떡였다.

"알겠어요. 그렇게 할게요."

"명심해라. 강호무림은 강한 자만이 자유로울 수 있는 곳이란 걸! 그리고 우리 불파일맥은 바로 그 자유를 누리고 살아가는 무맥이란 것을!"

"잊지 않을게요."

적월이 고개를 끄떡였다.

"좋아. 그럼 일단 배를 채우자. 벽곡단이란 놈은 배 속에 들어가서 시간이 지나야 불게 되니까 서너알 씩만 먹자꾸나. 그나저나 벽곡단을 마련해 두었다는 것은 근처에 물이 있다는 말인데……."

나왕이 좌우를 돌아보며 중얼거렸다. 그러다가 석실의 남쪽 하단을 보며 손뼉을 쳤다.

딱!

"좋아. 저기 있군. 이리 오너라."

나왕이 적월을 데리고 석실 남쪽으로 다가갔다.

석실 남쪽에는 어린애 머리 크기만 한 구멍이 바닥에 나 있어서 그 구멍을 통해 제법 세찬 물길이 솟아올랐다.

그렇게 솟아오른 물은 스스로 물길을 만들어 반 장 정도 석실 모서리를 타고 흐른 후 다시 그만큼 크기의 구멍을 통해 석실을 빠져나가고 있었다.

"묘하군. 일부러 만들어놓은 것인가?"

바닥에서 솟아올라 다시 바닥으로 빠져나가는 샘물을 보며 나왕이 중얼거렸다.

그러고는 한 손으로 물을 떠 입에 가져갔다.

"좋군. 먹을 수 있는 물이다. 생각해 보니 용변도 이곳에서 보면 되겠군. 물이 빠져나가는 구멍을 통해 흘러나갈 테니까."

그러자 적월이 눈살을 찌푸렸다.

"에이, 어떻게 먹는 물이 있는 곳에서 용변을 봐요?"

"그럼 어쩌냐? 석실 다른 곳에 봤다가는 며칠 지나지 않아 이곳은 오물 냄새로 살 수 없을 거야. 그렇다고 비도로 들어가 검신의 무덤에 일을 보고 올 수도 없고."

"그렇긴 하지만……."

"에라, 이놈아. 어차피 흘러나가는 물인데 무슨 상관이냐. 하여간 까탈스럽기는⋯⋯."

나왕이 적월의 머리를 한 대 후려치고는 벽곡단을 건넸다.

"일단 먹어라. 먹어야 힘을 내지. 제길, 팔자에 없는 땅꾼 노릇하게 생겼네."

나왕이 무너진 석문을 보며 투덜거렸다.

그날부터 스승과 제자의 지하 생활이 시작됐다.

제자는 무공을 수련하고 사부는 검으로도 흠집을 내기 힘든 흑옥과 그 흑옥들이 뒤섞여 무너진 땅을 팠다.

무너진 석문 뒤쪽 땅을 파는 것은 그리 쉬운 일이 아니었다. 어느 정도 땅을 팠다 싶으면 다시 흙이 무너져 내리거나 단단한 흑옥이 덩그러니 앞을 막았다.

그래서 나왕은 아예 흑옥을 통째로 파내서 그것들을 이용해 흙이 무너지지 않게 사방에 벽을 만들며 조금씩 땅을 팔 수밖에 없었다.

덕분에 두 사람이 땅속에서 지내는 시간이 길어졌고, 그만큼 땅 위의 세월은 무섭게 흘러갔다.

*   *   *

뚜걱뚜걱!

한 필의 말이 오래전에 무너져 이끼가 가득 덮인 담장 앞에 멈춰 섰다. 그러자 갑자기 아무도 없는 것 같던 말의 안장이 불쑥 솟구쳐 오르는가 싶더니 작은 체구의 사내가 등을 굽히고 돌담 넘어 멀리 보이는 장원을 바라봤다.

"후우… 여기까지 오긴 왔는데, 내 손으로 소요의 죽음을 확인해야 하는 걸까?"

말 위의 사내는 장원 쪽으로 가기를 망설이는 듯한 모습이다. 그러나 결국 그는 말을 장원으로 몰기 시작했다.

뚜껑뚜걱!

전쟁터에 끌려 나가는 사람처럼 그렇게 느리게 말을 타고 장원 앞에 이른 사내가 눈살을 찌푸렸다.

"처참하구나. 한때 천하제일가로 불리던 문파의 몰락이 어찌 이리 비참할까."

사내의 눈에 공허한 기운이 감돈다.

사내는 무척 작은 체구를 지니고 있었다. 그래서 말 등에 엎드리면 아예 사람이 타고 있지 않은 것처럼 보였던 것이다.

그 작은 사내가 훌쩍 말 위에서 날아올랐다. 그러자 그의 몸이 한줄기 검은 그림자로 변해 무너진 담장을 넘어 장원 안으로 들어갔다.

이런 일이 처음 있는 것이 아닌 듯, 주인이 사라진 말은 어디에 고삐를 매놓은 것도 아닌데 태연하게 걸음을 옮겨 담장 아래서 자란 풀을 뜯기 시작했다.

"불은 영웅각에서만 났다고 했지. 불사와 소요가 사라진 곳도 영웅각이라고 했고."

장원 안으로 들어온 사내는 어느새 과거 천하의 영웅들이 모여 검신과 함께 무림대사를 논의하던 영웅각이 있는 동산을 걷고 있었다.

사내의 몸이 워낙 작아서 멀리서 보면 삵이나 여우 같은 작은 짐승이 움직이는 것처럼 보였다.

사내의 걸음은 아직도 불탄 흔적이 완전히 사라지지 않은 북두산문의 영웅각 터에서 멈췄다.

"음… 벌써 여러 달이 지났다고 했는데 비참한 모습은 사라지지 않았군."

영웅각이 있던 자리에는 여기저기 연기에 그을려 검게 변한 석재들이 나뒹굴고 있었고, 부서진 기와와 타다 남은 나무토막들도 그대로 남아 있었다.

"후우, 어디부터 살펴야 하나……."

사내가 폐허가 된 영웅각을 둘러보며 난감한 표정을 지었다. 하지만 이내 결심을 했는지 튼튼한 나무 작대기를 하나 들더니 이리저리 폐허를 들쑤시기 시작했다.

폐허를 살피는 사내의 손길은 무척 세심했다. 마치 그 안에서 귀한 보물을 찾는 것처럼 빠르지만 허술하지 않게 타다 남은 나무 한 조각까지 살폈다.

그러나 그가 찾는 것은 그리 쉽게 발견되지 않았다. 어느새 석양이 지고 과거 천하제일가였던 북두산문의 장원에 노을이 지기 시작했다.

"아이쿠, 허리야."

불탄 영웅각의 폐허를 조사하던 사내가 허리를 펴며 신음 소리를 냈다. 그도 그럴 것이 그가 폐허를 조사한 지가 벌써 한 시진이 넘고 있었다.

"오늘은 그른 것 같군. 내일 날이 밝으면 다시 찾아봐야겠어. 어쨌거나 소요의 유골이라도 수습하지 못하면 죽어서 어찌 형님 내외분을 뵐 수 있겠는가. 보자, 일단 잠자리를 찾아봐야겠군."

사내가 우울한 표정으로 혼잣말을 중얼거리면서 영웅각의 폐허를 떠났다.

사내는 영웅각이 있는 동산을 벗어나 북두산문의 화려했던 과거를 기억나게 만드는 거대한 전각 앞에 섰다.

"검신전이 이리 무너질 줄이야."

사내가 걸음을 멈춘 곳은 과거 검신 백초산 거처였고, 몇 달 전까지 북두산문의 마지막 후예 백완의 거처인 검신전이었다.

사내가 거침없이 검신전 안으로 들어갔다.

사람이 떠난 집은 한 계절이 지나지 않아 폐허가 되게 마련이다. 검신전 역시 그랬다. 바닥에는 먼지가 눈처럼 쌓여 있었고, 천장 곳곳에 거미줄이 숲처럼 무성했다.

창은 뜯겨져 나가 찬 밤공기가 흉흉하게 밀려들었고, 벽도 몇 군데는 구멍이 나 있었다.

"밖이 오히려 나을까?"

검신전 내부를 둘러본 사내가 잠시 망설이다가 그나마 성한 모양을 갖추고 있는 검신전 대청 안쪽으로 걸음을 옮겼다.

과거에는 북두산문의 문주들이 앉아 있었을 태사의도 먼지를 뒤집어쓰고 흉물로 변해 있었다.

사내가 잠시 주변을 살피다 태사의 뒤쪽, 작은 창 아래로 이동해 발로 슥슥 먼지를 밀어냈다.

그러고는 엉덩이를 붙이고 자리에 앉아 창가에 등을 기댔다.

"우울하구나. 내가 아무리 자왕(子王)이라 불린다 해도 이런 밤은 익숙지 않군."

사내가 한탄을 하며 허리춤에서 작은 술병을 꺼내 입에 댔다.

"크허!"

독주를 들이켠 사내가 자신도 모르게 신음 소리를 냈다. 그러고는 급히 품속에서 육포를 꺼내 한 조각 베어 물었다.

"서리 동생이 알면 또 한 소리 하겠군. 독주를 끊으라고 몇 번이나 말했는데… 하지만 서리 동생, 이 오라비는 이젠 정말 술을 끊을 수 없을 것 같구나. 형제들을 그리 보내고, 몽 형님의 유일한 혈육인 소요까지 죽게 내버려 두었으니. 하아!"

사내가 다시 한 모금 독주를 마셨다.

"으음……."

배 속으로 들어간 독주가 내장을 자극했는지 사내가 낮은 신음 소리를 냈다.

"대체 뭐가 잘못된 것이었을까? 이 북두산문이나 우리 십이지방이나 누군가에게 당할 만큼 허약한 문파들이 아니었는데, 하루아침에 몰락을 하다니. 젠장."

사내가 술병을 든 채로 몸을 옆으로 뉘였다. 발로 밀어냈다지만 여전히 먼지가 많은 바닥이다. 그러나 사내는 옷에 먼지가 묻는 것을 개의치 않았다.

"달빛은 여전히 밝구나. 후우… 그날은 붉은 달이 떴었지."

사내가 창을 통해 들어오는 밝은 달빛을 잠시 바라보다 눈을 감았다. 그러고는 그대로 잠에 빠져들었다.

쿵쿵쿵!

사내는 자신이 꿈을 꾸고 있다고 생각했다. 아주 먼 지하의 세계에서 먼저 죽은 형제들이 자신을 부르는 것 같은 꿈이었다.

아직 해가 뜨지 않아 뿌연 안개가 땅에 깔린 새벽이었고, 지하 세계에서 들려오는 소리만 아니면 세상은 고요했다.

쿵쿵쿵!

다시 지하 세계에서 묵직한 소리가 들려왔다. 그리고 그 순간 사내가 눈을 떴다.

그러고는 재빨리 몸을 돌려 대전 바닥에 귀를 댔다. 그러자 이번에는 좀 더 명확하게 땅의 울림이 들렸다.

쿵쿵쿵!

"이건 뭐냐?"

사내의 입에서 당혹스러운 음성이 흘러나왔다. 웬만한 일에는 눈도 깜짝하지 않을 사람처럼 보였던 사내도 당황한 기색이 역력했다.

"젠장, 정말 죽은 혼령들이 지옥에서 내는 소릴까? 원통해서?"

사내가 손으로 대청 바닥을 짚으며 중얼거렸다. 울림은 소리만이 아니라 그의 손을 통해서도 전해졌다.

"알 수 없구나. 이건 대체……."

사내가 당황스러운 표정으로 작은 눈을 손으로 비벼댔다. 그러고는 다시 대청 바닥에 신중하게 귀를 댔다.

쿵쿵쿵!

쩌정!

이번에는 조금 다른 소리도 섞여 들렸다. 투석기 소리 같은 소음 속에 금속성이 섞여 있었던 것이다.

"분명히 사람이 만들어내는 소리야. 누군가 이 밑에 있다는 뜻인데……."

사내의 눈이 의혹으로 가득 찼다. 그러고는 잠시 후 결심을 한 듯 팔소매를 걷어 올렸다.

"좋아. 이곳에 사람이 있다면 만나야겠지. 누구라도 이곳에 살아 있는 사람이 있다면 당시 일어난 일을 상세히 알고 있을 수도 있으니까."

사내의 눈에서 갑자기 푸른빛이 흘러나왔다.

그리고 다음 순간, 사내의 작은 손이 거침없이 대청의 바닥을 뜯어내기 시작했다.

퍼퍼퍽!

사내의 능숙한 손놀림에 오래된 나무 바닥이 힘없이 뜯겨져 나갔다. 그러자 마루 아래쪽으로 거대한 석재들이 검신전을 떠받히기 위해 갈지자 형태로 쌓여 있는 것이 보였다.

세월이 지나 북두산문은 멸문하고, 검신전도 허물어지기 일보 직전이었지만 그 아래 석재들은 처음 그 모습 그대로 남아 있었다.

"비도(秘道)인가?"

검신전을 떠받히고 있는 석재들 사이로 난 작은 공간을 보며 사내가 중얼거렸다. 그러고는 잠시 후 망설이지 않고 그 어두운 공간 속으로 뛰어들었다.

사내의 움직임은 기민했다. 마치 굴을 파고 사는 들쥐처럼 사내는 이곳저곳 허물어진 비도 사이를 거침없이 이동했다.

그러다가 갑자기 사내의 걸음이 멈췄다.

두 갈래의 길이 그의 앞에 나타났기 때문이다.

북쪽으로는 위태롭지만 여전히 검은 어둠 속으로 길이 이어지고 있었고, 오른쪽으로 난 길은 더 이상 사람이 갈 수 없게 허물어져 있었다.

사내가 잠시 생각에 잠겼다가 무너진 길 쪽으로 다가가 석재와 흙이 뒤엉켜 있는 곳에 귀를 댔다.

캉캉!

미세하게나마 다시 무엇인가 울리는 소리가 들려왔다.

"여기군. 어디 보자. 이 정도 소리라면 십여 장 정도인 것 같은데. 석재와 흙이 뒤엉켜 있어서 길을 내기 어렵겠어. 그리고 보면 이 소리를 내는 사람들은 비도 저쪽에 갇혀 있는 것 같은데. 대체 얼마나 갇혀 있었던 걸까? 무너진 흔적을 보면 여러 달 된 것 같은데……."

사내가 비도의 잔재로 보이는 석재들을 살피며 중얼거렸다. 그러다가 결심을 한 듯 어깨를 돌려 몸을 푼 뒤 머리를 몇 번 휘저은 후 입을 열었다.

"당신들 고생은 내가 끝내주지. 행운인 줄 알라고. 나 자왕 사송을 만난 걸. 세상에서 가장 땅 길을 잘 내는 사람이니까."

혼잣말을 하며 사내가 허리춤에서 기이하게 생긴 병장기를 꺼내 들었다. 세 갈래의 갈고리가 합쳐진 듯한 병장기였는데 그 병장기들을 양손에 낀 사내가 무너진 흙더미에 손을 대는 순간 비도를 막고 있던 흙들이 사방으로 흩어지기 시작했다.

쿵쿵쿵!

"에잇, 못해먹겠다!"

대도(大刀)를 이용해 길을 막고 있던 석재를 깨뜨리던 나왕이 화를 내며 대도를 던져 버렸다.

카랑!

그의 손을 떠난 대도가 흑옥으로 된 벽을 때리고 바닥에 떨어졌다.

"좀 쉬세요. 이제 제가 할게요."

어느새 다가온 적월이 나왕 대신 도를 들며 말했다.

"넌 검술이나 익혀라."

"하루 종일 검술만 수련할 수 없어요. 좀 쉴 때도 있어야죠."

"쉬는 게 돌 깨는 거냐? 돌도 보통 돌이냐? 흑옥이라고. 무림고수도 흠집을 내기 어려운데……."

나왕이 피식 웃음을 흘렸다.

"기분이라도 풀리잖아요."

"제길, 그것도 매일 해봐라. 지겨워 죽을 지경이다."

"그래서 제가 한다잖아요. 보자! 어디!"

캉!

적월이 앞을 막고 있는 거대한 석재 무더기를 향해 도를 휘둘렀다. 공력이 깃든 도가 석재를 파고들어 가 박혔다.

"으랴!"

석재에 박힌 도를 빼내며 적월이 힘을 쓰는 소리를 내뱉었다. 그러고는 재차 도를 휘둘러 석재를 부숴 나가기 시작했다.

카카캉!

조용한 지하 공간에 적월이 돌 깨는 소리만 규칙적으로 일어 났다.

그런 적월의 모습을 나왕이 유심히 살펴보고 있다가 나직하 게 중얼거렸다.

"전화위복이라더니. 녀석의 무공이 정말 무섭게 성장했구나. 신공의 성취도 그러하지만 도를 쓰는 모습이 예사롭지 않아. 역 시 금강검을 수련했기 때문인 건가?"

나왕이 유심히 살펴보는 것은 적월이 휘두르는 도의 각도였 다.

금강검은 검을 쓰는 데 있어서 검의 미세한 각도를 중요시한 다. 미세한 검의 움직임을 통해 적의 공격을 정면으로 받지 않고 비껴내어 그 어떤 공격도 흘려낼 수 있는 검법이 금강검이었다.

적월은 그 금강검의 원리를 석재를 부수는 데에도 적절하게 사용하고 있었다.

한 방향이 아닌 석재의 가장 약한 부분들을 파고드는 적월의 대도는 한 번 석재에 꽂힐 때마다 그 단단한 흑옥으로 된 석재 들에 균열을 만들어냈다.

"괴물 같은 놈! 실전 경험만 쌓으면 나도 녀석을 제압하긴 어 렵겠어……."

대도를 휘두르는 적월의 모습을 보며 나왕이 기쁜 듯하면서도 질린 듯 고개를 저었다.

그러다가 나직하게 중얼거렸다.

"하긴… 피는 못 속이지."

나왕이 다시 적월을 바라봤다. 그의 눈에 언뜻 불안함이 스치고 지나갔다. 그러다가 가만히 눈을 감으며 다시 중얼거렸다.

"모든 것은 운명일 뿐이다. 운명의 흐름 속에서 선택은 저 녀석의 몫이겠지."

쩌적!

한순간 얼음 갈라지듯 갈라지는 석재를 보면서도 적월의 표정은 밝지 않았다. 이 단단한 석재들을 이런 식으로 언제 다 파괴할 수 있을지 가늠이 되지 않았다.

애초에 나왕이 무너진 출구를 향해 길을 내기 시작했을 때 두 사람은 그들이 지하에 갇혀 있을 시간이 그리 오래 걸리지는 않을 거라고 생각했다.

아무리 멀리 떨어져 있어도 북두산문 문주들의 수련동은 결국 북두산문의 장원과 연결되어 있을 것이기 때문이었다.

그런데 생각보다 수련동은 북두산문으로부터 꽤 멀리 떨어져 있는 듯싶었다.

하지만 그래도 거리는 크게 문제가 되지 않았다. 아무리 천천히 길을 내도 두어 달이면 충분히 안전한 출구를 만들 수 있을 거리였다.

그런데 생각지도 못한 난관이 두 사람을 가로막았다.

무너진 비도를 흙과 함께 강철보다 단단한 흑옥으로 된 석재들이 가득 채우고 있었던 것이다.

흑옥들은 무척 단단해서 나왕 같은 고수도 단번에 박살 낼수 없을 만큼 강했다.

그뿐이 아니었다. 그보다 더 심각한 문제는 석재들이 위태롭게 무너져 있어서 자칫 하나를 잘못 빼면, 비도가 다시 무너져 내릴 상태라는 것이었다.

나왕은 강호의 고수이기는 하지만 기관진식에 대한 지식은 그리 많지 않았다.

그래서 처음 흑옥의 석재 무더기와 마주쳤을 때 무심코 그중 하나를 들춰냈다가 위쪽 석재 더미가 무너져 거의 십여 장을 뒤로 물러날 수밖에 없었다.

이후로 길을 내는 나왕의 작업은 한없이 느려졌다. 자신의 눈앞에 있는 석재들 중 건드려도 될 만한 것을 찾아 표시를 하고 그 석재들을 조심스럽게 부숴 나갈 수밖에 없었던 것이다.

하지만 그렇게 조심해도 석재 더미들은 작은 흔들림만으로도 다시 무너져 내렸다.

그러면 나왕은 무너진 석재들을 들어내고 다시 길을 내야 했다. 그렇게 무너지고, 새로 길을 내기를 반복하면서 출구를 향해 조금씩 전진해 가고는 있었지만 대신 그 시간은 한없이 길어지고 있었다.

해를 볼 수 없는 밀실이어서 시간의 흐름을 정확히 가늠할 수는 없지만, 두 사람은 본능적으로 그들이 지하에 갇혀 있던 시간이 몇 개월은 족히 지났음을 알고 있었다.

어쩌면 일 년 이상이 지났을 수도 있었다.

그럼에도 두 사람은 탈출을 포기하지는 않았다. 나왕의 말대로 포기하지 않는 끈기는 불파일맥이 가장 자랑하는 것이어서 두 사람은 좌절하지 않고 매일 이렇게 돌덩어리들과 씨름을 하고 있는 것이었다.

그러나 이들도 사람인지라 가끔은 지루함으로 힘이 빠질 때가 있었다. 그리고 그런 시간이 되면 두 사람도 우울함에 빠져들었다.

적월도 사부 나왕 앞에서는 웃음을 잃지 않았지만, 그가 보지 않는 곳에서는 가끔 우울한 감상에 빠지곤 했다.

"후우……!"

적월이 잠시 도를 내려놓으며 크게 한숨을 내쉬었다.

"좀 쉬었다가 해라."

적월의 한숨 소리를 들었는지 나왕이 눈을 감은 채 말했다. 나이는 사십 대 중반이지만 강호에서 나왕만큼 경험이 많은 사람은 그리 많지 않았다.

산을 내려와 무림맹 신웅조에 들어간 이후 나왕은 수백 번의 혈전을 거친 인물이었다. 그런 사람의 눈에 적월의 우울함은 감춘다고 감춰질 일이 아니었다.

"괜찮아요."

적월이 자신의 속마음을 들켰다고 생각했는지 얼른 대답했다.

"돌덩어리 때려 부순다고 마음이 편해지지는 않아. 이리 와 앉아."

나왕이 적월을 다시 불렀다.

"알았어요."

적월이 대답을 하고는 내려놓았던 대도를 집어 들려고 허리를 숙였다. 그런데 그 순간 적월의 눈빛이 번쩍였다.

그리고 재빨리 앞을 막고 있는 석재 더미로 다가가 돌무더기에 귀를 댔다.

"뭐 하냐?"

갑자기 이상한 행동을 하는 적월을 보며 나왕이 물었다.

"무슨 소리가 나요."

적월이 나직하게 말했다.

순간 흐릿해져 있던 나왕의 눈빛도 생기를 찾았다. 그가 가볍게 몸을 일으켰다. 그러자 그의 몸이 어느새 적월 옆에 이르러 있었다.

북두산문 문주들의 비밀스러운 수련동에서 무공이 성장한 사람은 적월만이 아닌 듯 보였다. 나왕의 움직임도 그 이전보다 훨씬 부드럽고 유연했다.

"무슨 소리?"

적월 곁에 도착한 나왕이 물었다.

"들어보세요."

적월이 나왕에게 직접 들어볼 것을 권했다. 그러자 나왕이 재빨리 무너진 석재 무더기에 귀를 댔다.

사각사각!

마치 다람쥐가 나무를 갉아대는 것 같은 소리가 선명하게 들려왔다. 그리고 잠시 후에는 무언가 바닥에 끌리는 소리도 들렸다.

"사람이군."

"그렇죠?"

"마치 돌을 들어내고 있는 것 같은 소리구나."

"누굴까요?"

적월이 걱정스러운 표정으로 물었다.

그러자 나왕이 어깨를 으쓱하며 말했다.

"지금 그게 중요하냐? 중요한 건 우리가 밖으로 나갈 시간이 되었다는 거지. 누가 들어오든 상관없이 말이다."

"하지만 적이면……?"

"적? 글쎄다. 우리가 이곳에 갇혀 있는 것을 아는 사람이 있을까?"

나왕이 묻자 적월이 이내 고개를 끄떡였다.

"하긴 그러네요. 우리가 살아 있다고 생각하는 사람은 아무도 없을 거예요."

"그러니 적어도 우릴 목적으로 길을 내고 있는 사람은 아닐 거다. 뭐, 그래도 모르니 준비는 해야겠지."

나왕의 말에 두 사람이 동시에 자신들의 검을 챙겼다. 그러고는 다시 청석이 쌓인 돌무더기 앞으로 다가왔다.

그런데 그 순간 갑자기 돌무더기 저쪽에서 사람 목소리가 들렸다.

"거, 왜 갑자기 일을 멈춘 거요? 설마 나 혼자 길을 내라는 거요?"

"우리가 있는 줄 알고 있어요."

적월이 경계심을 드러냈다.

"대도로 돌덩이를 부숴대고 있어서 그 소리를 들은 모양이구나. 문제는 우리의 정체를 알고 있느냐인데."

나왕이 대답을 하고는 돌무더기 사이 공간에 입을 대고 소리쳤다.

"당신 누구요?"

"그러는 당신은 누구요?"

석재 무더기 저쪽에서 같은 질문이 돌아왔다.

"먼저 말해보시오."

나왕이 다시 소리쳤다.

그러자 이번에는 한줄기 웃음소리가 들려왔다.

"하하, 이거 서로 자신의 정체를 밝히기를 꺼리고 있으니 얼굴을 보지 않는 이상 서로가 누군지 알 수 없겠구려. 하지만 한 가지는 걱정 마시오. 난 누굴 해치려고 길을 내는 것은 아니니까."

"알겠소. 그럼 일단 양쪽에서 길을 내봅시다."

나왕이 대답했다.

그러자 다시 반대쪽 사내가 말했다.

"기관진식을 좀 아시오?"

"모르오."

나왕이 솔직하게 대답했다.

"음, 그래서 그렇게 석재들을 깨부수고 있었구려. 잘 들으시오. 그쪽에서 보면 오른쪽 편에 치우친 석재들에 이끼가 끼어 있을 것이오. 그 돌들을 들어내시오."

"하지만 그럼 위쪽 석재가 무너져 내릴 것 아니오?"

누가 봐도 나왕의 질문은 타당했다.

비도 양옆에 있는 석재들은 마치 기둥처럼 위쪽 석재를 받치고 있었다.

"걱정 말고 내 말대로 하시오. 난 세상에서 기관을 가장 잘 이해하고 있는 사람이니까."

사내가 확신에 찬 목소리로 말했다. 그러자 나왕이 잠시 망설이다가 대답했다.

"알겠소. 시키는 대로 해봅시다."

대답을 한 나왕이 사내의 충고대로 비도 오른쪽에 검푸르게 이끼가 앉은 석재를 잡아당겼다.

하지만 석재는 그리 쉽게 빠지지 않았다. 그때 반대편 사내의 목소리가 다시 들렸다.

"다른 석재와 맞닿은 부분에 틈을 내며 빼내야 할 거요."

사내의 충고를 듣자 나왕이 적월을 바라봤다. 그러자 적월이 급히 다가와 나왕이 잡고 있는 석재와 다른 석재 사이에 대도를 밀어 넣었다.

스릉!

순간 가볍게 나왕이 잡고 있던 석재가 쉽게 밖으로 빠져나왔다. 그런데 나왕의 걱정과 달리 그 위에 쌓여 있던 석재들은 전혀 움직이지 않았다.

"야, 이거 정말인데!"

나왕이 놀란 표정으로 적월을 바라봤다.

"이렇게 길을 낼 수 있으면 금세 뚫겠어요."

적월도 들뜬 표정으로 대답했다.

"좋아. 제대로 한번 해보자."

나왕이 소매를 걷어붙이고 나섰다. 적월 역시 나왕 곁으로 다가들어 나왕이 이끼 낀 석재들을 빼내는 것을 돕기 시작했다.

삐걱거리는 석재들의 마찰 소리, 무거운 석재가 바닥에 끌려 나오는 소리만이 어두운 지하 공간을 채웠다.

이쪽에서 길을 내는 사람이나 저쪽에서 길을 내는 사람이나 입을 열지 않았다.

그들은 마치 오늘 이 길을 뚫지 않으면 세상이 망해 버릴 것처럼 그렇게 길을 내는 데 열중했다.

그렇게 얼마의 시간이 흘렀을까. 갑자기 반대쪽 편 사내의 목소리가 들렸다.

"잠깐 기다리시오."

사내의 말에 나왕과 적월이 움직임을 멈췄다.

"무슨 일이오?"

나왕이 물었다.

"이제부터 나 혼자 하겠소. 보아하니 몇 개만 들어내면 될 것 같은데 자칫 양쪽에서 손을 댔다가 위험해질 수도 있소."

"그래도 되겠소?"

나왕이 물었다.

"걱정 마시오. 아까도 말했지만 난 이런 길을 내는 데는 특별한 재주가 있는 사람이니까."

"알겠소. 그럼 수고해 주시오."

나왕이 순순히 대답을 하고는 석재 더미에서 물러났다.

구르르!

반대쪽에 있는 사내는 거침없이 석재들을 빼냈다. 나왕과 적월이 저러다가 비도 위쪽 석재들이 무너지지 않을까 걱정할 정도였다.

그러나 위쪽 석재들은 사내의 거침없는 손놀림에도 미동하지 않았다. 그리고 드디어 작은 공간이 만들어지기 시작했다.

"됐구나."

나왕이 자신도 모르게 침을 삼키며 말했다.

"그러게요. 기관에 대한 지식이 있으면 좋았을 걸 그랬어요."

"그러게 말이다. 엄한 돌덩어리들만 깨뜨리고 있었으니……."

나왕이 혀를 찼다. 그때 그들의 눈앞에 있던 석재 하나가 들썩이더니 뒤쪽으로 쑥 빠져나가가며 사내의 목소리가 들렸다.

"으챠! 네놈이 마지막 놈이구나!"

뒤를 이어 석재들 사이로 제법 큰 공간이 드러나더니 그 안에서 자그마한 체구의 사내가 불쑥 모습을 드러냈다.

서슴없는 그의 행동에 나왕과 적월이 본능적으로 두어 걸음 뒤로 물러났다.

"안녕들 하시오? 대체 왜 이런 곳에 갇혀……!"

돌무더기 사이에서 나와 몸을 일으키던 사내가 야명주 빛에 비친 나왕과 적월 두 사람을 보는 순간 놀란 표정을 지으며 입을 닫았다.

마치 두 사람을 알고 있는 듯한 모습이다.

"당신은 누구요? 날 아시오?"

나왕이 사내의 변화를 눈치채고 경계심을 담은 표정으로 물었다. 그러자 사내가 떨리는 목소리로 대답했다.

"내가 어찌… 천하의 불사 대협을 모르겠소. 그리고……."

사내의 눈이 자연스럽게 적월에게로 향했다.

제2장
뿌리

　사내가 자신을 알아보는 순간 나왕의 눈빛도 번쩍였다. 나왕도 한순간 사내의 정체를 알아챈 것 같았다.

　둘 사이에 무거운 침묵이 흘렀다. 그 침묵을 끝내며 나왕이 물었다.

　"설마 내가 짐작하는 사람이 맞는 것이오?"

　그러자 사내가 대답했다.

　"세상에 나같이 생긴 사람이 많지는 않소."

　"그렇구려. 정말 자왕이시구려."

　나왕이 고개를 끄떡였다.

　"그럼 내가 왜 이곳까지 왔는지도 짐작하시겠구려?"

　나왕이 자왕이라 부른 사람이 물었다.

　그러자 나왕의 시선이 자연스럽게 적월에게로 향했다. 그리고는 가볍게 한숨을 쉬며 말했다.

"아무래도 그 이야기는 여기서 할 말은 아닌 것 같소."

"그렇구려. 일단 이곳을 나갑시다."

자왕이란 자가 대답하고는 자신이 들어왔던 공간으로 걸어가다 문득 뒤돌아보며 물었다.

"그런데 난 모르겠지만 불사께선 이곳을 나갈 수 있으시겠소?"

그러고 보니 자왕이 들어온 구멍은 너무 작아서 보통 사람은 몸을 들이밀기 어려울 것처럼 보였다.

"아시지 않소? 나 역시 그리 몸집이 큰 사람이 아니라는 것을."

"그렇구려. 그럼 문제는……."

자왕의 시선이 이번에는 적월에게로 향했다. 그러다가 이내 고개를 끄떡였다.

"아직은 좀 더 커야겠구나."

생각보다 적월의 체구가 그리 크지 않은 것을 두고 하는 말이다.

"키는 괜찮은데 이곳에서 몇 달간 벽곡단만 먹고 살다 보니 살이 빠져서 그렇소."

나왕이 변명하듯 말했다.

"하긴 북두산문이 멸문한 것이 근 일 년 전이니……."

"지금 일 년이라고 했소?"

나왕이 놀란 표정으로 물었다.

"뭐 아직 일 년이 넘은 것은 아니지만, 북두산문 영웅각이 불타고 문주가 실종된 것이 거의 일 년 되어가는 것은 사실이오."

"아, 시간이 벌써 그렇게 지났구먼. 해와 달이 없어 시간 가는 줄 몰랐지만 설마 그렇게 오래 지났을 줄이야."

"이곳에서 뭐 재밌는 일을 했던 모양이오? 시간 가는 줄 모르고 계셨다니."

자왕이 호기심이 동한 표정으로 물었다. 그러자 나왕이 빙그레 미소를 지으며 대답했다.

"그 이야기를 들으면 자왕께서도 기뻐하실 것이오. 이 아이에게 큰 행운이 있었으니."

"흠… 이거 점점 마음이 급해지는군. 얼른 나갑시다."

자왕이 빨리 두 사람의 이야기를 듣고 싶다는 듯 서둘러 자신이 만든 공간으로 몸을 들이밀었다.

어두운 비도를 되짚어 나온 세 사람은 자왕이 처음 비도를 발견한 검신전을 통해 드디어 밖으로 나왔다.

"야, 역시 바깥 공기가 좋구나."

밖으로 나온 나왕이 깊게 숨을 들이쉬며 감개무량한 표정으로 말했다.

"후후, 근 일 년 만이니 꿀보다 달으실 거요."

자왕이 맞장구를 쳤다.

"맞는 말이오. 그나저나 밤이라 다행이오. 오랫동안 햇빛을 보지 못해 대낮이었으면 눈이 고생했을 텐데."

나왕이 검신전 창밖으로 보이는 어두운 장원을 보며 말했다.

"며칠은 그늘에서 생활하셔야 할 것이오."

자왕도 신중하게 충고했다.

"물론 그럴 생각이오. 일단 우리가 묵던 곳으로 갑시다."

나왕이 이번에는 자왕보다 앞서 걸음을 옮겼다.

물론 검신전에서 지낼 수도 있었지만, 잠시 머물렀던 곳이라도 처음 북두산문에 왔을 때 두 사람이 머물렀던 거처가 편하게 느껴졌기 때문이다.

세 사람은 귀신이 나올 것 같은 장원을 가로질러 동쪽에 위치한 건물로 들어갔다. 그리고 나왕과 적월이 북두산문의 손님일 때 머물렀던 방으로 들어갔다.

"생각보다 괜찮군."

일 년이 지났음에도 먼지가 쌓인 것 말고는 크게 변한 것이 없는 방을 보며 나왕이 말했다.

"잠시만요."

적월이 급히 창을 열고 두 개의 침상을 덮고 있던 이불을 걷어냈다. 그러고는 그 이불들을 둘둘 말아 창밖으로 던져 버렸다. 이불을 걷어낸 침상은 그런대로 앉을 만했다.

적월이 급히 침상을 정리하자 나왕과 자왕이 서로를 마주 보고 양쪽 침상에 걸터앉았다. 적월은 잠시 엉거주춤하다 나왕의 곁에 자리 잡고 앉았다.

"보자… 어디부터 이야기를 시작해야 하나……."

나왕이 손바닥을 부비며 입을 열었다.

그러자 자왕이 물었다.

"이 아이의 내력을 알고 계시오?"

"짐작은 하고 있었소."

나왕이 대답했다.

"제가 누군지 아신다고요?"

적월이 놀란 표정으로 나왕에게 물었다. 그러자 나왕이 고개를 끄떡였다.

"네가 네 양부에게 발견되었을 때의 정황을 들었을 때 대충 짐작했고, 네 양부가 가지고 있던 한 가지 물건을 보고 확신하게 되었지."

"어떤 물건이요?"

"이거다."

나왕이 품속에서 옥으로 만든 작은 토끼 모양의 장신구가 달린 목걸이를 꺼냈다.

"옥묘!"

건너편 침상에서 목걸이를 알아본 자왕이 자신도 모르게 입을 열었다.

"그렇게 부르오?"

나왕이 물었다.

"그렇소. 화령 동생이 늘 지니고 있던 것인데……."

자왕이 침울한 표정으로 대답했다.

"그게 뭐죠?"

적월이 답답하다는 듯 물었다.

그러자 나왕이 옥토끼 모양의 목걸이를 적월에게 건네며 말했다.

"네 친모의 신표다."

"제 어머니 것이라고요?"

"그래."

"대체… 제 친부모님들은 어떤 분들이신 거죠? 사부께서는 왜 그분들에 대해 숨기신 거예요?"

적월이 재차 물었다.

"때가 되면 말해줄 생각이었다. 네가 네 친부모에게 일어난 일을 충분히 감당할 수 있을 때 말이다. 무공으로나 정신적으로나⋯⋯."

"대체 무슨 일이 있었던 겁니까?"

적월이 따지듯 물었다.

그러자 나왕이 침착하게 입을 열었다.

"오래전 강호무림에 특이한 방파가 하나 있었다. 십이지방이라는 방파인데 정사지간의 뛰어난 고수 열두 명이 모여 만든 방파였지. 이들은⋯ 음, 십이지방에 대한 것은 나중에 자왕께 자세히 들어라. 아무튼 네 친부모는 그 열두 명의 고수에 속한 분들이셨다. 그런데 칠마의 난이 막 끝난 직후에 갑자기 십이지방이 세상에서 사라졌다. 그리고 그즈음 네가 너의 양부에게 발견된 것이다."

"우린 그날 밤을 혈월야라 부르오."

"혈월야라⋯ 그럴 만하구려. 십이지방이 피를 흘린 밤이기도 하고, 또 세상에 불길한 일이 일어난다는 붉은 달이 뜬 날이기도 하니. 네 양부가 네게 적월이란 이름을 지어준 것도 바로 그날 밤 붉은 달이 떴기 때문이었지. 물론 네 양부는 그게 불길한 징조라는 사실은 몰랐겠지만."

"그럼… 제 친부모님들은 살해당하셨다는 뜻인가요?"

적월이 물었다.

그러자 나왕이 자왕을 바라보는 것으로 대답을 그에게 미뤘다. 혈월야라 부른다는 그날 밤 일에 대해서는 자신보다 십이지방의 일원이었던 자왕이 더 잘 알고 있을 것이기 때문이었다.

나왕의 시선을 받은 자왕이 잠시 침묵을 지키다가 입을 열었다.

"본래 우리 십이지방은 특별한 거처를 정하지 않았었다. 평소에는 각자 강호를 주유하며 여행을 즐기고, 특별한 일이 있으면 장소를 정해 모이곤 했지. 하지만 그럼에도 불구하고 십이지방을 하나의 방파라고 할 수 있었던 것은 우리 열두 명이 십이지방의 이름으로 강호의 난제들을 해결했기 때문이다."

"청부 일을 했다는 건가요?"

"비슷하지. 하지만 살인 청부를 하는 건 아니었다. 그저 곤란한 일이 생긴 사람을 도와주고 그 대가를 받는 정도였지. 물론 그 곤란한 일이라는 게 굉장히 까다로운 것들이었지만."

자왕의 말이 끝나자 나왕이 한마디 거들었다.

"강호에서 십이지방의 존재를 아는 사람은 그리 많지 않단다. 하지만 일단 십이지방을 알게 된 사람들은 모두 십이지방의 고수들을 두려워했다. 강한 무공에 타의 추종을 불허하는 특별한 능력들을 가지고 있었으니까. 십이지방에 일을 맡겨 처리하지 못할 일이 없다고들 말하곤 했지."

"본 방을 그리 평가해 주시니 감사하오."

자왕이 나왕에게 가볍게 고개를 숙여 보였다. 그러고는 다시 이야기를 이어갔다.

"그런데 칠마, 십육마문의 난이 일어난 이후에는 청부 일을 거의 하지 못했다. 이유는 무림맹의 은밀한 부탁으로 어쩔 수 없이 세상에 드러나지 않게 그들과의 싸움에 관여했기 때문이다."

그러자 다시 나왕이 끼어들었다.

"당시 십이지방의 활약은 정말 대단했다. 무림맹 최고의 조직이라는 우리 신응조에 비견될 정도였지. 하지만 사실은 신응조보다도 더 대단했다고 할 수 있다. 왜냐하면 신응조는 칠마의 난이 끝날 때까지 일백여 명 이상이 죽었지만, 십이지방에서는 죽은 사람이 없는 것으로 알려졌으니까."

나왕의 말을 들은 자왕이 급히 고개를 저었다.

"그건 꼭 그렇지가 않소이다. 우리 쪽 손실이 없었던 것은 우리가 형제들을 위험에 빠뜨릴 일은 아무리 무림맹의 부탁이라해도 맡지 않았기 때문이오. 반면 신응조는 명령이 떨어지면 지옥에라도 뛰어들지 않았소이까? 그러니 당연히 신응조의 희생이 많았던 것이오. 사실 당시 무림맹의 수뇌들은 그런 십이지방의 행보에 내심 불만을 가지고 있었던 것으로 알고 있소."

자왕의 말에 나왕이 대답했다.

"하지만 그럼에도 불구하고 십이지방의 활약이 신응조에 버금 갔던 것은 부인할 수 없는 일이외다. 그래서 난 늘 이해할 수 없었소. 대체 그토록 강력했던 십이지방이 왜 사라졌는지. 그 붉은 달이 뜬 날 무슨 일이 있었는지……."

나왕이 말했다.

그러자 자왕이 우울한 표정으로 대답했다.

"유감스럽게도 사실은 나도 그게 의문이오. 그 일이 벌어진 것은 우리 십이지방의 형제들이 일 년에 한 번 정기적으로 모임을 갖는 우공산에서였는데, 우리 모두가 모였을 때가 아니라 바로 그 전날 밤에 일이 일어났소."

"모두 모였을 때가 아니라 그 전날 밤이라니… 조금 이상하구려. 십이지방을 몰살시키려면 당연히 모두 모였을 때 일을 벌여야 했을 텐데."

나왕이 의아한 표정으로 물었다.

"그래서 난 그 일을 벌인 자들이 우리 십이지방을 무척 잘 아는 자들이라고 생각하고 있소. 왜냐하면 당시 우공산에 도착하지 않았던 사람은 나와 유왕 서리 동생인데, 우리 두 사람은 십이지방의 눈과 귀 같은 존재였소. 우리 두 사람이 함께 있는 곳을 기습하는 것은 누구라도 거의 불가능한 일이오. 자랑은 아니지만… 그런데 공교롭게도 우린 항상 십이지방의 모임에는 가장 늦게 도착하는 사람들이었소. 일을 벌인 자들은 바로 그 사실을 알고 있었던 것이오."

자왕이 은은한 노기를 드러냈다.

그러자 나왕이 물었다.

"그럼 유왕 서리 부인께서도 살아 계시단 거요?"

"그렇소."

"아… 불행 중 다행이구려."

"글쎄… 다행이랄 수 있을지 모르겠소. 살아남은 우리 두 사람은 그날 이후 지옥 속에서 살고 있으니까."

"아직도 배후를 찾지 못하셨소?"

나왕이 묻자 자왕이 천천히 고개를 저었다.

"아쉽게도 아직은… 하지만 최근 들어 한 가지 가능성은 보고 있소."

"지금은 말할 수 없다는 뜻이구려."

나왕의 말에 자왕이 고개를 끄떡였다.

그러자 문득 적월이 물었다.

"제 부모님은 어떤 분들이셨죠?"

나왕과 자왕은 십이지방에 벌어진 혈사에 대해 심각한 이야기를 나누고 있었지만, 정작 적월은 자신의 친부모들이 어떤 사람들인지가 궁금했다.

적월의 물음에 자왕이 갑자기 한숨을 푹 쉬며 말했다.

"그야말로 선남선녀, 영웅가인(英雄佳人), 그런 말이 딱 어울리는 분들이셨지. 네 부친은 몽씨 성에 전이라는 이름을 가진 분이셨다. 십이지방에서 대호를 상징하는 인왕으로 불리셨지. 어머님은 이씨 성에 화 자, 령 자를 쓰셨다. 아름다움 이상의 신비한 힘을 지닌 분이셨고, 십이지방에서는 묘왕으로 있으셨다. 난… 몽전 형님을 무척 따랐었지. 형님과 함께 강호를 여행할 때도 많았고, 몽 형님이 형수님과 혼인을 하고 널 낳았을 땐 정말… 내가 아들을 얻은 것처럼 기뻤다. 하아, 그날 내가 조금 일찍 우공산에 갔더라면……."

자왕이 마치 십이지방에 일어난 혈사가 자기 책임인 것처럼 말했다.

그러자 나왕이 위로하듯 말했다.

"비통한 일이긴 하나 어쩌겠소. 그게 운명이었다면……."

"운명, 그 빌어먹을 운명……."

자왕이 손으로 침상을 움켜쥐었다. 그러자 마르고 날카로운 그의 손가락이 침상의 한 부분을 움푹 파냈다.

"진정하시오."

나왕이 자왕을 달랬다.

"미안하오. 아무튼 혈사의 현장에 도착했을 때 너의 시신이 보이지 않았다. 그래서 필시 최후의 순간 형제들이 널 탈출시켰을 거라고 생각했다. 더군다나 오왕 형님의 시신은 우공산 아래를 흐르는 강가에 있었고, 신왕 형님의 팔 한쪽도 그 근방에서 발견했지. 평소에 있었던 작은 배도 없었고. 그래서 그날 이후 우공산 사방 백 리의 마을과 강을 샅샅이 뒤졌지. 그리고 결국 약초꾼의 집에서 널 찾아냈다."

"그런데 왜……?"

적월은 자신을 찾았으면서도 왜 자왕이 자신을 데려가지 않았는지 이해할 수 없었다.

"두 가지 이유로 널 장산 그 사람에게 맡겨두었다. 첫째는 네 안전 때문이다. 혈월야를 일으킨 자들이 날 노리고 있을 테니 널 데리고 다니면 너까지 위험해질 수 있었다. 두 번째는 내게 할 일이 있었기 때문이다. 혈월야의 배후를 찾는 데 너까지 데리고 다닐 수는 없었다."

자왕의 말에 적월이 천천히 고개를 끄떡였다. 듣고 보니 자왕의 말이 틀리지 않기 때문이었다.

"하지만 그렇다고 영원히 널 약초꾼으로 살게 할 생각은 없었다. 그래서 몇 해 전 널 데리러 갔다가……."

자왕이 말을 멈추고 나왕을 바라봤다.

"내가 이 아이를 만난 그때였겠구려."

"그렇소. 당시 내 생각으로는 나보다야 불사 대협의 제자가 되는 것이 훨씬 나을 거라 생각했었어. 물론 최근 일 년간은 무척 후회했지만……."

자왕의 말에 나왕이 멋쩍은 웃음을 흘렸다.

"흐흐, 내가 왜 북두산문에 왔는지 혹시 알고 계시오?"

"들었소. 북두산문의 문주 백완에게 장가를 들기 위해 오셨다고……."

"알고 계셨구려. 그럼 당연히 날 원망하셨겠구려. 나이 사십이 넘어 이 몰골에 장가를 가려다가 화를 당했으니……."

"아니오. 그게 왜 불사 대협의 잘못이겠소. 다 그 빌어먹을 두놈 때문이지."

"우리에게 일어난 일을 자세히 알고 계시는구려?"

나왕이 놀란 듯 물었다.

그러자 자왕이 고개를 끄덕였다.

"당시 만무회의 소회주 상황을 따라 이곳에 왔던 자들 중 한 명을 잡아냈소. 그리고 그자에게 모든 것을 들었소이다. 그래서 사실 난 두 사람의 유골이나 챙기려고 이곳에 왔던 것이오."

"그런데 해골이 아니라 산 사람을 만나게 된 것이구려. 하하하!"

나왕이 호탕한 웃음을 터뜨렸다.

그러자 이야기를 나누는 내내 우울한 표정을 짓고 있던 자왕의 얼굴에도 미소가 떠올랐다.

"그러게 말이오. 처음 석실에서 불사 대협을 보고는 마치 귀신을 본 것처럼 놀랐었소."

"하하하, 귀신이라. 하긴 일 년을 석실에 갇혀 있었으니 귀신이 다 되었지."

나왕이 웃으며 적월과 자신의 몰골을 살폈다. 적월 역시 그제서야 슬쩍 미소를 비쳤다.

그러자 자왕이 물었다.

"그런데 그 석실에서 뭘 하며 지내셨소? 하루 종일 길만 뚫고 계셨소?"

"무슨 말씀을! 사실 답답하기는 했어도 적월이에게는 큰 행운을 만난 시간이기도 했소."

"행운이라니 그게 무슨 말씀이오?"

자왕의 호기심을 드러내며 물었다.

"이 아이가 거기서 어떤 무공을 얻었는지 아시오?"

나왕이 한 줄기 미소를 지으며 물었다.

"대체 어떤 신공을 얻었기에 불사께서 그렇게 기뻐하시는 것이오? 불파일맥의 무공 역시 무림일절로 알려져 있는데……."

"후후후, 물론 우리 불파일맥의 무공은 세상 어떤 무공에도 뒤지지 않는다고 자부하오. 하지만… 검신의 무공이라면 조금 다르지."

"검신! 설마 백초산의 무공을 말하는 것이오?"

"그렇소. 요 운 좋은 녀석이 검신이 남긴 최후의 검결, 금강검법을 얻었소. 우리 불파일맥 일살검의 단점을 완벽하게 보완해주는 검결이오. 그러니 우리가 그 지하 수련동에 갇혀 있던 일 년이 어찌 불행이라고만 말할 수 있겠소?"

나왕의 말에 자왕이 잠시 말을 잇지 못했다.

자왕 역시 무림의 절정고수 중 한 명이다. 그런 그에게도 검신 백초산의 무공은 완전히 다른 차원의 무공이었다.

검신 백초산이 누군가. 자타가 공인하는 고금제일검이 바로 그다. 그런 사람의 검법이라는 것은 무인이라면 목숨과도 바꿀 수 있는 것이었다.

자왕이 나왕의 말에 놀라 눈만 껌뻑이며 두 사람을 번갈아 바라보다 갑자기 나왕에게 물었다.

"소요의 재능은 어떻소?"

그러자 나왕이 어리둥절한 표정을 지었다.

"소요? 소요가 누구요?"

나왕이 되물었다.

"아, 이 아이의 본명이요. 몽소요. 그게 네 본래 이름이다."

자왕이 적월을 보며 말했다.

"몽… 소요."

적월이 자왕이 말해준 자신의 본명을 나직하게 뇌까렸다. 뭔가 알 수 없는 감정이 마음 깊은 곳에서 일어나는 것 같았다.

그런 적월의 마음이야 아는지 모르는지 자왕이 재차 나왕에게 물었다.

"소요의 재능은 어느 정도요?"

"그 말은 검신의 검공을 수련할 재능인가를 묻는 것이겠구려."

나왕이 되묻자 자왕이 고개를 끄떡였다.

강호에 수많은 무공비결이 돌아다녀도 그걸 취해 절대의 반열에 오르는 고수는 드물다.

그건 무공의 성취는 무공비결도 중요하지만, 그보다는 수련하는 사람의 자질과 노력이 더 중요하다는 걸 증명하는 것이다.

그래서 절대의 비급을 얻고도 평범한 삼류무사로 늙어가는 무인들도 적지 않았다.

"적월의 재질은 능히 불파일맥의 법통을 잇고, 검신의 무공을 취할 수 있을 만큼 뛰어나오. 솔직히 그렇지 않다면 내가 왜 산골 약초꾼 아이를 제자로 삼았겠소."

"하긴 그렇구려. 이제 보니 내가 멍청한 질문을 했구려. 뭐, 몽 형님과 화령 동생의 피를 이었으니 오죽 뛰어날까."

자왕이 기쁜 듯이 적월을 보며 말했다.

적월은 나왕의 칭찬과 자왕의 반응이 어색한지 슬쩍 시선을 돌려 창밖을 바라봤다.

그런 적월을 자왕이 부드러운 눈빛으로 응시했다. 마치 자식을 보는 부모의 눈길 같았다.

그런 자왕을 보며 나왕이 물었다.

"혹, 북두산문의 문주에 대한 소식도 들으셨소?"

"백완 말이오?"

자왕이 되묻자 나왕이 고개를 끄덕였다.

"그녀는 불사 대협께서 함정에 빠진 그날 밤 종적을 감췄다고 하더구려."

"만무회나 검산파로 간 것이 아니고 말이오?"

나왕이 조금 놀란 표정으로 물었다.

"그렇소이다. 그래서 지금 만무회와 검산파 모두 은밀하게 그녀의 행방을 쫓고 있다고 하더이다."

"음… 행방불명이라… 죽은 것은 아닐까?"

나왕이 혼잣말로 중얼거렸다.

그러자 자왕이 고개를 저었다.

"그렇지는 않은 것 같소. 그랬다면 두 문파가 그녀를 추격할 리도 없겠거니와, 검신전 지하에 다른 쪽으로 향하는 비도가 있는 것으로 봐서 영웅각에서 일이 벌어졌을 때 그곳을 통해 도주한 것이 분명하오."

자왕이 확신하는 듯 말했다.

그러자 나왕이 고개를 끄떡였다.

"하긴, 보통이 아닌 여인이니까. 아무튼 그렇게 되면 그 두 문파는 무척 곤란해지겠구려."

"강호에 불사 대협의 일에 대한 소문은 없었소이다. 그건 그녀가 도주한 이후 영웅각에서 벌어진 일에 대해 침묵했다는 의미요. 그건 그녀가 만무회나 검산파에 보내는 최소한의 성의 아니겠소? 자신을 쫓지 말라는 뜻에서 말이오. 그러니 그녀가 앞으로 두 문파를 곤란하게 할 일은 없을 것 같은데……."

"그건 그렇지가 않소."

자왕의 말에 나왕이 바로 고개를 저었다.

"다른 생각이 있으신가 보구려?"

묻기는 하지만 자왕은 북두산문의 문주 백완이 만무회나 검산파를 상대로 할 수 있는 일이 없다고 생각하는 모양이었다.

"그녀에겐… 사신지보가 있소."

"사신지보라. 그건 검신 백초산의 신물 아니오. 그 물건들이야 그가 살아 있을 때나 의미를 가지는 물건, 지금 사신지보를 치켜들고 과거 백초산을 따르던 무인들의 후예를 부른다 한들 그녀에게 오는 사람이 있겠소?"

"사신지보는 신물 이상의 의미를 지닌 물건이오."

나왕이 담담하게 말했다.

"사신지보에 세상이 모르는 비밀이 있다는 것이오?"

"그렇소. 사신지보에는 두 개의 무공이 담겨 있소. 위쪽 두 편을 신공이편이라 하고, 아래쪽 두 조각을 검신이편이라 하여 각기 검신 백초산의 마하공과 절정의 검결인 백가유검의 정수가 담겨 있소. 애초에 백완 그녀가 자신의 혼인을 대가로 삼아 사신지보를 찾으려 했던 것도 바로 그 이유 때문이었소."

나왕의 말에 자왕이 놀란 표정을 지었다. 사신지보에 절대무공의 비결이 담겨 있을 거라고는 전혀 생각지 못했던 모양이었다.

"음… 그럼 그녀가 모습을 감춘 것은 바로 그 무공을 수련하기 위해서겠구려."

"아마도 그럴 것이오. 그리고 그 무공을 완성한다면 만무회와 검산파는 지난날 북두산문에 자신들이 한 일에 대한 대가를 반드시 치르게 될 것이오."

"하긴 두 문파가 그동안 그녀를 핍박한 것이 지나치기는 했소. 그렇게 보면 두 문파가 조금 곤란해지기는 하겠구려."

자왕이 고개를 끄떡였다.

검신 백초산이 사라진 후 지난 백 년 동안 북두산문은 철저히 만무회와 검산파의 감시하에 있었다. 그 안에서 백완은 그 어떤 일도 마음대로 할 수가 없었던 것이다.

그런 치욕을 백완 같은 여인이 쉽게 용서할 리 없었다.

"진실을 알게 되면 조금 곤란한 정도로는 넘어가지 않을 거예요."

그동안 침묵하던 적월이 불쑥 입을 열었다.

"진실? 무슨 진실을 말하는 것이냐?"

자왕이 마치 오랫동안 적월과 살아온 사람처럼 스스럼없이 물었다. 그러자 적월이 대답을 하는 대신 나왕을 바라봤다.

나왕이 고개를 끄떡이자 그제야 적월이 입을 열었다.

"검신이 사라진 것은 만무회와 검산파를 개파한 검신의 두 심복 상무악과 유후인의 계략에 의한 것이었어요."

"뭣?"

자왕이 너무 놀란 나머지 엉덩이를 들썩였다. 그러고는 재빨리 나왕을 바라봤다.

그러자 나왕이 고개를 끄떡이며 그들이 검신 백초산의 유언에서 알게 된 과거의 비사, 상무악과 유후인의 배신에 대한 이야기를 전했다.

그날 밤 세 사람은 백초산의 실종에 얽힌 과거 비사와 앞으로 그들의 행보에 대해 긴 이야기를 나누다가 늦게 잠에 들었다.

덕분에 그다음 날, 늦은 아침이 되어 따가운 햇살 때문에 더이상 잠을 잘 수 없을 때가 돼서야 세 사람은 자리를 털고 일어나 북두산문의 장원을 떠났다.

*　　　*　　　*

누런 듯 보이던 바닷물이 어느 순간부터 짙은 푸른색으로 변했다. 덩달아 파도도 높아져 그즈음부터 배들은 노련한 뱃사람이 필요해졌다.

한 척의 배가 그 파도를 넘어 대해로 접어들었다.

넘실거리는 파도를 춤추듯 넘고 있는 배 위에서 전혀 흔들림 없이 서 있는 십여 명의 사람들이 있었다. 검은 무복을 입고 있었고, 등과 허리에는 장검을 패용하고 있는 것이 한눈에 보아도 무림의 고수들이 분명해 보였다.

뱃전에 부딪힌 파도가 물보라를 일으켜 얼굴을 덮쳐도 그들은 전혀 흔들림이 없었다. 마치 잘 갈린 칼을 배에 꽂아놓은 듯한 모습이다.

그런 검객들에게 한 사내가 조심스레 다가섰다.

"파도가 셉니다. 선실에 들어가시는 것이……."

그러자 사내 중 한 명이 감정이 느껴지지 않는 목소리로 대답했다.

"괜찮네."

"그… 알겠습니다."

검은 무복의 사내들에게 말을 걸었던 중년 사내가 뭔가를 더 말하려다 말고 입을 닫았다.

그러자 검은 무복의 사내가 물었다.

"얼마나 가야 하는가?"

"반나절이면 족합니다."

"반나절이라. 그리 먼 곳은 아니군."

"그렇지요. 하지만 보시다시피 해류가 급한 곳이라 위험하기

이를 데 없습니다."

"그래서 그대를 데려온 것 아닌가? 문제없겠지?"

"물론입니다. 걱정 마십시오. 오늘 중으로 만화도로 모시겠습니다."

"반드시 그렇게 해야 할 걸세."

"알겠습니다."

사내가 검은 무복 사내의 경고에 겁을 집어먹고는 얼른 배를 몰고 있는 동료들 쪽으로 물러갔다.

뱃사람이 물러가자 검은 무복 사내들 중 한 명이 입을 열었다.

"죽이지 말라니 조금 어려울 수도 있겠습니다."

그러자 무리 중앙에 서서 다른 사내들의 호위를 받고 있는 듯한 자가 대답했다.

"다른 사람은 죽여도 된다. 오직 백완 그녀만 살아 있으면 돼. 어려울 것 없는 일이다."

"말씀을 듣고 보니 그렇군요. 다른 사람에겐 살수를 써도 상관없다면… 몰락한 북두산문의 시종들이야 문제 될 것이 없겠지요."

"그래도 일단 조심들 하고. 그중 한둘 고수가 섞여 있을 수도 있으니."

"알겠습니다."

"이 일은 대공자께서 특별하게 신경 쓰고 계신 일이니 실수가 있어서는 안 되네. 상대를 경시하지 말고 일이 끝날 때까지 정신들 차리게."

"예, 령주!"

검은 무복의 사내들이 일제히 대답했다. 그러자 수하들에게 경고를 한 령주라는 자가 혼잣말로 중얼거렸다.

"만무회 고수들도 최근 이 근방에 모습을 보이고 있다고 하고… 그자들이 끼어들기 전에 일을 끝내야 할 텐데……."

＊　　　＊　　　＊

섬은 북쪽에 약간의 숲이 있을 뿐, 다른 곳은 모두 들꽃과 바위로 가득 차 있었다.

바위들의 생김새도 기형적이어서 언뜻 보면 사람이 가꾼 인공의 정원 같은 느낌이 드는 섬이었다.

그 섬의 중심을 가르며 아름다운 꽃길이 나 있었다. 길 끝에는 세 개의 초가가 서로 마주 보며 모여 있었고, 그 가운데 작은 마당이 있었다.

초가들 뒤쪽으로 섬의 유일한 숲이 존재했다. 대나무 숲이 먼저 시작되고 그 위쪽으로 작은 송림이 이어졌다. 태풍이 불지 않는다면 천국의 섬 같은 곳이었다.

그 아름다운 섬에 한 마리 새가 날아들었다. 그리고 새가 날아든 지 채 일각이 지나지 않아 한 사내가 초가에서 나오더니 북쪽 숲을 향해 달리기 시작했다.

사내의 모습은 금세 대나무 숲속으로 사라졌다가 그리 길지 않은 대숲을 뚫고 송림 앞에 나타났다.

그쯤에서 잠시 숨을 고른 사내가 다시 송림 사이를 달리기 시작했다. 바다에서 불어오는 바람에 밀리듯 달린 사내가 송림의 정점, 섬의 가장 높은 곳에 이르렀다.

섬의 정상은 섬 전체를 조망할 수 있는 작은 바위 봉우리를 가지고 있었다.

사내는 그 바위 봉우리 뒤쪽으로 돌아가더니 봉우리 아래쪽에 위치한 작은 공간을 향해 허리를 굽히며 입을 열었다.

"문주님!"

사내의 공손한 목소리가 바위 봉우리 속으로 흘러들어 가자 여인의 대답이 들렸다.

"무슨 일인가요?"

"총관 어른의 전갈을 가지고 왔습니다."

사내의 말에 봉우리 안쪽에서 잠시 침묵이 흘렀다. 그러다 갑자기 땅에서 솟은 것처럼 한 여인이 사내 앞에 모습을 드러냈다.

천일검황가 북두산문의 마지막 문주 백완이었다.

"무슨 일인가?"

백완이 사내에게 물었다.

그러자 사내가 두려운 듯 두어 걸음 뒤로 물러나며 대답했다.

"뭍에서 소식이 왔습니다. 검산파의 고수들이 만화도를 향해 떠났다고 합니다."

"그들이… 결국 이곳을 알아냈군."

"그런 모양입니다."

"얼마나 남았지?"

"아마 오늘 안에 도착할 것 같습니다."

"좋아. 총관께 곧 내려간다고 전해."

"예. 문주님!"

사내가 고개를 숙여 보이고는 부리나케 온 길을 되짚어 달려 내려가기 시작했다.

사내가 송림 사이로 사라지자 백완이 훌쩍 몸을 날려 바위 봉우리 위로 올랐다. 봉우리에 오르자 섬 전체가 한눈에 들어왔다. 송림과 죽림 아래로 야생화의 군락이 아름답게 펼쳐져 있었다.

"아름다운 곳이지만 떠날 때가 되긴 했지."

백완이 섬을 둘러보며 중얼거렸다. 바다에서 불어온 바람이 그녀의 머리카락을 사방으로 흩날렸지만, 그녀는 머리가 망가지는 것에 아랑곳하지 않았다.

"완성한 것은 아니지만 다행히 마하공을 제대로 쓸 수 있게 되었으니 그들도 이젠 알게 되겠지. 대북두산문의 전설이 다시 시작되었음을. 십 년… 그 안에 북두산문은 다시 부활한다. 그리고 다시 십 년이 지나면 고금제일가로 무림에 우뚝 서게 될 것이다. 이후 다시 태어난 북두산문은 천년을 갈 것이다. 조부님이 하신 실수를 난 다시 하지 않겠어."

백완의 눈에서 자색의 안광이 은은히 흘러나왔다.

한순간 그녀가 가볍게 발을 굴렀다. 그러자 그녀의 몸이 허공으로 솟구쳐 오르는가 싶더니 추락하듯 봉우리 아래로 내려와 송림 안으로 사라졌다.

"문주님!"

"어서 오십시오."

세 채의 초가가 있는 곳으로 내려오자 유모인 노파 무령댁과 시종이었던 두산, 그리고 그녀를 위해 만화도에 거처를 준비한 노고수 고원이 마당에 나와 백완을 맞이했다.

백완을 맞이하는 세 사람의 얼굴에 긴장감이 역력하다.

"심각한가요?"

백완이 노고수 고원을 보며 물었다. 그러자 현재 북두산문의 총관 노릇을 하고 있는 고원이 입을 열었다.

"검산파 검산팔령 중 칠령의 령주 육천보가 열 명의 칠령 고수를 데리고 오고 있다고 합니다."

"육천보라. 어떤 자인가요?"

백완이 다시 물었다.

"검산파에선 스무 손가락 안에 드는 고수입니다. 또, 검산팔령에 속한 검객들은 하나같이 절정의 검공을 수련한 자들입니다."

"나쁘지 않군요."

백완이 고개를 끄떡였다.

"무슨 말씀이신지⋯⋯?"

강적들이 오고 있다는데 오히려 반가운 듯 말하는 백완을 보며 고원이 되물었다.

"그들에게 경고를 하기에 적당한 인물이라는 뜻이에요."

"그럼 피하지 않고 부딪치실 생각이십니까?"

곁에 있던 유모 무령댁이 급히 물었다. 그러자 백완이 말없이 고개를 끄떡였다.

"마하공의 성취가⋯⋯?"

무령댁이 다시 물었다.

"글쎄, 어떨지 모르겠군. 만무회주나 검산파의 장문을 상대로 승부를 낼 수 있을지 어떨지⋯⋯."

"아! 문주님!"

무령댁의 얼굴이 놀람과 기쁨으로 활짝 폈다. 다른 두 사람도 마찬가지였다.

"마하공을 대성하셨군요?"

두산이 물었다.

"그럴 리가! 마하공을 대성하는 것은 앞으로도 십 년 이상의 시간이 필요해. 그리고 마하공을 대성했다면 만무회주나 검산과 장문인 정도는 십 초 안에 꺾을 수 있지. 난 겨우 육성 정도의 수준에 도달했을 뿐이야."

"육성으로도 그들과 평수를 이룰 수 있단 말입니까?"

두산이 믿기 어렵다는 듯 물었다.

그러자 백완이 도도한 표정으로 대답했다.

"마하공은 고금제일검이신 조부님의 신공이야. 어찌 그 수하였던 자들의 무공과 비교할 수 있겠어."

"그, 그렇기는 하지요."

두산이 감히 반론을 하지 못하고 수긍했다.

"아무튼 좋아요. 가서 손님을 맞도록 하죠. 좋은 길잡이가 생기겠어요."

백완이 고원을 보며 말하자 고원이 즉시 대답했다.

"모시겠습니다!"

*   *   *

철썩철썩!

섬이 가까워질수록 파도가 거칠어졌다. 아름다운 꽃에 가시가 나는 것처럼 아름다운 만화도 주변에는 난폭한 해류와 거친 파도가 끊임없이 일어나고 있었다.

아마도 이 거친 바다가 만화도를 아름답게 보존해 주는 장벽 역할을 하고 있는 것 같았다.

"배를 대겠습니다."

뒤쪽에서 선장의 목소리가 들렸다.

그러자 검산파 칠령의 령주 육천보가 고개를 끄떡였다.

"그렇게 하시오."

육천보의 수하 중 하나가 뒤를 돌아보며 소리쳤다.

"배가 크게 흔들릴 겁니다."

다시 선장이 소리쳤다.

"걱정 마시오."

검산파의 고수가 대답하자 선장이 더 이상 망설이지 않고 거친 파도 속으로 배를 몰았다.

촤악!

거친 파도에 뱃머리에서 바닷물이 분수처럼 솟구쳐 올랐다. 순식간에 뱃전이 바닷물로 흥건하게 젖었다.

그러나 육천보와 검산파 고수들은 미동도 없었다. 단지 지금까지와는 달리 각자 한 손으로 배의 난간을 잡고 몸의 중심을 잡을 뿐이었다.

배는 일단 큰 파도 하나를 넘자, 얼음 위를 미끄러지는 썰매처럼 파도를 타고 빠르게 해변으로 질주했다.

촤아악!

급기야 파도와 모래가 함께 갈라지는 소리가 들리더니 한순간 배의 하단이 모래에 깊숙이 박혔다.

조금 오른쪽으로 기울기는 했으나, 배의 하부가 모래사장에 깊게 파묻혀 배가 옆으로 쓰러지거나 하지는 않았다.

"도착했습니다. 떠날 때는 대협님들의 도움이 필요합니다. 배를 모래에서 빼내려면……."

보통 배를 정박시키는 방법이 아니었기에 선장이 검산파의 고수들을 보며 말했다.

"걱정 마시오. 당신들은 일이 끝날 때까지 배에서 내리지 말고 여기서 기다리시오."

검산파의 고수가 무심하게 대답했다.

"알겠습니다."

선장이 대답을 하고는 피하듯 선실로 모습을 감췄다. 선장이 들어가자 검산파의 고수가 육천보에게 물었다.

"하선(下船)할까요?"

"그러지. 게으름 피울 시간이 없어. 서둘러 일을 끝내고 오늘 안에 이곳을 떠난다. 아름다운 섬이지만 이곳에서 밤을 보내고 싶지는 않군."

"알겠습니다. 길을 열겠습니다."

검산파 고수가 대답을 한 후 훌쩍 몸을 날려 해변으로 내려섰다. 그러자 그 뒤를 따라 다른 검객들 역시 만화도를 향해 일제히 몸을 날렸다.

제3장
검신(劍神) 백초산의 무공

흐드러진 들꽃 속에 그녀가 서 있었다. 그 안에서 그녀는 이 세상 사람처럼 보이지 않았다.

저잣거리에서 툭하면 흘러나오는 이야기, 하늘에서 내려온 선녀 같다는 말이 제대로 어울리는 모습이었다.

신비롭고 아름다운 모습에 죽음의 사자들이라 불리는 검산파의 절대검객 검산칠령의 고수들도 걸음을 멈췄다.

누구도 입을 열지 않았다. 칠령의 령주 육천보 역시 마찬가지였다. 그들은 그저 멍하니 그들의 눈앞에 나타난 신비로운 여인을 바라보고 있을 뿐이었다.

그렇다고 그들이 그녀가 누군지 모르는 것도 아니었다. 아무리 시간이 흘렀어도 북두산문 최후의 문주 백완을 몰라볼 검산칠령의 검객들이 아니었다.

그럼에도 불구하고 그들의 눈에는 백완이 마치 처음 보는 여인처럼 느껴졌다.

그들이 알던 백완은 아름답기는 했지만, 지금처럼 신비롭고 압도적인 기운을 가진 여인은 아니었다.

"령주님!"

그나마 칠령의 검객들 중 나이 든 노검객 한 명이 나직하게 령주 육천보를 부른 덕에 육천보가 정신을 차렸다.

"후우……!"

육천보가 긴장을 풀려는 듯 길게 숨을 내쉬었다. 그러고는 한 번 고개를 까딱여 목 근육을 풀고는 들꽃을 밟으며 백완에게 다가갔다.

육천보가 움직이자 검산칠령의 검객들 역시 육천보의 뒤를 따라 걸음을 옮겼다.

그렇게 십여 장을 이동한 육천보가 걸음을 멈췄다. 그러고는 백완을 향해 정중하게 포권을 해 보인 후 단호한 목소리로 말했다.

"모시러 왔습니다."

반항은 허용치 않겠다는 경고가 묻어나는 목소리다. 그러자 먼 바다를 바라보고 있던 백완이 시선을 돌려 육천보를 바라봤다.

순간 육천보는 다시 한번 정신을 놓을 뻔했다. 백완의 눈에서 흘러나오는 자색의 안광이 그의 영혼을 뒤흔드는 것 같은 느낌을 받았기 때문이다.

"어디서 온 사람들인가?"

백완이 물었다. 육천보의 나이가 적지 않음에도 불구하고 하대를 하는 백완의 모습은 너무 자연스러웠다. 그래서 육천보는 자연스럽게 그 하대를 받아들였다.

"검산칠령을 맡고 있는 육천보라고 합니다."

"검산칠령주 육천보 대협… 들어본 이름이군."

"장문인께서 백방으로 문주님을 찾으셨습니다. 혹시, 험난한 강호에서 변이라도 당하신 것이 아닌가 많이 걱정하시면서……."

　육천보가 아무도 믿지 않을 말을 지껄였다.

　그러나 백완은 육천보의 말에 순순히 고개를 끄떡였다.

"그러시겠지. 만무회주님과 검산파 장문인께서는 내게 집안 어른과 같은 분들이니까. 말없이 떠나서 걱정들 하셨을 거야."

"그렇습니다. 그러니 이제 그만 돌아가시지요?"

　육천보는 생각보다 수월하게 백완이 자신의 말을 따를 듯하자 기쁜 기색을 보이며 권했다.

　그러자 백완이 다시 고개를 끄떡이다 말고 갑자기 살짝 얼굴을 찌푸렸다.

"저런, 꽃이 상했잖아?"

　화가 난 듯한 백완의 목소리에 육천보와 검산칠령의 검객들이 본능적으로 자신들의 발밑을 바라봤다. 그러자 그들의 발에 일그러진 야생화들이 눈에 들어왔다.

"죄송합니다. 가꾸시는 건지 몰랐습니다. 그저 야생화인 줄 알고……."

　육천보가 변명을 했다.

　그러자 백완이 말했다.

"야생화라도 함부로 짓밟으면 안 되지. 길이 있는데 왜 길을 놔두고 꽃들을 밟고 온 거지?"

백완의 말투가 점점 거칠어지기 시작했다.

그러자 육천보도 슬그머니 화가 치밀어 오르기 시작했다.

순순히 따라갈 듯해서 예의를 지켜주었으나 갈수록 말이 사나워지고, 겨우 들꽃 몇 개 상했다고 화를 내는 백완의 행동을 계속 받아줄 수는 없는 노릇이었다.

"꽃이 상한 것은 어쩔 수 없는 일이고. 어서 짐을 챙겨 나오십시오. 오늘 중으로 섬을 떠나야 합니다."

육천보의 태도가 강압적으로 변하자 백완이 눈을 들어 육천보를 바라봤다. 그러고는 천연덕스럽게 대답했다.

"오늘은 안 되겠어. 상한 꽃들이 살아나는지 봐야 하고. 또 난 급하게 움직이는 것을 싫어해서……."

백완의 대답에 육천보가 어이없는 표정을 지으며 말했다.

"문주, 예의를 지켜 드리는 것은 문주께서 제 말을 순순히 따를 때나 가능한 일입니다."

"그래? 그럼 나도 한마디 하지. 너희들의 목숨을 살려주는 것은 너희들이 내 말을 순순히 따를 때나 가능한 일이다."

팟!

백완이 채 자신의 말이 끝나기도 전에 소매 안에 들어가 있던 오른손을 흩뿌렸다.

쐐액!

백완의 손에서 한줄기 빛이 번쩍이자 한 자루 비도가 허공을 격하고 날아와 육천보 옆에 서 있던 검산칠령의 검객 목에 꽂혔다.

"컥!"

목에 비도를 맞은 검객이 짧은 비명을 내지르고는 통나무처럼 그 자리에 무너져 내렸다. 그의 목에서 번져 나온 피가 순식간에 들꽃을 붉게 물들였다.

찰나의 순간에 벌어진 경악할 만한 죽음. 누구도 백완의 이 살수를 예상할 수 없었고, 막을 수 없었다. 또한 누구도 이 상황을 제대로 이해할 수 없었다.

도대체 이 갑작스러운 살수는 뭐란 말인가. 그리고 감히 피할 엄두도 내지 못한 백완의 무공은 또 어떻게 설명할 수 있단 말인가.

"섬을 떠나려면 좀 더 오래 걸리겠군. 꽃이 이렇게 많이 상하다니……."

백완의 말이 흘러나오고 나서야 검산파의 검객들은 충격에서 벗어났다.

"문주! 이게 무슨 짓이오?"

육천보가 거칠게 외쳤다.

"내 집에 와서 내 정원을 망치고 감히 날 협박한 대가가 그럼 무엇일 거라 생각한 거냐?"

백완이 되물었다.

질문을 돌려주는 백완의 모습은 이전과는 확연히 달랐다. 그녀의 눈에서 흘러나오는 자색 안광은 장내를 압도했고, 꽃밭에 서 있는 그녀의 모습은 아름답고 신비로운 것이 아니라 천하를 발아래 둔 사람처럼 강렬했다.

"문주… 지난 세월 힘을 숨기고 사셨구려?"

육천보는 그제야 자신들이, 아니, 천하가 백완에게 속고 있었다는 것을 깨달았다.

유약한 북두산문의 후계자, 그것이 강호에 알려진 백완의 모습이었다. 그러나 지금 백완이 보여주는 이 강렬한 기운은 천하의 절대자들과 좌웅을 겨뤄도 부족함이 없는 것이었다.

"난 세상을 속인 일이 없어. 단지… 시간이 흘렀을 뿐이지. 시간은 많은 것을 변화시키니까."

"대체 문주께 무슨 일이 있었던 것이오?"

육천보가 물었다. 적의는 적의고 호기심은 호기심이었다. 곧 백완을 향해 검을 들이댈 육천보였지만 세상에서 사라졌던 지난 일 년여의 시간 동안 그녀에게 무슨 일이 일어났는지 궁금하기도 했다.

"내 삶을 그대에게 이야기할 필요는 없겠지. 하지만 꼭 필요한 한 가지 사실은 말해주겠다. 난… 검신의 무공을 얻었다. 그러니 세상은 이제 새로운 북두산문을 보게 될 거다."

"거, 검신의 무공이라 했소?"

육천보가 믿을 수 없다는 듯 되물었다.

"두 번 말할 생각은 없군."

"믿을 수… 없소."

"시험해 보고 싶다면 얼마든지… 하지만 그 대가가 죽음이란 것은 알고 있겠지?"

백완이 단호하게 말했다.

그 모습에서 육천보는 자신에게 도전하는 자는 절대 살려두지 않겠다는 백완의 의지를 읽었다.

"검산파가 두렵지 않소?"

육천보가 검산파를 들먹이며 협박했다. 그러자 백완이 한줄기 웃음을 지으며 대답했다.

"검산파……? 검산파라. 두렵지. 어찌 천하구패가 두렵지 않을까. 하지만 검산파도 날 두려워해야 할 거야. 지난 백 년간 그들이 감히 주인의 가문이었던 대북두산문을 멸시한 대가를 치러야 할 테니까. 그리고 그 대가를 치르다 보면 검산파는 결국 와해되고 말 것이다. 애초에 충성심 따위로 만들어진 문파가 아니니까."

백완의 말에 육천보가 질린 표정을 지으며 물었다.

"정말 검산파를 상대로 싸우겠다는 말이오?"

"검산파가 아니다. 검산파의 주인과 싸우는 거지. 다른 사람은 상관치 않아. 그래서 묻겠다. 날 돕지 않겠나? 그렇게 한다면 오늘 내 정원을 망친 죄는 용서해 주지. 마침 내게 나의 강호행을 도와줄 몇 사람이 필요하니까. 운이 좋은 거다, 당신은."

백완이 육천보에게 물었다.

그러자 육천보의 얼굴이 무거워졌다. 고민할 이유가 없는 질문이었다. 아무리 백완이 검신의 무공을 얻었다 해도 자신을 포함한 칠령의 검객들을 혼자 감당할 수는 없었다.

또 설혹 그녀가 자신들을 꺾는다 해도 강호에 나가 검산파를 상대로 싸움을 벌인다면 백전백패, 승산이 없는 싸움이 될 것이다.

그러니 검산파를 배신하고 그녀를 따른다는 것은 도저히 생각할 수 없는 일이었다.

그런데도 묘하게도 갈등이 생겼다. 마치 그녀가 강호에 나가 단숨에 검산파의 장문인인 유추량의 목을 벨 것 같은 느낌이 드는 것이었다.

그러나 육천보는 근거 없는 감정에 일을 그르칠 사람은 아니었다.

"미안하지만 그 제안은 거절해야겠소."

"그래? 아쉽군."

백완이 대답했다. 그러나 사실 그녀의 얼굴에는 별반 아쉬운 빛이 나타나지 않았다. 예상하고 있던 대답이기 때문이었다.

"아무래도 조금 거칠게 모셔야 할 것 같소."

육천보가 다시 말했다.

"나도 조금 거칠게 사람을 구해야 할 것 같군."

백완이 육천보를 보며 말했다.

육천보가 그런 백완을 잠시 쏘아보다 가볍게 손을 들었다. 그러자 검산칠령의 검객들이 들꽃을 밟으며 백완을 포위했다. 오랜 시간 협공을 연마한 사람들의 능숙함이 그들의 움직임에서 배어나왔다.

"정말 내 정원을 완전히 망쳐놓을 셈이군!"

아홉 명의 검객들에게 포위되었음에도 불구하고 백완은 꽃들을 걱정했다. 그런 그녀에게선 어떤 불안함도 느낄 수 없었다.

"장문인께서 명하시기를, 문주를 반드시 살려오라 하셨소. 그러니 목숨은 끊지 않겠소. 하지만 반항한다면 팔다리 하나쯤은 잃을 각오를 해야 할 거요."

육천보가 경고했다.

"고맙군. 하지만 나보다는 당신들 자신을 걱정해야 할 거야. 난 팔다리 하나로 끝내지 않아!"

백완의 경고가 채 끝나기도 전에 이번에는 그녀의 양손이 움직였다.

파파팟!

백완의 손에서 네 개의 비도가 연달아 튀어 나갔다.

비도들의 모습이 드러났다 싶은 순간, 그것들은 어느새 네 명의 검산파 검객들의 사혈에 꽂히고 있었다.

카캉!

"헉!"

"큭!"

이미 경험했던 비도 공격이지만 검산파 검객들 중 둘은 그 자리에 고꾸라졌고, 겨우 비도를 쳐낸 자들도 그 충격을 이기지 못하고 주춤거리며 뒤로 물러났다.

순간 육천보가 노한 음성으로 명령을 내렸다.

"공격하라. 피를 봐도 된다. 목숨만 붙여놓아라!"

육천보의 명이 떨어지자 검산파의 검객들이 일제히 백완을 향해 검을 뻗어냈다.

자신을 향해 날아드는 다섯 개의 검을 보며 백완이 가볍게 옆으로 걸음을 옮겼다. 그러자 그녀의 몸이 순식간에 검산파 검객들을 날아 넘어 적의 포위에서 벗어났다. 동시에 그녀가 허리 뒤쪽에서 검을 뽑았다.

창!

맑은 검음이 흘러나오며 눈부신 검신이 모습을 드러냈다.

그 사이 그녀를 향해 다섯 개의 검이 어지럽게 파고들었다.

삭!

한 자루 검이 백완의 옷자락을 베어냈다. 순간 백완이 몸을 회전하며 자신의 옷자락을 자른 자를 향해 검을 뻗어냈다.

팟!

백완의 검에서 미세한 파공음이 일어났다. 그러자 자색의 검기가 검신을 앞서가 그녀를 공격했던 자의 손목을 베었다.

"욱!"

백완의 검기에 손목을 베인 검산파 검객이 신음을 흘리며 뒤로 물러났다. 검객이 재빨리 손목을 부여잡자 손가락 사이로 시뻘건 피가 흘렀다.

"잔혹하구려!"

자신의 수하들이 연신 베이자 육천보가 독한 백완의 손속에 화가 난 듯 소리치며 앞으로 튀어나왔다.

"여인 하나를 열 명의 칼잡이들이 공격하는 것이 더 잔인한 일 아니겠는가?"

백완이 차갑게 노성을 내뱉으며 자신을 향해 떨어지는 육천보의 검을 향해 가볍게 검을 휘둘렀다.

웅!

가벼워 보이는 백완의 검에서 묵직한 파공음이 일어났다. 그녀의 검이 쇠가 아닌 천으로 만든 것처럼 구불거리는 듯싶더니 한순간에 육천보의 검을 휘어 감았다.

"웃!"

뱀처럼 자신의 검을 휘어 감는 백완의 무공에 놀란 육천보가 급히 검을 빼내려 했다. 그러나 한번 백완에게 옭아매여진 검은 쉽게 빠지지 않았다.

당황하는 육천보를 향해 백완이 가볍게 손바닥을 내밀었다. 그러자 그녀의 손바닥에서 희미한 자색 모양의 수영(手影)이 일어나더니 그대로 육천보의 가슴을 때렸다.

"헉!"

육천보가 자신의 가슴을 향해 다가오는 수영을 보며 급히 몸을 들었다.

퍽!

백완의 장력이 아슬아슬하게 육천보의 가슴 위쪽 어깨를 때리고 지나갔다.

"음!"

육천보가 신음을 흘리며 빠르게 뒤로 물러났다. 당연히 자신의 검은 놓친 후였다.

"검객이 검을 버리면 되나? 가져가라!"

백완이 여전히 자신의 검에 매달려 있는 육천보의 검을 왼손으로 움켜쥐더니 물러나는 육천보를 향해 던졌다.

쐐애액!

육천보의 검이 자신의 주인을 향해 무서운 속도로 날아갔다. 뒤로 물러나던 육천보가 경악스러운 표정을 지으며 엎드리듯 몸을 숙였다.

팟!

육천보를 향해 날아온 검이 아슬아슬하게 육천보의 등 뒤 옷자락을 베고 지나가 들꽃 무성한 땅에 꽂혔다.

육천보까지 백완에게 굴복하자 검산파 검객들의 움직임이 확연하게 느려졌다.

검산칠령에 속한 고수들은 적어도 몇 초식 겨뤄보면 상대의 무공 수준을 알아챌 능력이 있었다.

당연히 그들은 이제 백완의 능력을 알고 있었다. 그들이 몸으로 확인한 백완의 능력은 상상 이상이었다. 거기에 칠령의 령주 육천보까지 단번에 패퇴하자 검산파 검객들의 전의는 급격히 사라졌다.

"검을 버리고 무릎을 꿇어라. 그러면 부활한 북두산문의 첫 번째 식구로 받아들여 주마."

맥 빠진 검산파 검객들의 공격을 가볍게 받아넘기던 백완이 훌쩍 뒤로 물러나며 소리쳤다.

그러자 검산파 고수들도 더 이상 백완을 공격하지 않고 육천보 주위로 모여들었다.

육천보는 백완의 장력에 맞은 어깨가 자유롭지 못한 듯 한 손으로 어깨를 감싸 쥔 채 백완을 노려보고 있었다.

"정말 놀랍구려. 설마 이런 무공을 가지고 있을 거라고는 생각지 못했소."

육천보가 백완을 노려보며 말했다.

"늦게라도 깨달았다면 다행이군. 이제 그만 검을 버려라."

백완이 차갑게 말했다.

"후우… 미안하지만 그렇게는 못 하겠소."

"그래? 그럼 몇을 더 죽여야겠군."

백완이 검을 바로잡으며 말했다.

"몇이 죽더라도 우리 중 일부는 이 섬을 빠져나갈 것이오. 그리고 다음번에는 장문인께서 직접 오실 것이오. 그땐… 오늘 검산파 형제들을 상하게 한 대가를 치르게 될 거요."

육천보가 경고했다.

그러자 백완이 천천히 고개를 저었다.

"아니, 절대 그런 일은 일어나지 않아. 첫째, 너희들은 이 섬을 빠져나갈 수 없다. 둘째, 공격을 하는 쪽은 검산파 장문인이 아니라 내가 될 거야. 말했지만 검산파나 만무회나 이젠 공포 속에 살아야 할 거다. 그들은 커져가는 북두산문을 보게 될 것이고, 언제 자신들이 공격당할지 모른다는 불안함에 잠을 이루지 못할 거야."

"문주의 무공이 아무리 뛰어나도 우리를 동시에 벨 수는 없소. 모두 배로 간다. 배에 먼저 오르는 자는 기다리지 말고 출발하라. 뒤에 남는 자들은 배가 안전하게 이곳을 벗어나도록 해안가를 지켜라."

"예, 령주!"

검산파의 검객들이 일제히 대답했다.

그런데 그때 갑자기 그들의 뒤쪽에서 한 사람의 목소리가 들려와 검산파 고수들을 절망 속에 밀어 넣었다.

"문주님! 배는 접수했습니다."

백완과 검산파 검객들이 대치하고 있는 곳으로 올라온 사람은 북두산문의 감춰진 노고수 고원이었다.

그는 백완이 검산파 검객들을 상대하는 동안 몇 명의 수하를 데리고 가 육천보 등이 타고 온 배를 탈취하고 오는 길이었다.

"수고했어요. 상한 사람이 있나요?"

백완이 물었다.

"뭐, 배에 있던 자들은 모는 뱃사람들이라 살려두었습니다. 섬을 떠날 때 쓸모가 있을 것도 같고 해서……."

"잘하셨어요. 자, 이젠 어쩔 생각이냐? 이 섬 안에서 숨바꼭질을 할까?"

백완이 육천보를 보며 물었다.

백완의 추궁에 육천보가 바로 대답하지 못했다. 설마 이 섬에 백완 말고 다른 고수가 있을 거라고는 생각지도 못했던 것이다.

더군다나 배를 탈취했다는 자의 기도로 볼 때 그 무공이 절대 자신의 아래가 아닌 것이 분명했다.

백완 한 명도 상대하지 못했는데 다른 고수들까지 존재한다면 그들은 절대 이곳을 벗어날 수 없었다.

"생각보다 많은 준비를 하셨구려."

육천보가 씁쓸한 표정을 지으며 물었다.

"물론… 백 년의 한을 풀려는 사람이 허술하게 준비할 수는 없는 일이니까."

"후우… 우리를 어쩔 생각이오?"

육천보가 물었다.

그러자 백완이 대답했다.

"이미 말하지 않았는가? 그대들이 검을 버리면 북두산문이 거두는 첫 문도들이 될 거라고!"

"우릴… 믿을 수 있겠소?"

육천보가 물었다.

"믿게 만들어야겠지."

백완이 냉랭하게 대답했다.

"어떻게 말이오?"

육천보가 물었다.

"검신의 마하공은 고금제일신공이다. 마하공으로 금제를 가한 혈맥은 석 달이 지나면 굳어지기 시작해 다섯 달이 지나면 사람을 죽게 만들지. 그래서 정상적으로 살아가려면 적어도 석 달에 한 번은 본 문의 활혈단으로 혈맥을 풀어줘야 한다. 검신께서는 이 비술을 알고 계시면서도 자신을 따르는 사람들에게 사용하지 않으셨지. 사람에 대한 믿음이 강하신 분이셨으니까. 하지만 난 다르다. 난 사람을 믿지 못해. 그래서 마하공의 금제를 걸어둘 생각이다. 받아들이겠나?"

"…평생 문주의 종복으로 살라는 말이오?"

육천보가 반발하듯 물었다.

"한 가지 약속하지. 믿거나 말거나."

"무엇이오?"

"북두산문이 천하제일문으로 재기하는 날 그대들의 제약을 완전히 풀어주겠다. 그때는… 떠나라고 해도 남을 테니까. 천하제일문의 문도로서 살아가는 것을 마다할 사람은 없으니까."

"음……."

육천보가 백완의 제안에 나직하게 신음성을 흘렸다. 그러자 백완이 비웃듯 말했다.

"망설이는 이유가 설마 검산과 장문인 유추량에 대한 충성심 때문은 아닐 테지? 검산파에 모인 자들이야 하나같이 자신의 야망을 위해 모인 자들이니까 충성심 따위가 있을 이유는 없지. 결국 날 믿느냐 마느냐의 문제인데 사실 그대들에게는 선택의 여지가 없다. 받아들이지 않으면 죽을 것이다."

백완의 말에 육천보의 얼굴이 살짝 일그러졌다. 그렇다고 반박할 수도 없었다. 백완의 말은 틀린 것이 아니었다. 검산파에 모인 고수들 구 할은 충성심보다는 야망을 위해 모인 자들이기 때문이었다.

그리고 그런 자들일수록 자신의 목숨을 귀하게 생각하는 법이다.

"좋소. 문주의 말에 따르겠소."

육천보가 결국 백완에게 굴복했다. 그러자 그들의 퇴로를 막고 있던 고원이 큰 목소리로 외쳤다.

"승복하겠다면 문주에 대한 존경심부터 보이라!"

고원의 외침에 육천보가 잠시 뜸을 들이다가 결국 백완을 향해 머리를 조아리며 외쳤다.

"대북두산문의 문주께 육천보 인사 올립니다."

육천보의 갑작스러운 행동에 그를 따르던 검산칠령의 검객들이 당황한 표정을 짓다가 이내 육천보를 따라 백완을 향해 고개를 숙였다.

"대북두산문의 문주님을 뵙습니다."

사람의 심리란 참으로 이상한 것이다. 방금 전까지 서로를 향해 검을 뿌려대던 자들이 한순간에 백완의 충성스러운 수하들로 변해 있었다.

백완은 검산파 검객들의 변화를 만족스러운 웃음으로 받아들이고 있었다. 그녀의 말투 역시 변했다.

"환영하오. 그대들은 대북두산문이 받아들인 첫 번째 문도들이오. 언제나 고난을 함께한 사람들이 가장 중요한 위치에 서게 되는 법이오. 향후 천하제일문이 될 북두산문에서 그대들은 가장 중요한 사람들이 될 것이오."

"분골의 힘을 다하겠습니다."

육천보가 마치 오랫동안 백완을 모셔온 사람처럼 외쳤다.

"좋소. 그럼 일단 오늘은 나의 초가에서 쉬도록 하시오. 내일 만화도를 떠나겠소."

"알겠습니다. 문주님!"

육천보가 정중한 목소리로 대답했다.

만화도 들꽃 위에서 벌어진 한바탕의 싸움은 전혀 예상치 못한 결과를 만들어내며 순식간에 끝이 났다.

처음 백완은 들꽃이 상한 것을 들먹였었지만, 일단 육천보 등이 그녀의 사람이 되기로 한 이후에는 꺾이고 밟힌 들꽃 따위에는 관심도 두지 않았다.

대신 그녀는 섬을 떠날 준비와 향후 강호에서의 행보를 계획하며 긴 밤을 지새웠다.

그리고 날이 밝자 백완은 북두산문의 문도들을 이끌고 한동안 머물렀던 만화도를 떠나 강호로 향했다.

*　　　　　*　　　　　*

두두두!

산비탈을 끼고 도는 관도를 따라 한 대의 마차와 십여 필의 말이 정신없이 질주하고 있었다. 그들이 일으키는 먼지가 구름이 되어 산 능선을 따라 올라갔다.

마차는 순식간에 산허리를 감아 돌아 산 뒤쪽 계곡으로 진입했다. 그즈음 무섭게 달리던 마차가 서서히 속도를 줄이기 시작하더니 계곡의 맑은 물가가 보이는 곳에서 달리기를 멈췄다.

"왜 멈추시오?"

마차가 멈추자 마차 안에서 다급한 사내의 목소리가 흘러나왔다. 동시에 큰 소리를 내며 마차 문이 열렸다.

문이 열리자 마차 안에 타고 있던 가는 눈에 살집이 두둑한 중년의 사내가 모습을 드러냈다.

태어날 때부터 눈이 가늘었던 것인지, 얼굴에 살이 쪄서 눈이 가늘어진 것인지 구분을 할 수 없는 사내가 마치 자신이 마차를 끌고 온 것처럼 비 오듯 흐르는 땀을 흰 천으로 닦으며 마차를 호위하고 있던 검은 무복의 사내를 바라봤다.

"이곳에서 쉬어가야 하오. 말들이 지쳤소."

"하지만 그 계집들이 쫓아오면 어쩐단 말이오? 좀 더, 좀 더 가서 쉽시다."

마차 안의 사내는 잔뜩 겁에 질려 있었다.

"걱정 마시오. 쉬지 않고 반나절을 달렸소. 그들이 우리가 떠난 것을 알고 추격을 한다 해도 우리의 행방을 모르는 이상 찾을 수 없을 거요. 그리고 지금은 더 가려고 해도 갈 수 없는 상황이오. 말들이 지쳤소. 이대로 계속 말을 몰면 반 시진을 버티지 못하고 죽을 것이오."

사내의 말에 마차 안의 사내가 마차를 끄는 말 두 필을 바라봤다. 정말 말들이 입에 거품을 물며 연신 힘겨운 숨을 내뱉고 있었다.

"이런 망할 놈들. 하루에 천 리를 간다고 해서 금 열 냥씩을 주고 샀는데 겨우 반나절 달리고 지치다니! 감히 날 속여. 내 나중에 반드시 대가를 치러주겠다."

살찐 사내가 쭉 찢어진 눈을 부라리며 소리쳤다. 그 모습을 보고 있던 검은 무복의 사내가 못마땅한 표정을 지으며 말했다.

"나중 일은 나중에 생각하고 일단 좀 쉽시다. 이각이면 될 것이오. 말들에게 물을 먹이고, 자네들도 간단히 요기를 하게."

사내의 명에 마차를 호위하던 자들이 일제히 말에서 내려 계곡으로 내려갔다.

"젠장! 그때 뿌리를 뽑았어야 하는데……."

마차에서 내리자 더욱 살이 쪄 보이는 사내가 투덜거리며 계곡으로 내려왔다.

그러자 표독스러워 보이는 여인과 사내만큼 살이 찐 소년이 뒤따라 마차에서 내려 사내를 따라갔다.

"그러게 내가 뭐랬어요. 어떻게든 잡아두자고 했잖아요?"

사내의 뒤를 따라가면서 여인이 사납게 말했다.

"젠장, 그럼 어떡해? 자기를 보내주지 않으면 재산을 넘기지 않겠다는데."

"그냥 뺏으면 되죠?"

"어이쿠, 이 마누라야. 그게 어디 쉬운 줄 알아? 사방에 깔린 공가의 재산을 가지려면 반드시 공가 주인의 수결이 있는 문서가 필요했단 말이야. 그렇지 않으면 절대 공가의 재산을 찾을 수 없었어."

"그럼 수결만 받아내고 잡아두든지 죽이든지 했어야지요!"

여인이 지지 않고 소리쳤다.

"젠장, 그래도 한때 모시던 사람의 딸인데 어떻게 죽여! 그리고 설마 그 계집아이가 이렇게 영악한 짓을 할 줄 누가 알았겠어. 그냥 세상을 떠돌다 죽거나 기녀가 될 줄 알았지."

사내가 투덜거리며 대답했다.

그러자 두 사람을 따라 걸음을 옮기던 비대한 소년이 입을 열었다.

"나 공예랑 혼인하면 안 돼요?"

그러자 앞서 걷던 부부가 걸음을 멈추고 고개를 돌려 소년을 바라봤다. 두 사람 모두 소년을 보는 눈에 절망의 기색이 엿보였다.

"지금 뭐라고 했느냐?"

비대한 체구의 사내가 애써 화를 참으며 물었다.

"나 공예랑 혼인하면 안 되냐고요? 공예가 내 색시가 되면 서로 싸울 일도 없잖아요?"

소년의 말에 비대한 체구의 사내가 크게 한숨을 내쉬었다.

"하아… 이것도 자식이라고. 누굴 닮아 이렇게 아둔한지."

"누굴 닮긴 누굴 닮아요! 영 물러 터진 게 딱 당신이지."

여인이 앙칼진 목소리로 대답했다.

"무슨 소리야? 이만큼 살게 된 게 다 누구 덕분인데?"

비대한 사내가 소리쳤다.

"흥, 그 일도 내가 계책을 내지 않았으면 심약한 당신이 어디 엄두나 냈겠어요?"

"제길, 그래서 꼴좋다. 결국 그 일 때문에 이렇게 도망 다니게 된 거잖아? 그때 좋은 말로 그 아이를 구슬러 금아랑 혼약을 맺게 했으면 이럴 일 없었을 거라고!"

"흥, 누가 그걸 몰라요? 하지만 그년이 말을 들었어야죠. 말을! 콧방귀도 뀌지 않는 년을 무슨 수로……."

여인이 지지 않고 대꾸했다.

비대한 사내의 가족은 그렇게 계곡 물에 손도 담그지 않고 서로 원망하며 말싸움을 멈추지 않았다.

"제길, 우리가 정말 저런 자들을 지켜야 하는 겁니까?"

지친 말들을 물가에 풀어놓고 땀을 식히고 있던 검은 무복의 사내 중 한 명이 그들을 이끌고 있는 우두머리에게 물었다.

"어쩔 수 있나. 대가를 받았으니 일을 해야지."

"그냥 두고 갈까요? 다른 자들도 이미 다들 도망가지 않았습니까."

"불가한 일이다. 내가 비록 낭인으로 살아가고 있지만 그래도 약속은 반드시 지킨다."

"물론 대형께서 약속을 꼭 지키시는 분이라는 것은 저희들도 잘 알지요. 그래서 대형을 따르는 것이고 말입니다. 하지만… 저

인간들은 지켜줄 가치가 없는 자들입니다."

"그렇긴 해도 거래는 거래다."

대형이라 불린 자가 단호하게 말했다.

"에잇, 뭐, 알겠습니다. 그 문제에 대해선 더 이상 말하지 않겠습니다. 그런데… 대체 그 여인은 누굴까요?"

"난들 알겠는가? 아무튼 놀라운 여인이야. 서른이 넘은 무사들을 홀로 상대하다니… 미리 도주할 준비를 하지 않았다면 기회를 잡지 못했을 거야."

"하긴 얼핏 보아도 도저히 우리가 감당할 여인은 아닌 것 같았습니다."

사내가 두려운 빛을 보이며 말했다.

"일단 푹 쉬어. 이곳을 떠나면 쉬지 않고 산을 넘어 황하까지 이동한다. 그곳에서 강을 건너게 해주면 우리의 일은 끝나는 거네."

"알겠습니다. 대형!"

사내가 대답을 하고는 몸을 일으켰다.

그러자 대형이라 불린 자가 여전히 말싸움을 하고 있는 비대한 사내의 가족들을 보며 중얼거렸다.

"참… 사람 꼴 비참하게 되었네. 그래도 혈랑검 범왕이라고 하면 장성 이북에선 제법 대접을 받는 이름인데, 오늘 이렇게 살찐 돼지나 호위하고 있다니… 후우!"

스스로 범왕이라 말한 사내가 자괴감에 빠진 목소리로 혼잣말을 하더니 무심히 검을 뽑아 들었다.

따가운 햇살을 받은 검이 눈부시게 번쩍거렸다.

우웅!

사내 범왕이 몇 차례 허공에 대고 검을 휘두르자 아름다운 무지개가 허공에 피어났다. 검을 움직이는 속도로 보아 녹록치 않은 무공을 지닌 자가 분명했다.

"후우… 이번 일이 끝나면 정착하는 문제를 생각해 봐야겠어. 중원에서야 기존 문파들의 견제가 심할 테니 장성 근처에서 자리를 잡아야봐야지."

오랜 낭인 생활에 지친 자의 탄식이 길게 이어졌다.

그런데 그때 갑자기 사내가 눈을 크게 뜨며 재빨리 자리에서 일어났다. 그리고 계곡 건너편 숲을 보며 소리쳤다.

"누구냐?"

사내의 외침에 계곡 여기저기 흩어져 있던 자들이 일제히 자리를 박차고 일어났다.

쉬지 않고 입씨름을 하던 비대한 사내의 가족도 급히 낭인 무사 범왕이 있는 곳으로 달려왔다.

"헉헉! 무, 무슨 일이오?"

짧은 거리를 달렸음에도 숨을 헐떡이며 범왕을 고용한 자가 물었다.

그러나 범왕은 사내의 물음에 대답하지 않고 다시 계곡 건너편을 향해 소리쳤다.

"모습을 보여라! 누구냐?"

범왕의 외침에 갑자기 계곡 건너편 아름드리나무가 크게 흔들리더니 두 명의 여인이 나뭇가지 사이에서 날아 나와 새처럼 계곡 바위 위에 내려섰다.

"앗! 저, 저년은!"

중년의 여인과 아직 스무 살이 안 되어 보이는 소녀가 나타나자 범왕의 뒤에 있던 비대한 사내가 경악스러운 표정을 지으며 소리쳤다.

"음… 벌써……."

범왕이 나직한 신음성을 흘렸다.

그러자 숲에서 나타난 여인 중 중년의 여인이 차가운 표정으로 말했다.

"나쁘지 않군. 이곳까지 도주를 하다니. 하지만 여기까지다. 그만 그 가족을 넘기고 물러가라. 그대들이 금자를 받고 이 일을 한다는 것을 알고 있다. 이쯤 했으면 충분히 할 만큼 했어."

중년 여인의 말에, 범왕의 눈에 갈등의 빛이 스쳐 지나갔다. 그걸 눈치챘는지 비대한 사내가 소리쳤다.

"더, 더 주겠소. 우릴 놔두고 가지 마시오."

사내의 필사적인 외침을 들은 낭인 무사 범왕이 잠시 생각에 잠겼다가 중년 여인에게 물었다.

"대체 당신은 누구요?"

"말해줘도 모를 것이다. 세상에 이름을 드러내고 사는 사람은 아니니까."

여인이 대답했다.

그러자 범왕이 다시 물었다.

"대체 그 소녀와는 무슨 사이기에 구가장의 일에 관여하는 것이오?"

"말이 틀렸군. 구가장의 일에 관여하는 게 아니라 공가의 일에 관여하는 것이야. 공가의 어린 주인을 내쫓고, 그 재산을 모두 차지한 구돈, 그자의 이름이 감히 공가를 대신할 수는 없지 않은가? 사연을 알 텐데?"

"좋소. 공가의 일이라고 해둡시다. 대체 여협께서는 공가의 그 소녀와 무슨 관계시오?"

"지금은 청부자와 그 청부를 수락한 사람 사이지."

"그 소녀가 여협께 청부를 했단 말이오?"

"그렇게 보는 게 맞겠지?"

중년 여인이 곁에 서 있는 소녀를 보며 물었다. 그러자 소녀가 대답했다.

"예, 사부님! 아주 오래전에 한 청부지만요."

소녀가 중년 여인을 사부라 부르는 소리를 들은 낭인 무사 범왕의 표정이 좀 더 어두워졌다.

보통의 청부 거래라면 어떻게든 타협을 할 수도 있지만, 스승과 제자로 얽혀 있는 인연이라면 절대 타협이 될 수 없는 일이다.

"후우… 구 대인을 꼭 죽이셔야겠소?"

범왕이 물었다.

그의 모습은 이미 중년 여인의 기세에 밀리고 있는 듯 보였다.

"그렇다면?"

"그렇다면… 나도 이대로 물러날 수는 없소. 내가 비록 강호를 떠도는 낭인이지만 날 믿고 자신의 목숨을 맡긴 사람을 쉽게 포기할 수는 없소이다."

"좋아. 그럼 남은 것은 하나군. 강호의 모든 일이 그렇듯 칼로써 해결하는 것이지."

중년 여인이 기다리고 있었다는 듯 날렵한 모양의 검을 뽑았다.

차앙!

검이 검집을 벗어나는 순간 물결이 치듯 검신이 크게 출렁였다. 오직 고수들만이 쓸 수 있다는 연검(軟劍)이다.

연검을 뽑아 든 중년 여인이 낭인 무사 범왕과 그를 따르는 자들을 보며 말했다.

"죽음으로 대항하면 죽음이, 부족함을 알고 물러나면 삶이 남을 것이다."

한마디 경고를 남긴 여인이 바위를 박차고 날아올랐다. 그리고 마치 한 마리 새처럼 우아한 곡선을 그리며 계곡을 날아 넘었다

제4장
유왕(酉王) 서리

　애초에 어울리지 않는 싸움이었다.

　눈부신 연검이 사냥감을 공격하는 뱀처럼 허공에서 꿈틀거릴 때마다 낭인 무사들은 피를 흘리며 쓰러지거나 뒤로 물러났다.

　다행인 것은 그나마 여인이 손속에 사정을 두어 부상을 입을지언정 목숨을 잃은 사람은 없다는 것 정도였다.

　여인의 움직임을 간결하기 이를 데 없었다. 연검을 사용하는 무인들의 특징인 화려한 움직임은 애초에 찾아볼 수 없었다.

　그래서 그녀의 연검이 더 무서웠다. 화려함을 배제한 초식은 한 번의 움직임으로 반드시 적의 피를 봤기 때문이다.

　그렇게 낭인 무사들 사이를 무인지경처럼 움직이던 여인이 드디어 무사들의 우두머리 범왕 앞에 섰다.

　차앙!

범왕은 이미 자신이 이 싸움에서 승리하지 못할 것이라는 것을 알고 있었다. 그러나 낭인으로 살아오면서 체득한 거친 본성이 순순히 패배를 인정하지 못하게 했다.

그가 사나운 늑대처럼 여인을 향해 돌진했다. 그러자 여인이 슬쩍 한 걸음을 내딛는 것으로 범왕의 검을 피한 후 그대로 검을 휘둘러 범왕의 팔을 잘라갔다.

단번에 범왕의 팔이 여인의 검에 잘려 나가려는 순간 범왕이 동물적인 움직임으로 옆으로 굴러 여인의 검을 피했다.

그는 땅을 구르는 와중에도 여인의 두 다리를 목표로 검을 휘둘렀다.

탓!

여인이 가볍게 땅을 차고 허공으로 도약해 범왕의 검을 피했다. 그러고는 잠시 허공에 멈춘 듯하다가 벼락처럼 연검을 휘둘렀다.

휘리링!

공기의 저항을 이기지 못하고 휘어지는 연검에서 날카로운 파공음이 일어났다. 그리고 다음 순간 십여 갈래로 갈라진 듯한 검날이 어지럽게 범왕의 머리 위로 쏟아졌다.

"아!"

범왕의 입에서 자신도 모르게 탄식이 흘러나왔다. 이번만큼은 도저히 여인의 검을 피할 수 없다는 것을 깨달은 것이다.

낭인 무사의 운명이란 결국 강호를 떠돌다 죽게 마련인 것이지만, 최근 들어 정착을 꿈꾸던 범왕에게는 조금 억울한 죽음의 순간이었다.

그런데 여인의 연검이 범왕의 몸을 난도질할 것 같던 그 순간 갑자기 범왕의 눈앞에서 날카롭던 검날들이 거짓말처럼 사라졌다.

"…왜?"

범왕이 자신도 모르게 검을 거둔 여인에게 물었다.

그러자 여인이 대답했다.

"반항할 수 없는 사람을 죽이지는 않는다. 그리고 이 정도면 당신과 당신 동료들이 이 일에서 손을 뗄 것 같기도 하고. 안 그런가?"

여인이 물었다.

그러자 범왕이 주춤한 자세로 망설이다가 한숨을 쉬며 대답했다.

"맞소. 이 지경에서 우리가 뭘 더 하겠소."

"그럼 지금 이곳을 떠나라. 당장 치료가 급한 사람들도 있을 테니."

여인이 범왕의 동료들을 둘러보며 말했다.

"우릴… 그냥 보내준다는 거요?"

"난 한 입으로 두말하지 않는다."

여인이 냉정하게 말했다.

그러자 범왕이 얼른 포권을 해 보였다.

"여협의 아량에 감사드리오."

"단지 살생이 싫을 뿐이다."

여인이 차갑게 대답했다.

그러자 범왕이 다시 한번 고개를 숙여 보인 후 동료들을 향해 소리쳤다.

"이곳을 떠난다. 부상당한 형제들을 부축하고 말에 올라라."

범왕의 명령에 사지에서 벗어날 수 있게 된 낭인들이 서둘러 동료들을 데리고 계곡 한쪽에 모여 있던 말에 올라타기 시작했다.

범왕도 자신의 동료들이 있는 곳으로 가려다가 갑자기 자신을 고용한 구돈이란 자에게 다가갔다.

"구 대인, 미안하오. 우린 여기까진 것 같소."

"설마… 우릴 두고 그냥 가겠단 말이오?"

"세상에는 도저히 어쩔 수 없는 일도 있소. 비록 청부를 받은 몸이지만 우리 형제들의 목숨도 소중하오. 끝까지 지켜 드리지 못해 미안하오. 대신 받은 금자는 돌려 드리겠소."

범왕이 품속에서 금자가 든 주머니를 꺼내 구돈에게 건넸다.

얼떨결에 금자를 받아 든 구돈이 멍하니 범왕을 바라봤지만 범왕은 구돈에게 잠시 눈길을 준 후 미련 없이 구돈을 떠나 말에 올랐다.

"목숨을 살려준 은혜 잊지 않겠소이다. 혹, 여협의 존명을 알 수 있겠소?"

말에 오른 범왕이 물었다.

그러자 여인이 잠시 생각에 잠겼다가 입을 열었다.

"뭐, 숨길 것도 없지. 사람들은 날 유왕이라고 부른다."

"유왕……?"

범왕이 유왕이란 말을 되새기며 고개를 갸웃했다.

"들어보지 못했을 것이다. 강호에 그 별호를 아는 사람은 그리 많지 않으니."

"성함이 아니라 별호셨구려."

"본명이야 알 필요는 없을 테고… 나중에 인연이 있으면 다시 만나겠지."

"알겠소이다. 그럼 난 이만 물러가겠소. 그리고… 청부를 맡았던 사람으로서 부탁하오. 부디 호생지덕을 베푸시길!"

구돈의 처분을 두고 하는 부탁이었다.

"그건 내가 아니라 저 아이가 결정할 일이고."

유왕이란 별호를 쓰는 여인이 턱으로 여전히 계곡 건너편 바위 위에 서 있는 소녀를 가리켰다.

"그렇구려. 후우… 겪은 일을 생각하면 용서가 쉽지는 않겠지. 아무튼 그럼 우린 가겠소. 가자!"

범왕이 낭인 동료들을 보며 소리치자 낭인 무사들이 뒤도 돌아보지 않고 관도를 따라 말을 몰아 사라졌다.

낭인들이 사라진 계곡에 다섯 사람만 남았다.

유왕이란 별호를 쓰는 여인과 그녀와 함께 온 소녀, 그리고 구돈이란 비대한 사내의 가족이었다.

사내 구돈은 연신 얼굴에서 흐르는 땀을 닦아내고 있었다. 긴장한 그의 몸은 샘처럼 땀을 쏟아냈다. 그의 손에 들린 흰 면포가 흥건히 젖을 정도였다.

"이리 오거라."

유왕이란 별호를 쓰는 여인이 계곡 건너편의 소녀를 보며 말했다. 그러자 소녀가 가볍게 몸을 날렸다.

탓! 탓!

소녀는 중년 여고수와 달리 계곡 중간중간 놓여 있는 바위를 두 차례 밟은 후에야 계곡을 건널 수 있었다. 무공에 있어서 중년 여인과 현격한 차이가 있어 보이는 소녀였다.

"감사합니다, 스승님!"

계곡을 건너온 소녀가 유왕이란 별호의 여인에게 고개를 숙이며 말했다.

"됐다. 의미 없는 싸움이었어. 아무튼 이젠 네가 알아서 하거라."

"예, 스승님!"

"그 전에 한 가지 충고할까?"

중년 여인이 구돈 가족에게 다가가려는 소녀를 붙들며 말했다.

"말씀하세요."

"피를 보는 것은… 힘든 일이다."

"……."

"물론 모두 네가 결정할 일이다."

중년 여인이 그 말을 하고는 장내에서 멀찍이 떨어진 곳으로 가 팔짱을 끼고 제자인 소녀와 구돈 가족을 지켜보기 시작했다.

"예… 예야!"

소녀가 다가오자 구돈이 떨리는 목소리로 소녀의 이름을 불렀다. 아마도 소녀가 앞서 구돈의 아들이 말했던 공예란 소녀인 모양이었다.

"겨우 여기까진가요?"

소녀 공예가 차갑게 물었다.

그러자 구돈이 공예를 보며 사정하듯 웅얼거렸다.

"예… 예야, 내가 잘못했다."

"이제 와서요? 우리 가문을 빼앗고, 날 내쫓을 때는 언제고 요?"

공예가 차갑게 물었다.

"그건 네가 나간 거지 우리가 쫓아낸 것은 아니, 악!"

갑자기 뒤에서 튀어나와 소녀 공예와 구돈의 대화에 끼어들던 구돈의 아내가 갑자기 비명을 지르며 그 자리에 풀썩 주저앉았 다.

"어, 어머니!"

구돈의 아들이 비대한 몸으로도 급히 무릎을 굽혀 구돈의 아 내를 부축했다.

구돈의 아내는 머리를 산발한 채 겁에 질린 표정으로 공예를 바라보고 있었다.

소녀 공예의 손에는 한 자루 날카로운 검이 들려 있었다. 그 녀는 구돈의 아내가 말을 하는 순간 검을 뽑아 비녀로 쪽을 진 구돈 아내의 머리카락을 잘라 버렸던 것이다.

그 손속의 빠르고 정확함이 유왕이라는 여검객에겐 미치지 못하지만 강호에 나가면 일류 검객이란 소리를 들을 만한 실력이 었다.

그러니 평소 무인의 검에 공격을 당해본 적이 없는 구돈의 아 내로서는 소녀 공예에게 감당할 수 없는 두려움을 느낄 수밖에 없었다.

"한마디만 더하면 그땐 목을 벨 거예요."

공예가 구돈의 아내를 보며 경고했다.

그러자 구돈의 아내가 입을 열려다 말고 침을 꿀꺽 삼키며 흘러나오려던 말을 스스로 막았다.

"당신이 한 잘못을 인정하나요?"

구돈 아내의 말을 막은 공예가 구돈에게 물었다.

그러자 구돈이 굽실거리며 대답했다.

"물론이다. 내가 잘못했다. 그러니 그만 화를 풀고 우리를 좀 용서해라."

"좋아요. 그럼 당신이 내게서 가져간 것을 내놓으세요."

"응?"

공예의 말에 구돈이 멈칫하며 공예를 바라봤다.

"내게서 가져간 것을 내놓으라고요."

"그… 야 장원에 그대로 남아 있지 않느냐? 헉!"

말을 하던 구돈이 헛바람을 흘려내며 사색이 되었다.

다시 한번 소녀 공예의 검이 허공을 갈랐고, 검은 정확히 비단으로 만든 구돈의 장삼을 잘랐다.

투투툭!

장삼이 잘리는 순간 구돈의 품속에서 몇 개의 금붙이와 전표 다발이 쏟아졌다.

"내가 예전의 그 어린아이인 줄 아세요? 당신이 얼마 전에 장원을 다른 사람에게 팔았다는 걸 모를 줄 알았어요?"

"그, 그걸 어떻게……?"

구돈이 당황한 얼굴로 되물었다.

"이것 봐요, 구돈 아저씨! 난 이제 당신이 감히 속일 수 없는 사람이 되었어요. 물론 모두 사부님 덕분이죠. 그래서 이제 잘못된 과거를 바로잡을 수 있는 사람이 되었단 말이에요. 그러니 당신도 본래의 당신으로 돌아가세요."

"본래의 나라니……? 무슨 말이냐?"

"처음 우리 공가장에 왔을 때 당신은 어떤 사람이었나요?"

"그, 그야……."

구돈이 말꼬리를 흐렸다.

그러자 공예가 대신 말했다.

"당시 당신은 손에 은전 한 닢 쥐고 있지 못했어요. 그런 당신을 내 아버님이 거두고 공가장의 사람으로 살아가게 했지요. 이재에 밝은 당신의 재능을 아끼셨고요."

"그, 그렇지……."

구돈이 시무룩한 표정으로 대답했다.

"그런데 아버지는 한 가지 사실을 모르셨어요. 당신은 이재에는 밝지만 의리라고는 눈곱만큼도 없는 사람이란 걸 말이죠. 만약 그 사실을 아셨다면 절대 당신을 공가장에 받아들이지 않으셨을 거예요."

"미안하구나. 전대 가주님을 생각하면… 할 말이 없다."

구돈이 순순히 공예의 말을 시인했다. 아마도 전대 가주에 대해서는 존경심이 남아 있는 듯 보였다.

"좋아요. 적어도 아버님에 대해선 진심인 것 같으니 우리의 악연은 이쯤에서 끝내도록 하겠어요. 하지만 이미 말했듯이 당신과 당신 가족은 공가로부터 얻은 모든 것을 놓아두고 떠나세요."

"이… 이게 다다."

구돈이 땅에 쏟아진 금덩이와 전표들을 가리키며 말했다.

"그래요?"

공예가 한 줄기 비웃음을 입가에 머금더니 재차 검을 휘둘렀다.

"악!"

공예가 검을 휘두르는 순간 다시 구돈의 처가 비명을 질렀다.

그녀가 땅에 주저앉은 채 주춤거리며 뒤로 물러났다. 그러자 공예의 검에 베인 그녀의 옷섶이 열리면서 구돈과 마찬가지로 여러 가지 보석들이 줄줄이 떨어졌다.

그 모습을 본 공예가 다시 검을 들었다. 그리고 그 검이 이번에는 구돈의 아들에게로 겨눠졌다.

"하지 마! 하지 마! 예야. 내가, 내가 내놓을게."

구돈의 아들이 두 손을 저으며 황급히 품속에서 작은 금낭을 꺼내 땅에 내려놓았다.

"이제 모두 뒤로 물러나요."

공예가 세 사람을 보며 말하자 구돈과 그의 처자식이 주춤거리며 뒤로 물러났다.

세 사람이 물러나자 소녀 공예가 땅에 흩어진 전표와 금은보화를 제법 큼직한 가죽 주머니를 꺼내 그 안에 넣었다. 그러고는 구돈을 보며 말했다.

"당신들이 비록 날 내쫓고 우리 공가를 차지했지만 그래도 그

와중에 죽은 사람은 없으니 나도 당신들을 죽이지는 않겠어요. 하지만 당신들이 가지고 있던 모든 것은 애초에 공가의 재산이었으니 이것들은 내가 가지고 갈 거예요. 물론 공가의 재물로 마련한 저 마차도 마찬가지예요. 이것으로 나와 당신들의 악연은 끝났어요. 다신 보지 않기를 바라겠어요."

구돈과 그 가족에게 일장 연설을 한 소녀 공예가 금은보화가든 자루를 들고 유왕이란 별호를 쓰는 여인이 있는 곳으로 걸어갔다.

"끝난 거냐?"

공예가 다가오자 중년의 여인이 물었다.

"예, 사부님!"

소녀 공예가 맥 빠진 목소리로 대답했다.

"피를 보지 않아 다행이구나. 대견하기도 하고. 그런데 왜 그렇게 힘이 없어? 저들을 벌주고 네 것을 찾았는데. 그게 너의 소원이었지 않니?"

"모르겠어요. 잃었던 것을 찾고 저들을 벌주면 속이 시원할 줄 알았는데……."

"그렇지가 않다는 거냐?"

"예."

"왜지?"

"그게… 지금 보니 저들은 너무 약한 사람들인 것 같아요."

공예의 말에 중년 여고수가 빙그레 미소를 지었다.

"좋구나. 그런 마음이 든다는 것은 네가 성장했다는 의미니까. 사람은 자신의 처지에 따라 상대를 다르게 평가하지. 어린 너에게 저들은 상대할 수 없는 강자들이었겠지만 지금의 너에게 저들은 동정의 대상이 되었구나. 기뻐해도 좋다. 넌 성장한 거다."

여고수의 말에도 공예의 표정은 달라지지 않았다. 하지만 그러면서도 자신의 스승에 대한 감사의 인사는 빼놓지 않았다.

"모든 게 스승님의 가르침 덕분이에요."

"호호, 나야 손해 볼 게 없는 일이었지. 너 같은 재질을 지닌 아이를 찾는 것은 쉽지 않은 일이니까."

"그래도 스승님이 아니었으면……."

"좋아. 이제 그럼 과거는 잊자. 그리고 앞일만 생각하는 거다. 괜찮지?"

"저야 괜찮죠. 하지만 스승님도 그러실 수 있겠어요?"

"응?"

소녀 공예의 말에 중년 여고수가 되물었다. 그러자 소녀 공예가 다시 말했다.

"혈월야를 잊으실 수 있겠어요?"

"그건! 절대 잊을 수 없지!"

중년 여고수가 단호하게 대답했다.

"그것 봐요. 문제는 제가 아니라 스승님이라고요. 그 문제만 나오면……."

"하아… 그렇긴 하구나. 그 문제가 내겐 가장 중요한 문제니까. 사는 이유기도 하고."

"아무튼 그만 가요. 대처로 나가 요기나 해요. 오늘은 제가 정말 맛난 음식으로 대접해 드릴게요."

"호오! 이젠 부자가 됐다 이거냐?"

"그럼요. 이제 정말 부자지요."

공예가 손에 든 커다란 가죽 주머니를 흔들며 말했다. 그러자 그 안에서 금덩어리들이 부딪히는 소리가 요란하게 흘러나왔다.

"좋아. 오늘은 부자 제자 덕을 한 번 보자."

여고수가 웃음을 지으며 관도에 서 있는 마차로 걸음을 옮기기 시작했다.

"우… 우린 어떻게 되는 거예요?"

소녀 공예와 그녀의 사부가 마차 쪽으로 걸어가자 구돈의 아들이 겁이 난 표정으로 물었다.

"뭘 어떻게 돼! 망한 거지! 아이구, 내 팔자야!"

구돈의 아내가 땅바닥에 벌렁 드러누우며 한탄했다.

"일어나. 가자고."

구돈이 그런 아내를 보며 말했다.

"어디로요?"

"어디로든 가야지. 여기서 살 순 없잖아."

구돈이 한숨을 쉬며 말했다.

"당신 걸을 수나 있겠어요? 그 몸으로!"

비대한 구돈을 보며 그의 아내가 눈을 흘겼다.

"사람은 닥치면 뭐든 하게 돼 있어. 내가 예전부터 살이 찐 것도 아니고……."

"마차만 달라고 하면 안 돼요?"

구돈의 아들이 간절한 표정으로 물었다.

그러자 구돈이 고개를 저으며 대답했다.

"그럴 수는 없다. 그 말을 할 입장도 아니지만 그랬다가는 공예나 그 사부라는 여자가 무슨 짓을 할지 몰라. 그냥 저들이 조용히 떠나게 놔두는 게 좋아."

구돈이 어느새 마차 앞에 이른 공예와 그녀의 사부를 보며 말했다.

"음……!"

계곡을 떠나 마차가 있는 관도에 올라서던 중년 여고수가 갑자기 나직한 소리를 내며 걸음을 멈췄다.

그녀의 뒤를 따르던 공예 역시 사부에게 막혀 엉거주춤 멈춰 섰다.

"왜 그러세요?"

갑작스레 걸음을 멈춘 스승을 보며 공예가 물었다. 그러자 중년의 여고수가 손을 들어 공예의 말을 막으며 조금 뒤로 물러나라는 손짓을 보냈다.

공예가 뭔가 심상찮은 일이 벌어진 것을 알고는 재빨리 뒤로 물러나며 스승과 마차를 주시했다.

"누가 감히 백주대낮에 남의 마차를 훔쳐 타려 하는가?"

중년의 여고수가 검을 잡아가며 날카롭게 물었다. 그러자 갑자기 마차 안에서 장난스러운 목소리가 들렸다.

"동생이 부자 제자를 두게 되어 나도 그 덕을 좀 보려는데 그게 검을 뽑을 일은 아니지."

순간 중년 여고수의 표정이 급변했다. 그녀의 얼굴에서 경계의 빛이 사라지고 웃음이 떠올랐다.

"자왕 오라버니시군요?"

"하하, 내가 아니라면 어떻게 서리 동생 모르게 마차에 탈 수 있었겠어."

"홍, 싸우고 있지 않았다면 자왕 오라버니도 결코 저 몰래 마차에 타지 못했을 거예요. 그나저나 왔으면 계곡으로 내려와 도와줄 일이지 왜 마차에 숨어 있어요. 얼른 문을 열고 나오세요. 오랜만에 얼굴이나 보자고요. 그사이에 얼마나 더 늙었을까?"

서리라고 불린 중년 여고수가 마차를 보며 중얼거렸다.

그러자 마차의 문이 열리면서 자그마한 체구의 사내가 주름진 얼굴을 삐쭉 내밀었다.

"흐흐, 그동안 잘 지냈어? 동생."

"여긴 대체 어떻게 알고 왔어요?"

서리가 물었다.

"내가 찾고자 하면 못 찾는 사람이 없다는 걸 동생도 알잖아. 나 자왕의 실력을 몰라?"

사내가 되물었다.

사내는 북두산문의 옛 장원에서 불사 나왕과 적월을 구한 자왕 사송이었다.

"홍, 그런 사람이 아직 흉수의 흔적도 찾지 못했나요?"

"아아, 만나자마자 왜 그 얘길 해? 그거라면 동생도 할 말이 없잖아?"

자왕 사송이 손을 저으며 말했다.

"알았어요. 알았으니까. 일단 내려요. 마차에는 우리가 탈 테니 자왕 오라버니는 마차를 모세요."

"그게… 좀 어려울 것 같은데…….'

자왕 사송이 머뭇거리며 말했다.

"지금 여자들 보고 마차를 몰라는 말이에요? 오라버니는 편하게 마차 안에 있고?"

여고수 서리가 눈을 치뜨며 따지듯 물었다.

"참 나, 동생이 언제부터 남녀를 구분했나? 그리고 다른 때라면 내가 마차를 몰겠지만 오늘은 좀… 손님이 있어."

"손님이라뇨?"

손님이 있다는 말에 여고수 서리가 놀란 표정으로 되물었다. 평소 자왕 사송이 누군가와 동행 같은 것을 하는 사람이 아니라는 것을 알고 있기 때문이었다.

"내가 아주 귀한 분을 모셔왔지."

"대체 누군데요?"

서리가 물었다.

그러자 사송이 마차 안을 돌아보며 말했다.

"불사 대협, 소개하겠소. 십이지방의 열두 왕 중 유왕인 내 의동생 서리요."

말을 하자마자 사송이 훌쩍 마차 밖으로 내려섰다. 그러자 그 뒤를 따라 두 사람이 마차 밖으로 나왔다. 불사 나왕과 적월이었다.

"불사 나왕!"

불사라는 별호를 듣는 순간부터 여고수 서리는 놀란 눈으로 마차에서 내리는 두 사람을 바라보고 있다가, 정말 나왕이 모습을 드러내자 놀란 표정으로 그의 이름을 뇌까렸다.

"처음 뵙겠소. 나왕이라고 하오. 과거 십이지방의 몇몇 영웅분들을 뵌 적은 있지만 유왕을 뵈는 것은 처음인 것 같구려. 만나서 반갑소."

불사 나왕이 정중하게 포권을 해 보였다.

그러자 서리가 당황한 채로 얼른 대답했다.

"불사 대협의 명성은 익히 들어 알고 있습니다. 이렇게 뵙게 되니 영광이군요. 그런데 어떻게 두 분이 같이……?"

서리가 나왕과 자왕 사송을 번갈아 보며 물었다. 그러자 사송이 대답했다.

"뭐 인연이 되려니 만나게 되더라고. 그나저나 동생, 저 청년도 좀 봐줘."

사송이 조금 옆으로 물러나 있는 적월을 가리키며 말했다.

유왕 서리가 의아한 표정을 지으면서도 적월에게 시선을 주었다.

자신을 바라보는 서리를 향해 적월이 가볍게 고개를 숙여 보였다. 그런데 그 순간 서리의 표정이 딱딱하게 굳기 시작했다.

그러다가 갑자기 경악스러운 표정으로 사송을 보며 다급하게 물었다.

"오라버니, 설마……?"

"알아보겠어?"

"설마 정말 그 아이예요?"

"그럼 누가 몽전 형님과 형수를 저렇게 닮았겠어."

"아! 정말 소요란 말이군요?"

유왕 서리가 고개를 돌려 다시 한번 적월을 보며 소리쳤다.

그러자 적월이 한 걸음 앞으로 나와 고개를 숙이며 입을 열었다.

"유왕께 인사드립니다. 적월입니다."

적월이 정식으로 인사를 하자 유왕 서리가 재빨리 적월에게 다가와 그의 얼굴을 손으로 어루만지며 말했다.

"아니다, 아니다. 내가 왜 네게 유왕이고, 네가 왜 내게 적월이란 말이냐. 난 네 고모이자 이모고, 넌 나에게 몽소요다, 몽소요."

유왕 서리의 눈에 눈물이 글썽였다.

적월은 격한 감정을 토해내는 유왕 서리가 조금 부담스럽기는 했으나 그녀가 친부모와 어떤 관계였는지 알기에 미소로 서리의 행동들을 받아들였다.

그러자 곁에서 자왕 사송이 장난기 어린 표정으로 말했다.

"가만가만, 이거 확실히 하자고. 서리 동생은 소요에게 고모라고 불리고 싶어, 이모라고 불리고 싶어? 잘 생각해서 대답하라고. 나중에 저승에 가서 형님 내외분을 만났을 때 곤욕을 치르지 않으려면……."

"지금 그게 뭐가 중요해요?"

서리가 자왕을 보며 눈을 흘겼다.

"하하, 뭐 그냥 그렇다는 거야. 서리 동생이 너무 흥분한 것 같아서. 자자, 진정하고. 이젠 더 이상 헤어질 일은 없을 거니까."

자왕이 흥분한 유왕 서리를 진정시켰다.

그러자 서리가 눈물을 훔치며 물었다.

"그런데 어떻게 된 일이에요? 분명 지난번에 두 사람이 일을 당한 것 같다고 말했잖아요?"

"나도 그렇게 알고 폐허가 된 북두산문을 찾아갔지. 유해라도 수습하려고. 그런데 그곳 지하에 살아 계시더라고."

사송이 말했다.

"일 년을요?"

유왕 서리가 이번에는 나왕에게 직접 물었다.

"그렇게 되었소. 사실 자왕께서 오시지 않았다면 좀 더 오래 갇혀 있었을 것이오."

나왕이 대답했다.

"대체 어쩌다가 지하에 갇히게 되신 거죠?"

서리가 이해할 수 없다는 듯 물었다. 그녀 역시 불사 나왕이라는 사람이 어떤 존재인지 잘 알고 있었다.

무공으로 불사 나왕을 지하에 가둘 사람은 강호에서 찾기 힘들었다.

"그 망할 놈들이 수작을 부렸다더군. 상황과 유목인 말이야."

"아, 정말 그자들이……."

"내가 의심하길 잘했지?"

"북두산문주는요?"

"살아는 있는 것 같아. 하지만 행방은 모르겠어. 이 일에 관여한 것 같지는 않고……."

"그자들에게 대가를 치러줘야겠군요."

서리가 화가 난 표정으로 말했다.

그러자 말했다.

"그 일이야, 불사 대협께서 어련히 알아서 하실까. 그자들은 이제… 큰일 났다고 봐야지. 아니, 만무회와 검산파 두 문파가 두려워해야 할 거야."

자왕의 말에 불사 나왕이 심드렁하게 말했다.

"이거 실망시켜 죄송하지만 솔직히 말하자면 별로 복수 같은 걸 할 생각은 없소."

"아니, 그게 무슨 말씀이시오? 어찌 그런 사악한 자들을……?"

"그들이 한 행동이 고약한 것은 사실이나, 사실 내가 북두산 문에 간 것부터가 잘못이었소. 사람의 인연을 신물 따위로 얻으려 했으니. 자업자득인 것이지. 그리고 그로 인해 적월이 기연을 얻었으니 그들의 잘못은 용서받을 만하지 않겠소?"

"기연이라뇨?"

듣고 있던 서리가 호기심을 참지 못하고 물었다. 그러자 나왕이 웃으며 말했다.

"길거리에서 할 이야기는 아닌 것 같소만……."

나왕의 말에 자왕이 웃음을 터뜨렸다.

"하하하, 정말 그렇소이다. 이거 반가운 마음에 시간 가는 줄 몰랐구먼. 자자, 서리 동생. 일단 마차에 타자고. 어디 가서 요기나 하며 이야기하자고."

"그래요. 그렇게 해요. 마침 제 제자가 아주 부자가 되었으니 오늘은 우리가 대접하죠. 예야, 괜찮겠지?"

서리가 소녀 공예를 보며 물었다.

"물론이에요. 저도… 사형을 만나 기뻐요."

공예가 적월을 보며 대답했다. 공예는 적월이 무척 마음에 드는 모양이었다. 더군다나 같은 나이 또래이니 더욱 즐거운 듯 보였다.

일행은 즉시 마차에 올랐다.

마차를 모는 사람은 자왕 사송, 나머지 사람들은 마차 안으로 들어가 길 위에서 못다 한 이야기들을 나누며 잠깐 동안 풍운이 일어났던 산속 계곡을 벗어나기 시작했다.

마차가 떠나자 비대한 몸을 이끌고 구돈의 가족 세 명이 관도로 올라섰다.

세 사람 모두 얼굴에 땀이 가득했다. 이런 몸으로 과연 사람이 사는 곳까지 걸어갈 수나 있을지 걱정이 될 정도였다.

"정말 걸어가야 해요?"

구돈의 아들이 울상이 된 표정으로 끝이 보이지 않는 관도를 보며 물었다.

"그럼 이 산속에서 마차라도 빌려 탈 수 있을 줄 알았냐?"

구돈의 마누라가 화가 바짝 오른 표정으로 물었다.

"제길, 설혹 마차가 있다 해도 동전이라도 있어야 빌려 타지. 후우… 앞으로 어떻게 살아간다?"

구돈이 한숨을 쉬며 중얼거렸다.

"일단 대처까지만 나가요. 그럼 살길이 열릴 테니."

구돈의 아내가 말했다.

"어떻게?"

구돈이 묻자 구돈의 아내가 잘린 머리카락에 꽂혀 있던 비녀를 들어 보였다.

"이게 얼마짜린 줄 아세요?"

"어? 비싼 거야?"

"집 한 칸은 마련할 수 있을 거예요."

"겨우 집 한 칸?"

구돈이 실망한 표정으로 중얼거렸다.

"당신 옷자락에 매달려 있는 단추들은 또 얼마짜린 줄 아세요?"

구돈의 마누라가 다시 물었다.

그러자 구돈이 자신의 옷에 매달린 단추를 살피며 물었다.

"이것도 비싼 거야?"

"당연하죠. 우리 세 사람의 옷자락에 붙어 있는 단추들만 해도 작은 가게쯤은 낼 수 있을 거예요. 호호호, 공예 그 영악한 계집애도 이건 몰랐던 거죠. 호호호!"

구돈의 마누라가 기분이 좋은지 한바탕 웃음을 터뜨렸다.

그러자 구돈이 한심한 듯 자신의 마누라를 보며 중얼거렸다.

"좋기도 하겠다. 태산 같은 금화를 잃어버리고 겨우 단추 몇 개 남았다고… 에이구!"

*   *   *

하류로 내려갈수록 바다가 가까워지고 강의 유속이 느려졌다. 유속이 느려진 강의 하구에는 사람들이 모여들어 마을이 번성하게 마련이다.

고기잡이도 수월하고, 강 하류의 비옥한 토지는 농사를 짓기에도 안성맞춤이기 때문이었다.

적월 일행은 강의 반대쪽이 보이지 않을 만큼 폭이 넓은 곳에 들어선 마을의 객잔에 방을 잡았다.

그리고 약속대로, 공예는 객잔에서 가장 비싼 요리를 시켜서 일행을 즐겁게 해주었다.

평소 술을 즐기지 않는 나왕도 사송과 함께 그날만은 얼큰해질 때까지 술병을 비웠다.

특히 불사 나왕은 평소의 그답지 않게 무척 즐거워 보였다. 송가장에서 송가의 사람들을 만날 때가 아니면 불사 나왕은 무척 고독한 사람이었다. 더불어 감정을 잘 드러내는 법이 없어서 강호에선 독심의 고수로 알려진 인물이었다.

손속에 사정이 없고, 누군가와 친밀한 관계를 즐겨 맺는 사람도 아니었다.

어떤 면에서는 타인에 대해 본능적인 경계심을 가진 듯한 사람이기도 했다. 그런데 십이지방의 사람들을 대하는 모습은 평소답지 않았다.

자왕이 권하는 술을 마다하지 않았고, 가끔 농담까지 했다. 여인을 대하는 일도 무척 미숙하던 그이지만 유왕 서리나 나이 어린 공예와도 서슴없이 말을 섞었다.

마치 그들과 오랫동안 알아온 사람처럼, 그렇게 나왕은 십이지방 사람들과 하나로 섞여가고 있었다.

그런 나왕이 스스로 자신의 행동이 이상하다고 느낀 것은 객방으로 돌아와 침상에 누운 후였다.

"음!"

갑자기 나왕이 침상을 박차고 일어나 가부좌를 틀고 앉았다.

"어디 불편하세요?"

적월 역시 친부모 같은 사람을 만난 흥분으로 잠을 이루지 못하고 있었기에 급히 일어나 나왕에게 물었다.

"아니다."

"그럼 왜 잠을 못 주무세요?"

적월이 다시 물었다.

"그게 좀 이상해서……."

"뭐가요?"

"본래 나는 사람 사귀는 것을 힘들어하는 사람이다. 강호에서도 난 친분을 맺기 어려운 사람으로 알려져 있지. 그런데… 이상하게도 십이지방 사람들과는 거리감이 없구나."

"사실은 저도 그걸 조금 이상하게 생각하고 있었어요. 사부님의 그런 모습은 처음이라……."

"이상하지?"

나왕이 다시 물었다.

"저 때문일까요?"

"너?"

나왕이 되물었다.

"네. 제가 그분들과 특별한 관계니까 사부님도 그분들이 남이라고 생각하지 않는 것이 아닐까요?"

"음… 그럴 수도 있겠지. 하지만 그래도 조금… 이상해. 아주 오래전부터 알고 지내온 사람들 같단 말이야."

나왕이 혼잣말로 중얼거렸다.

"뭐, 나쁜 것은 아니잖아요?"

적월이 별일 아니라는 듯 물었다.

"물론 나쁜 일은 아니지. 하지만……."

나왕이 말꼬리를 흐렸다.

"걱정되는 일이 있으세요?"

"음… 솔직히 말하자면 내가 다시 내가 아닌 다른 사람들의 인생을 살까 봐 그게 조금 걱정이 된다."

나왕이 적월을 보며 말했다. 그러자 적월이 그런 나왕을 멀끔히 바라봤다.

"서운하냐?"

나왕이 물었다.

적월도 나왕이 한 말의 의미를 이해하고 있었다.

적월과 십이지방의 후인들은 과거 혈월야의 혈사를 결코 덮어두지 못할 것이다. 비록 십오 년이나 지난 일이지만 그들이 살아 있는 한 그 일의 진실을 알아내기 위해 뭐든 할 사람들이었다.

그리고 만약 혈월야의 진실을 밝혀내고, 그 일의 원흉을 알아낸다면 반드시 복수를 시도할 것이다. 그 상대가 누가 되었든.

하지만 나왕 입장에서 보면 그 일은 분명 제삼자의 일이었다. 비록 적월이 십이지방의 후손이라 해도 마찬가지였다.

십수 년 동안 송가장 사람들에게 이용당한 나왕으로선 또다시 다른 사람의 인생사에 깊이 관여하고 싶은 생각은 없었던 것이다.

"아뇨. 서운하지 않아요."

적월이 망설이지 않고 대답했다.

"정말?"

"그럼요. 사부님이 다시 다른 사람을 위해 사는 건 오히려 제가 원치 않아요. 송가장의 불쾌한 기억도 있는데……."

"그게 네 일이라도 말이냐?"

"예. 그러니 너무 걱정 마세요. 훗날 번거로운 일이 생기면 뒤로 물러나 계세요."

적월이 미소를 지으며 말했다.

"음… 알겠다. 나중 일이야 어떻게 되든 그건 결국 내가 선택할 문제니까. 내가 알아서 하마."

"그렇게 하세요. 전 사부님이 어떤 선택을 하시더라도 사부님 뜻에 따를 겁니다."

"후후후, 내가 제자 하나는 잘 뒀어."

나왕이 어둠 속에서 희미한 미소를 지으며 말했다.

"그런데 우공산까지는 동행하실 거예요?"

갑자기 적월이 물었다.

자왕 사송과 유왕 서리는 적월을 데리고 우공산에 가기를 원했다. 우공산은 십이지방의 마지막 모임이 있었던 곳이고, 혈월야가 일어난 곳이다.

적월로서는 친부모가 묻힌 곳이므로 그곳에 다녀오자는 사송과 서리의 제안을 거절할 수 없었다.

"내가 가지 않겠다면 넌 어쩌겠느냐?"

"전……."

적월이 대답을 망설였다.

"그래도 넌 가야겠지? 그게 사람의 도리니까. 최소한 네 친부모님들이 돌아가신 곳은 가봐야지."

나왕이 말했다.

"가시기 싫으면 약속을 정해서 다른 곳에서 만나요. 그 이후에는 사부님과 함께 있을게요."

"그들이 동의하지 않을 텐데?"

자왕 사송과 유왕 서리의 태도로 봐서는 이젠 절대 적월을 따로 두지 않을 것이 분명했다.

"그렇다고 해도 저야 사부님을 따라야죠."

"정말?"

"당연하죠. 제자가 스승을 따르지 않으면 어떡해요?"

"십이지방을 떠나겠다는 뜻이냐?"

나왕의 물음에 적월이 잠시 생각에 잠겼다가 대답했다.

"십이지방은 이미 세상에 없어요. 과거의 유물에 얽매여 살아갈 수는 없지요. 물론 과거의 혈사에 대한 조사는 제 능력이 되는 대로 해봐야겠지만, 그렇다고 제가 십이지방을 재건하거나 할 의무는 없다고 생각해요."

"음……."

적월의 대답에 나왕이 무슨 생각을 하는지 나직하게 침음성을 흘렸다. 그러다가 벌렁 침상에 누우며 말했다.

"이젠 졸리다. 그만 자자. 그리고 나도 우공산에 간다."

"정말요?"

"그래. 너만이 내가 믿는 유일한 사람이니까. 세상 사람들 다

못 믿어도."

"그건 맞아요. 전 믿으셔도 돼요."

"믿는 것도 믿는 것이지만 아직 네놈 혼자 두기에는 걱정이 돼서……."

"무슨 말씀이세요? 불파일맥의 무공과 검신 백초산의 금강검을 수련한 전데요!"

적월이 짐짓 주먹을 쥐어 보이며 말했다.

"이놈아, 강호란 곳이 무공만 강하다고 안전한 곳이 아니야. 강호란 말이야. 온갖 추잡한 술수들이 난무하는 곳이라고. 그러니까 항상 의심하고 조심해야 한단 말이다. 넌 아직 경험이 부족해. 결국 내가 조금은 더 돌봐줘야 한다는 거지."

"히히, 알았어요. 솔직히 함께 가주시겠다니 정말 기뻐요. 든든하기도 하고……."

적월이 실없는 웃음을 흘리며 말했다.

"자거라!"

나왕이 더 이상 할 말 없다는 듯 이불을 들어 머리까지 덮으며 말했다.

일행은 구돈에게서 받아낸 마차를 그대로 타고 다시 길을 떠났다.

우공산은 그들이 머물던 곳으로부터 보름 정도 거리였다. 우공산을 가는 도중에는 마을이 별로 없어서 중간중간 노숙을 해야 할 때도 있었다.

그들은 가끔 마땅히 노숙할 곳을 찾지 못하면 달빛을 즐기며

밤길을 가기도 했다.

그런데 그렇게 여행을 시작한 지 며칠이 지났을 때 일행은 숙명처럼 그들과 다시 조우했다.

제5장
한밤의 싸움

"흐흐흥!"

뭐가 그렇게 좋은지 자왕 사송은 쉬지 않고 콧노래를 흥얼거렸다. 가끔 마차 안에서 유왕 서리가 타박을 했지만, 자왕 사송의 콧노래는 끊이지 않았다.

푸른 달빛이 길을 열어주고 있어 마차를 모는 것도 그리 어렵지 않았다. 밤길이라지만 오히려 대낮보다 운치 있는 여행이라 마차 안에 타고 있던 일행도 자왕 사송의 콧노래를 들으며 야경에 취해 있었다.

"이렇게 한동안 여행을 하며 살아도 좋겠어요."

문득 공예가 입을 열었다.

그러자 유왕 서리가 고개를 저었다.

"사람은 한곳에 정착하는 게 좋아. 떠도는 삶은 외로운 법이란다."

"하지만 사부님이나 불사 대협께서도 정착하지 않으셨잖아요?"

공예가 다시 물었다.

그러자 이번에는 불사 나왕이 빙그레 미소를 지으며 물었다.

"예는 우리 모습이 좋아 보이나 보구나?"

"네. 자유롭게 사시는 모습들이 좋아요."

"하지만 솔직히 말하면 난 아니란다."

나왕이 말했다.

"정말요? 그렇게 안 보이시는데……."

"내가 비밀 이야기 하나 해줄까?"

"뭔데요?"

복수 아닌 복수를 마친 공예는 그날 이후 한결 밝은 소녀로 돌아와 있었다.

어려서 고난을 겪어서 그렇지 그녀의 천성이 결코 어둡지 않다는 것을 증명이라도 하는 듯 사람이 변하고 있었다.

더군다나 그녀는 불사 나왕에 대해 어떤 거부감도 갖지 않았다. 보통의 소녀들이라면 불사 나왕의 추레한 외부에 선입견을 가지게 마련이지만 공예는 처음 만난 그 순간부터 불사 나왕을 살갑게 대했다.

처음엔 그 친근함을 어색해하던 불사 나왕도 이제는 공예의 진심을 알고는 자연스럽게 살가움을 받아들이고 있었다.

송가장에서 겪었던 배신의 경험을 생각하면 놀라운 일이라고도 할 수 있었다.

"음… 가끔 말이다. 아주 가끔, 송가장의 시절이 그리울 때도 있단다."

"예? 정말요?"

놀란 것은 공예만이 아니었다.

적월도 유왕 서리도 놀란 눈으로 불사 나왕을 바라봤다. 그러자 불사 나왕이 어깨를 으쓱하며 말했다.

"속아 산 것은 어쩔 수 없는 사실이지만, 속고 있다는 사실을 몰랐을 때의 송가장은 내게 무척 소중한 곳이었지. 생각해 보면 난 송가장의 사람들이 아니라 송가장 그 자체를 중요하게 생각했던 것 같구나. 그곳이 나의 집이라고 느끼고 있었던 것 같아. 송가장의 식솔들은 언제나 날 손님으로 대하고 있었지만……."

그러자 적월이 불쑥 입을 열었다.

"전, 이해할 것도 같아요."

"이해가 돼?"

나왕의 의아한 표정으로 되물었다.

"그럼요. 제가 가끔 매화촌의 집이 그리운 것도 그런 이유인 것 같아요."

"그건 좀 다르지. 네 양부모는 사실 좋은 사람들이었다. 특히 네 양부께서는 네게 최선을 다했지."

"아버지가 그리운 것도 있지만 그 집도 가끔 그리워요. 누추했지만 왠지 모를 온기가 있었고, 동생들과 놀기도 하던……."

"음… 한번 들러볼까?"

나왕이 물었다.

"우공산과는 멀지 않은 곳이라니 나도 한번 가보고 싶구나."

유왕 서리도 적월을 키워준 양부모를 만나고 싶은지 나왕의 말을 거들었다.

그러자 적월이 반가운 표정으로 대답했다.

"시간을 내주시면 저야 고맙지요. 그런데 제가 사부님을 이해할 것 같다는 것은 다른 이유도 있어요."

"그게 뭔데요? 오라버니!"

공예가 물었다.

"음, 사실은 사부께서는 강호에 알려진 것처럼 마음이 독한 분이 아니라는 거지. 본래는 마음이 무척 여린 분이야. 그러니 당연히 송가장 같은 곳도 그리워하시는 거지. 어쩌면… 벌써 그들에 대한 원망은 잊으셨는지도 모르지."

적월의 말에 공예가 나왕을 보며 물었다.

"정말 그런가요?"

공예가 눈을 동그랗게 뜨고 묻자 나왕이 대답을 하지 못하고 시선을 회피했다.

그러자 그의 앞에 있던 유왕 서리가 혀를 찼다.

"쯔쯔, 정말 그러하시군요? 나 대협!"

"허험!"

나왕이 다시 헛기침으로 대답을 대신했다.

"그들이 도움을 청하면 다시 도와주시기라도 할 건가요?"

유왕 서리가 마치 자신의 일이라도 되는 양 화난 표정으로 물었다.

"그럴 리야 있겠소. 나도 사람인데 한 번은 몰라도 두 번은 당하지 않지."

"하지만 과거를 용서는 하셨다?"

"용서라고 하기는 뭐하고 단지 그냥 마음에서 그 기억들이 사라져 가는 것은 맞는 것 같소. 하지만 그게 내가 마음이 약해서는 아니오."

"그럼 뭐 때문이죠?"

서리가 따지듯 물었다.

"그건 아마도 적월이라는 아이를 만났기 때문일 거요."

"소요 때문이라고요?"

이들이 만난 이후 적월을 부르는 이름은 언제나 엇갈렸다. 불사 나왕은 원래대로 장적월이라는 이름으로 불렀고, 유왕 서리와 자왕 사송은 적월의 본래 이름인 몽소요라는 이름을 사용했다.

하지만 두 개의 이름을 사용해도 사람들은 전혀 불편함을 느끼지 않았다. 그건 아마도 적월이 두 삶 모두를 인정하고 있기 때문일 것이다.

"이 아이를 만난 이후 난 송가장에서 겪은 마음의 상처들을 시나브로 잊기 시작했소. 그러다가 어느 순간 송가장에서 그들에게 느꼈던 내 감정들은 껍데기에 지나지 않는다는 것을 알게 되었소. 그러자 사실은 나 자신도 그들을 진심으로 신뢰하지는 않았었다는 생각이 들더구려. 그러니… 따지고 보면 피장파장……."

"피장파장은 무슨 피장파장이에요. 그들은 불사 대협을 십수 년이나 속이고 이용했는데……."

유왕 서리는 끝까지 동의할 수 없는 모양이었다.

"후후후, 다른 면에서 보자면 그들의 진심을 알게 된 그날 하루를 제외하면 송가장에서 보낸 세월 동안 난 그런대로 행복했소. 그럼 된 것 아니오? 진실이야 어쨌든… 아무튼 난 그들에 대한 원망 따위로 앞으로의 인생을 낭비할 생각은 없소. 뭐 대단하게 피를 뿌려 복수할 것도 아니면 잊는 게 낫다는 생각이오. 안 그러냐?"

나왕이 처지가 비슷한 공예에게 물었다. 그러자 공예가 금세 고개를 끄떡였다.

"맞아요. 저도 구돈 일가족에 대한 원망은 더 이상 하지 않으려고요. 그래 봤자 더 복수할 것도 없고……."

"하하하, 역시 우리 꼬마 아가씨와 난 통하는 바가 있군."

나왕이 자기편이 생긴 것이 즐거운지 웃음을 터뜨렸다.

"아하, 이렇게 무른 사람들이 어떻게 거친 강호를 살아갈지……."

유왕 서리가 탄식을 흘렸다.

그러자 나왕이 말했다.

"십이지방의 혈월야는 그 흉수조차 알 수 없어 다른 문제지만 잊을 수 있는 원한은 잊는 것도 좋은 것이 인생이오."

나왕의 진지한 충고에 유왕도 더 이상은 나왕을 비난하지 않았다. 대신 가볍게 한숨을 쉬며 말했다.

"그런 면에서 보면 예나 나 대협은 운이 좋은 편이지요. 혈원이 아니니……."

"맞소. 우린 운이 좋은 것 같소."

나왕도 고개를 끄떡였다.

십이지방에 벌어진 혈월야는 아직 비극이 이어지고 있는 일이기 때문이었다.

그런데 그때 문득 마부석에 앉아 있던 자왕 사송의 목소리가
들렸다.

"아무래도 조용한 여행은 여기서 끝난 것 같아."

"왜요? 무슨 일이 있어요?"

유왕 서리가 급히 물었다.

"누가 싸우는 소리가 들려. 길 앞쪽이야. 여기서 쉬어가지 않
을 거면 결국 싸움하는 자들 옆을 지나가게 될 것 같은데… 어
쩌지?"

"그냥 모른 척 지나갈 수 없어요?"

서리가 물었다.

"글쎄, 그건 가봐야 알겠지만 어쨌든 우리가 가는 방향이야.
어쩌지?"

"일단 가봐요."

"그러다 싸움에 휘말리면."

"뭐가 걱정이에요. 불사 대협에 십이지방의 두 왕이 있는데."

"그렇긴 하지만 귀찮아질까 봐 그러지."

"그렇다고 지금 여기서 천막을 치고 노숙을 하기도 그렇잖아
요?"

"하긴 그렇군. 알았어. 일단 가보지 뭐."

자왕 사송이 대답을 하고는 마차를 몰기 시작했다.

유왕 서리는 어느새 마차 지붕에 앉아 있었다. 그녀는 마치
아침을 기다리는 닭처럼 마차 위에서 고개를 세우고 전방을 주

시했다.

"어때?"

어느덧 보통 사람에게도 확연하게 들릴 만큼 가까워진 병장기 소리에 자왕 사송이 물었다.

"고수들이에요."

"그래?"

"마구잡이로 싸우는 소리가 아니에요. 더군다나… 검광이 보이는 것을 보면 검기를 일으킬 수 있는 자들이에요. 싸우는 숫자는 대략 십여 명인 것 같은데. 싸움에 관여하지 않은 사람들이 더 있는 것 같기도 해요."

"제법 큰 싸움이군."

"조금 천천히 오세요."

서리가 몸을 일으키며 말했다.

"어? 뭐 하려고?"

"어떤 자들인지 살펴보고 올게요."

"괜히 긁어 부스럼 만들지 마."

"걱정 마요. 싸움에 끼어들겠다는 건 아니니까."

서리가 대답을 하고는 자왕 사송이 다시 입을 열기도 전에 몸을 날렸다. 한 번 도약한 서리는 마치 새처럼 허공을 가르며 숲 속으로 사라졌다.

그녀의 별호가 비록 날지 못하는 새인 닭을 상징하고 있지만, 그녀의 움직임은 나는 새라고 해도 믿을 만큼 날렵했다.

하지만 그런 놀라운 서리의 행동에 사송이 혀를 찼다.

"쯔쯔, 나이가 들어서도 저놈의 호기심은 줄지를 않아. 어디서 싸움만 나면 쫓아가 사정을 알아봐야 직성이 풀린다니까."

사송의 불평에 마차 안에서 공예의 목소리가 들렸다.

"사백님, 사부께서 어딜 가셨어요?"

"싸움 구경 갔다."

"싸움 구경요?"

공예가 놀란 목소리로 물었다.

"그렇단다. 놔둬라. 본래 젊어서부터 싸움 구경이라면 사족을 못 쓰는 사람이니. 때가 되면 오겠지. 그래도 다행히 관도 위에서 벌어진 싸움이 아니니 우리 길이 막힐 일은 없겠구나."

사송이 투덜거리면서도 조심스럽게 마차를 몰아나갔다.

차차창!

마차 안에서도 도검의 충돌음이 확연하게 들렸다.

적월과 공예는 마차에 난 창을 통해 소리가 나는 쪽을 살피고 있었고, 불사 나왕은 싸움에 관심이 없는 듯 조용히 눈을 감은 채 잠을 청하고 있었다.

"오라버니, 궁금하지 않아요?"

문득 공예가 눈빛을 반짝이며 물었다.

"아서, 가보자고 할 생각은 하지 마."

적월이 공예의 생각을 넘겨짚고 고개를 저으며 말했다.

"피… 세상에서 제일 재밌는 일이 싸움 구경이라잖아요?"

"동생은 고모님을 닮아서 그런지 호기심이 너무 많아."

"흥, 그런 오라버니는 불사 대협님을 닮아서 너무 재미가 없어요."

공예가 지지 않고 쏘아붙였다.

그러자 나왕이 눈을 감은 채 말했다.

"가만히 있는 나는 왜 끌어들이누?"

"주무시지 않았어요?"

적월이 고개를 돌리며 묻자 나왕이 눈을 떴다.

"밖에선 싸움 소리, 안에선 너희들 조잘대는 소리, 잠이 들려다가도 깨는구나."

"죄송해요."

공예가 웃으며 말했다.

그런데 그때, 문득 싸움을 살피러 갔던 유왕 서리가 급히 되돌아왔다. 그러고는 마차 밖에서 나왕에게 말했다.

"불사 대협, 아무래도 나와보셔야겠습니다."

창을 통해 보이는 유왕 서리의 표정이 생각보다 심각했다.

"나와 관련이 있는 싸움이오?"

"아무래도 그런 듯싶습니다."

"혹, 송가장이오?"

불사 나왕과 관련이 있는 싸움이라면 누구라도 먼저 송가장을 떠올릴 것이다.

"그건 아니에요."

"그럼 누가……?"

"아무래도 북두산문의 문주인 듯싶어요."

유왕 서리의 목소리가 무척 심각했다.

"그녀가……?"

불사 나왕 역시 놀랄 수밖에 없었다. 그러다가 불쑥 말을 이었다.

"그냥, 그냥 빨리 갑시다."

"왜요? 만나지 않고요?"

적월이 뜻밖이라는 듯 물었다.

"끝난 인연이다. 신물을 가지고 혼인을 요구하던 내가 창피하기도 하고, 또 북두산문에서 당한 일이 고약하기도 하고… 뭐 서로 봐서 편할 사이는 아니니까."

불사 나왕은 더 이상 북두산문의 문주 백완과 인연을 맺고 싶은 생각이 없었다. 생각해 보면 참 쓸데없는 짓을 했다 싶은 순간이 한두 번이 아니었다.

그런데 유왕 서리가 그런 불사 나왕의 결정을 바꿔놓는 말을 했다.

"그녀만 있는 것이 아닙니다."

"하면 또 누가 있소?"

"만무회의 고수들도 있습니다. 그들이 북두산문주를 공격하고 있더군요. 물론… 싸움의 승패는 가늠하기 어렵지만."

"만무회! 그들이?"

갑자기 불사 나왕의 눈에서 노기가 솟구쳤다. 그러자 그를 바라보고 있던 공예가 겁먹은 표정으로 적월 곁에 바싹 붙었다.

공예로서는 무림의 절대고수로 인정받는 불사 나왕의 진면목을 처음 보는 것이었다. 당연히 어린 그녀에겐 두려울 수밖에 없는 기세였다.

"가보실래요?"

적월이 물었다.

그러자 나왕이 고개를 끄떡였다.

"그들이라면 가봐야지. 빚을 지고 살 수는 없으니까."

그러자 밖에서 자왕 사송의 웃음 섞인 목소리가 들려왔다.

"하하, 이거 생각지 않게 오늘 불사 대협의 무공을 견식할 수 있겠구려."

그러자 유왕 서리가 대꾸했다.

"아마 불사 대협의 무공보다 북두산문의 문주 백완의 무공을 구경하는 게 더 특별할 거예요."

"왜?"

"가보면 알아요."

적월 일행은 마차를 관도 한쪽에 세워두고 은밀히 숲을 이동해 한창 싸움이 벌어지고 있는 숲으로 다가갔다.

카카캉!

싸움이 벌어지는 곳이 가까워질수록 도검의 충돌음이 더욱 강렬해졌다.

그리고 드디어 누군가의 목소리로 들려왔다.

"당신들의 배신을 검산파에서 결코 용서하지 않을 것이오!"

"준걸은 시세에 따라 처신을 한다 했소. 오당주께서도 천하제일문의 가족이 될 기회를 놓치지 말기 바라오."

"흥, 내가 육천보 그대처럼 배신이나 일삼는 사람인 줄 아시오?"

"글쎄… 오래전 그대의 조부가 북두산문의 고금제일검을 따르다 검신께서 실종되자 만무회로 떠난 것은 알고 있소. 그건 배신이 아니오?"

"육천보, 그대가 감히 내 조부님을 모욕하는가?"

노한 목소리가 들려오더니 다시 요란한 도검의 충돌음이 일어났다.

그리고 그즈음 일행은 드디어 싸움을 벌이고 있는 사람들을 온전하게 시야에 넣을 수 있는 거리까지 도달했다.

"정말 그녀군요."

적월이 아름드리나무 사이로 보이는 한 여인에게 시선을 고정한 채 말했다.

도도한 얼굴, 푸른 달빛을 받아 더 신비로운 자태, 그리고 무엇보다도 치열한 싸움이 벌어짐에도 불구하고 전혀 흥분하지 않은 듯한 여유로운 표정을 한, 북두산문의 마지막 문주 백완이 팔짱을 낀 채 십여 명의 무사가 벌이는 싸움을 바라보고 있었다.

"뭔가 달라진 것 같군."

불사 나왕이 말했다.

"정말 그런 것 같아요. 예전보다… 더 차가운 느낌이에요."

적월이 자신도 모르게 몸을 흠칫하며 말했다. 백완에게서 서늘한 도검의 기운 같은 것이 느껴졌기 때문이다.

"마하공의 성취를 본 모양이다."

"겨우 일 년 동안에요?"

마하공은 신공이다. 그것도 고금제일을 다투는 검신 백초산의 신공. 그런 신공을 일 년 안에 온전히 성취한다는 것은 아무리 무학의 천재라도 불가능한 일이었다.

"애초에 북두산문의 사람이니까. 그것도 정통 혈맥이다. 아마 완전하진 않아도 마하공의 기본은 갖춰져 있었을 거야."

나왕이 대답했다.

그러자 옆에서 사송이 끼어들었다.

"마치 작은 불씨에 기름을 부은 것과 같은 이치지. 기름이 들어가는 순간 거대한 불꽃이 일어나는 법이 아니냐."

"그럼 그녀가 마하공을 대성한 건가요?"

적월이 물었다.

그러자 나왕이 고개를 저었다.

"그런 건 아니다. 마하공 같은 신공은 평생을 두고 수련해야 한다. 하지만 적어도 오성의 성취만 있다면 충분히 강호에 나올 자신감을 가질 만할 것이다."

나왕이 대답했다.

그때 문득 유왕이 자왕 사송에게 물었다.

"오라버니는 저들이 누군지 아시겠어요?"

"누구?"

"저기 치열하게 싸우고 있는 두 사람이요."

"음… 보자. 어? 그러고 보니 정말 이상하네?"

사송이 고개를 갸웃했다.

"그렇죠? 두 사람 중 한 명은 검산팔령 중 칠령의 령주 육천보고, 그 상대는 만무회 천무구당 중 오당의 당주 금욱이란 자예요."

"그런데 저 두 사람이 왜 싸우고 있는 거지? 만무회와 검산파가 아예 분란이 없는 것은 아니지만 검산팔령의 령주들과 천무구당의 당주들이 싸운다는 건 거의 전면전을 의미하는 건데?"

사송이 의문을 가지는 것도 당연했다.

강호에서 만무회와 검산파는 북두산문에 뿌리를 두었다는 공통점 때문에 경쟁 관계이면서도 공생을 하는 사이기도 했다.

그러니 두 파의 수뇌급에 속하는 육천보와 금욱의 싸움은 이상한 일이 아닐 수 없었다.

"좀 전에 하는 말을 들어보니 육천보란 자가 검산파를 배신한 거 같구려."

나왕이 침착하게 말했다.

"정말 그런 걸까요?"

육천보가 검산파를 배신했을 거란 말에 유왕 서리가 믿기 힘들다는 듯 고개를 갸웃했다.

"음… 만약 그렇다면 이건 정말 놀라운 일이군. 아니, 놀라운 일 정도가 아니라 강호 정세에 큰 영향을 미칠 수 있는 일이야."

자왕 사송이 심각한 표정으로 중얼거렸다.

"그렇죠. 검산팔령의 령주 중 한 명이 검산파를 떠났다면 이유야 어떻든 검산파는 크게 동요할 수밖에 없을 거예요."

육천보의 배신을 믿지 못하겠다는 서리도 고개를 끄떡였다.

"백 문주께서는 검산파나 만무회를 공격하려는 걸까요?"

적월이 나왕에게 물었다.

"그런 듯하지? 검산파 사람을 거두고 만무회 무사들을 공격하는 것을 보면."

나왕이 고개를 끄떡였다.

"굳이 그렇게까지 할 필요가 있었을까요? 저분은 과거 검신 백초산에게 일어난 일을 모르잖아요?"

"그렇긴 하지만 그동안 만무회와 검산파로부터 받은 핍박은 충분히 원한을 가질 만한 것이지. 더군다나 두 세력의 성장이 북두산문의 몰락을 가져온 것이고. 하물며 최근 들어서는 자신의 혼사조차 강요당하지 않았느냐?"

"음… 그럴 수도 있겠군요."

적월이 고개를 끄떡였다.

"어쨌거나 쉽게 승부가 나지는 않겠군. 백 문주가 나서면 쉽게 끝날 것도 같은데 전혀 나설 생각을 하지 않으니. 그녀의 무공을 보고 싶었는데……."

자왕 사송이 아쉬운 표정으로 말했다.

그의 말대로 싸움의 양상은 팽팽했다. 육천보와 금욱의 무공은 얼추 엇비슷한 수준이었고, 그들의 수하들 역시 우열을 가리기 어려웠다.

그럼에도 불구하고 백완은 싸움에 관여할 생각이 전혀 없어 보였다. 그녀는 그저 제삼자인 것처럼 팔짱을 끼고 장내의 싸움을 지켜보고 있을 뿐이었다.

조금 지루한 시간이 흘렀다.

결국 싸움이란 것도 인간이 하는 일이라, 그 끝은 있게 마련이었다.

어느 순간 백완의 뒤에 서 있던 자들 중 초로의 노인이 검을 들고 앞으로 나섰다.

그러고는 장검을 뽑아 거침없이 만무회 고수들을 공격하기 시작했다.

노인의 무공은 무척 뛰어났다. 만무회와 검산파에서 수뇌부에 속하는 육천보, 금욱과 비교해도 전혀 뒤지지 않은 실력이었다.

그런 무공으로 노인은 만무회 고수들을 하나둘 꺾어나가기 시작했다.

늑대들의 싸움에 호랑이가 뛰어들면 결과는 자명해진다. 노인이 관여하자마자 만무회 고수들이 하나둘 쓰러지더니 결국에는 금욱만 남고 모든 사람들이 노인의 검 아래 무릎을 꿇었다.

"누구지? 모르는 사람인데……."

노인의 무공에 감탄하며 자왕이 고개를 갸웃했다.

"나도 모르는 사람이에요. 혹 불사 대협께선 아시나요? 북두 산문에 저런 고수가 있었나요?"

유왕 서리가 나왕에게 물었다. 그러자 나왕이 고개를 저었다.

"내가 북두산문을 방문했을 때는 보지 못했던 자요."

"그럼 북두산문을 떠난 이후 얻은 고수란 뜻인가?"

서리가 중얼거렸다.

"아무튼 놀라운 솜씨야. 저런 솜씨면 구패의 수뇌부에 들어갈 수 있을 텐데. 그런 솜씨로 몰락한 북두산문을 택했다는 것은 결국 과거부터 북두산문과 인연이 있었다는 뜻이겠지."

자왕 사송이 냉철하게 노검객에 대한 자신의 생각을 말했다.

만무회 고수들을 모두 꺾어버린 노검객은 잠시 육천보와 금욱의 싸움을 지켜보다가 더 이상 싸움에 관여하지 않고 다시 백완의 곁으로 물러났다.

그러자 이제 장내에선 온전히 육천보와 금욱 두 사람만이 승부를 겨루게 되었다.

육천보의 검은 그가 검산파 출신임을 증명하듯 강하고 **빨랐**다. 반면 금욱은 검뿐만 아니라 손과 발을 이용해 권장술까지 어우러지는 화려한 무공으로 육천보를 상대했다.

두 사람은 절대지경에 이른 고수는 아니지만 모두 절정고수 소리를 듣는 사람들이라 보는 사람의 눈을 즐겁게 하기에 충분했다.

육천보의 강력한 공격과 그 공격을 부드럽게 와해시키는 금욱의 대응은 그야말로 무공의 정석을 보는 것과 같았다.

무공을 수련하는 자들의 입장에서 보면 단지 보는 것만으로도 수련에 큰 도움이 되는 대결이었다.

하지만 결국 싸움이란 언젠가는 승패가 갈리게 마련이다. 두 사람의 팽팽한 싸움에서 수세에 몰리기 시작한 사람은 마음이 먼저 흔들린 쪽이었다.

수하들이 모두 패한 것을 알게 된 순간부터 만무회 천무오당의 당주 금욱의 움직임은 미세하게 틈을 보이고 있었다.

그리고 육천보는 그런 빈틈을 놓치지 않고 공격해 들어갔다. 그런 공격들이 금욱을 조금씩 무너뜨리고 있었던 것이다.

가랑비에 옷 젖듯이 육천보의 공격에 조금씩 타격을 받던 금욱이 어느 순간부터는 크게 흔들리기 시작했다.

그러자 승기를 잡은 육천보의 검이 더욱 매섭게 금욱을 공격했다.

팟!

결국 육천보의 검이 금욱의 가슴 옷자락을 잘랐다.

"윽!"

잘린 옷자락을 통해 한밤의 차가운 냉기가 밀려들자 금욱이 다급한 음성을 토해내며 뒤로 물러났다.

"패배를 인정하시오! 살길이 열릴 것이오!"

육천보가 물러나는 금욱을 따라붙으며 소리쳤다. 그러면서도 그의 검에는 사정이 없었다.

파파팟!

연이어 세 번의 초식이 금욱의 머리 위에 떨어졌다. 하나의 검이 마치 세 개로 늘어난 것처럼 세 줄기 검영이 금욱의 머리를 노렸다.

"핫!"

위기의 순간 금욱이 강렬한 기합성을 토해내며 자신의 검을 머리 위로 들어 매섭게 돌렸다.

웅!

순식간에 금욱의 머리 위에 검영이 만들어내는 방패가 생겼다. 그런 검영의 방패 위로 육천보의 검기들이 떨어졌다.

카카캉!

벼락같은 충돌음이 밤의 숲을 진동시켰다.

"커억!"

화려한 격돌 끝에 비참한 신음 소리가 터져 나왔다. 금욱이 입가에 피를 뿌리며 낙엽처럼 뒤로 밀렸다.

주루룩!

거친 땅바닥에 금욱의 발자국이 길게 새겨졌다.

"끝이오!"

그런 금욱을 향해 육천보의 검이 매섭게 파고들었다. 검이 향한 곳은 금욱의 목, 이대로라면 단번에 금욱의 숨이 끊길 상황이었다.

바로 그때 지금까지 침묵을 지키고 있던 백완이 입을 열었다.

"그만!"

백완의 명이 떨어지는 순간 육천보가 거짓말처럼 검을 거뒀다. 그의 몸은 금욱의 바로 앞까지 다가와 있었다.

"충고하는데 문주의 뜻을 거역치 마시오."

찰나간에 죽음의 문턱에서 벗어난 금욱에게 육천보가 빠르고 낮게 충고를 한 후 훌쩍 뒤로 물러났다.

그러자 백완이 천천히 걸음을 옮겨 두 사람 곁으로 다가왔다.

"수고했소."

백완이 먼저 승리를 거둔 육천보를 보며 말했다.

"실망시켜 드리지 않아 다행입니다."

육천보가 대답했다.

"그대의 무공은 한 단계 진보한 것 같군."

"모두 문주님 덕분입니다. 검신님의 무공 세계를 조금이라도 맛볼 수 있게 해주신 덕에 무공을 보는 눈이 좋아진 것 같습니다."

"나쁘지 않구려."

백완이 고개를 끄떡였다. 그러자 육천보는 다시 고개를 숙여 보이고는 두어 걸음 뒤로 물러났다.

육천보가 뒤로 물러나자 백완이 금욱에게로 시선을 돌렸다.

금욱은 어느새 비틀거리며 몸을 일으켜 백완을 바라보고 있었다.

"몸은 괜찮소?"

백완이 무심한 어조로 물었다.

"왜 날 살려준 것이오. 난… 항복하지 않겠소."

금욱은 자존심을 지키려는 듯 단호한 표정으로 말했다. 그러자 백완이 잠시 금욱을 바라보다 입을 열었다.

"그럼 죽게 되겠지."

"…각오하고 있소."

"좋아. 더 이상 항복을 권하진 않겠다."

"…죽이시오."

"아니, 지금은 그대가 죽을 때가 아니다. 그대가 죽을 시간은 내가 결정한다."

백완의 말이 끝나는 순간 그녀의 몸이 어느새 금욱 앞에 다가와 있었다.

금욱은 이미 죽기를 각오했지만 갑작스러운 백완의 접근에 놀라 자신도 모르게 뒤로 물러나며 검을 들려 했다.

그러나 그 순간 백완의 팔이 주욱 늘어나는 듯 보이더니 금욱의 목덜미를 가볍게 짚자 갑자기 그가 힘을 잃고 그 자리에 주저앉았다.

"본 문의 점혈은 오직 나만이 풀 수 있다. 애써 제압된 혈도를 풀려다가는 살지도 죽지도 못하는 상태에서 고통만 겪게 될 것이니 쓸데없는 짓은 하지 말도록!"

백완이 땅에 주저앉은 금욱을 보며 말했다.

"대체… 대체 내게 뭘 원하는 거요? 죽여준다고 하지 않았소?"

"그대에게 한 번의 기회를 더 주려고."

"무슨 일이 있어도 내 결심은 변하지 않소."

"글쎄… 그건 두고 보자고. 오늘 밤이 지나고 나서도 같은 생각이면 미련 없이 죽여주지."

"하룻밤 지난다고 달라질 내가 아니오."

금욱이 단호하게 말했다.

"그대는 오늘 밤 그대가 믿어왔던 만무회가 얼마나 허약한 문파인지 알게 될 거야. 그걸 보고도 생각을 바꾸지 않으면 그대의 뜻대로 해주겠다는 뜻이다."

"…그게 대체 무슨 소리요? 만무회가 허약하다는 것을 증명하겠다니……?"

"그대가 이미 만무회의 소회주 등에게 구원을 청했다는 것을 알고 있다. 난 이곳에서 그들을 기다릴 생각이야. 그리고 그들을 철저하게 굴복시키겠다. 그 이후에 다시 그대의 생각을 묻도록 하겠다."

"그, 그걸 어떻게……?"

금욱이 경악스러운 표정으로 되물었다.

"그대는 오늘 일어난 이 일이 설마 우연이라고 생각하나?"

"그렇다면……?"

"짐작대로다. 이 모든 것은 내가 계획한 일이야. 육 대협이 검산칠령의 고수들을 데리고 만화도로 왔다가 사라지자 검산파와 만무회가 육 대협의 행방을 찾아 제법 많은 고수들을 강호에 내보낸 것을 알고 있었다. 난 그들을 한곳으로 불러 북두산문이 재건되었음을, 그리고 더 이상 만무회나 검산파에 휘둘리지 않는다는 것을 보여주려 한다. 그래서 일부러 그대에게 내 행적을 노출한 거다."

백완의 말에 금욱의 눈가에 두려운 빛이 서렸다.

금욱 역시 백완과 검산파 칠령 고수들의 행방을 찾기 위해 만무회에서 내보낸 고수들 중 한 명이었다.

그리고 운 좋게도 그의 눈에 백완의 흔적이 들어왔던 것이다. 큰 공을 세울 수 있는 기회를 잡게 된 금욱은 아무런 의심 없이 천무오당의 고수들을 동원해 백완 일행을 제압하기 위해 나섰다.

그런데 그 모든 것이 백완의 계획이었다니 두려운 일이 아닐 수 없었다.

그리고 만약 백완의 말이 사실이라면 북두산문은 더 이상 그가 알던 예전의 북두산문이 아닌 것이 분명했다.

그러자 갑자기 의문이 들었다. 도대체 무엇이 몰락한 북두산문을 다시 일으켜 세운 것인가. 단 일 년 전만 해도 북두산문주 백완은 검산파와 만무회의 핍박을 견디지 못해 문파의 장원까지 버리고 야반도주를 한 사람이었다.

그런데 지금 자신의 눈앞에 있는 백완은 마치 검산파와 만무회 모두와 전면전을 벌여도 이길 것 같은 자신감에 차 있었다. 그리고 그것이 결코 허황된 자신감 같지도 않았다.

"정말… 만무회와 검산파를 상대하실 거요?"

금욱이 물었다.

그러자 백완이 대답했다.

"보면 알게 되겠지. 어디쯤 오고 있지?"

백완이 시선을 돌려 그녀를 제외하고는 북두산문 최고의 고수랄 수 있는 초로의 고수 고원에게 물었다.

그러자 앞서 불현듯 싸움에 뛰어들어 만무회 천무오당의 고수들을 제압한 고수 고원이 대답했다.

"이각 안에 도착할 듯합니다."

"좋아. 그럼 손님 맞을 준비를 하지."

백완이 한 줄기 자색 안광을 흘리며 말했다.

제6장
다시 모인 사람들

"함정을 팠군요."

유왕 서리가 말했다.

"그런 것 같군."

사송이 대답했다.

"숲에 있는 북두산문의 사람들이 생각보다 많은 것 같아요."

유왕 서리의 말대로 어두운 숲속에 숨어 있는 북두산문 문도들의 은밀히 움직임이 느껴졌다.

"북두산문의 문주가 숨어서 허송세월을 보낸 것은 아니겠지. 하지만 서리 동생, 난 북두산문의 무사들 숫자가 아니라 그녀의 무공에 더 관심이 가는군."

"무공이라뇨?"

"금욱을 제압한 그 무공 말이야."

"그야 이미 전의를 상실한 사람이었잖아요?"

"그래도 그를 제압하기 위한 움직임이나 점혈의 수법은… 갑자기 두려운 생각이 드네."

"두렵기까지 하시다고요?"

유왕 서리가 놀란 표정으로 자왕을 바라봤다.

"음… 심상치가 않아. 심상치가… 불사께선 어찌 보셨소이까?"

자왕 사송이 자신의 직감을 확인하고 싶은 듯 나왕에게 물었다. 그러자 나왕이 망설이지 않고 대답했다.

"만약 그녀의 계획대로 오늘 밤 만무회와 검산파의 고수들이 이곳으로 몰려온다면 그들은 큰 낭패를 겪게 될 것이오. 그리고 오늘 밤이 지나면 북두산문은 강호의 그 누구도 무시할 수 없는 존재로 부활할 것이고 말이오."

"숫자가 제법 된다고는 해도 그녀를 추격하는 만무회와 검산파의 주력 고수들을 상대할 수 있을까요?"

서리는 나왕과 사송의 의견에 아직 동의할 수 없는 모양이었다.

"그녀의 무공이 마하공이기에 가능할 것이오."

나왕이 확신하듯 말했다.

"마하공이 그렇게 대단한가요?"

서리가 다시 물었다.

그러자 나왕이 고개를 끄떡였다.

"내가 알기로는 그렇소. 과거 나의 사부셨던 금강검왕께선 검신과 약간의 인연이 있으셨소. 뭐, 만나면 하루 정도 술잔 기울이면서 담소를 나눌 정도의 사이였다고 하더이다. 물론 내가 사부의 제자가 되기 전의 일이라 나도 두 사람의 자세한 인연은 모르지만 말이오. 아무튼 덕분에 사부께선 검신 백초산에 대해 남들이 모르는 것도 제법 알고 계셨소. 그중 하나가 그의 마하공이었소."

"검신의 독문무공이니 당연히 뛰어난 신공이었겠지요."

서리가 당연하다는 듯 말했다.

"뛰어난 정도가 아니오. 사부께서 말씀하시길 마하공은 신공이자 마공이라고 하셨소."

"마공(魔功)이라고요?"

"그렇소. 본래 마하공이 뛰어난 이유는 내공을 축적하는 데 있어 세상에 존재하는 어떤 생물의 기운이라도 받아들일 수 있는 바다 같은 포용력 때문이라 하셨소. 그런 면에서 보자면 사람도 생물 아니겠소?"

순간 나왕의 말을 듣고 있던 자왕 사송이 경악스러운 표정으로 물었다.

"설마 흡정의 무공이란 말이오?"

"음… 검신 스스로 흡정을 시도하지 않아서 그렇지 가능은 하다고 하더구려. 물론 그렇게 따지면 세상의 모든 내공심법이 약간씩은 흡정의 성질을 가지고 있지만. 어쨌든 마하공의 그 특징으로 인해 마하공을 수련한 사람은 적과 싸울 때 좋든 싫든 약간씩 흡정의 능력을 발휘한다고 했었소. 아마도 그게 검신 백초산이 마하공을 후대에 전하지 않은 이유가 아닐까 하오만……."

나왕의 설명이 끝나자 장내의 사람들이 두려운 눈빛으로 분주히 적을 맞을 준비를 하고 있는 백완에게 시선을 돌렸다.

"오늘 그녀가 흡정술을 사용할까요?"

서리가 경계의 빛을 보이며 물었다.

그러자 나왕이 고개를 저었다.

"절대 그러지 않을 거요. 마하공에 그런 마공의 성질이 섞여 있다는 것이 세상에 알려지는 순간 북두산문의 복원은 요원해질 것이기 때문이오. 하지만 어쨌든 마하공은 마하공이오."

"아무튼 그녀가 이 싸움의 승자가 되실 거라고 보는군요?"

"적어도 패하지는 않을 것 같소. 그녀의 움직임을 보건대… 만무회나 검산파에서 그 주인들이 나오기 전에는 그녀를 꺾을 고수가 없을 것 같소이다."

나왕이 확신하듯 말했다.

"그렇게 대단하게 보셨군요."

서리가 인정할 수밖에 없다는 듯 말했다.

그녀로서도 무공으로는 불사 나왕과 견줄 수 없다는 것을 잘 알고 있었다.

"우린 어쩌죠?"

가장 나이가 어린 공예가 가장 현실적인 질문을 했다. 그러자 모든 사람의 시선이 나왕에게로 향했다.

오늘 이 싸움은 다른 누구보다 나왕과 밀접한 관련이 있는 싸움이었다.

북두산문의 문주 백완과의 인연이야 없던 것으로 생각하면 그만이지만 만무회나 검산파와는 풀어야 할 은원이 있는 나왕이었다.

비록 그가 과거의 은원에 매달리고 싶어 하는 것 같지는 않았지만, 그래도 북두산문에서 당한 일은 그대로 덮고 넘어갈 수 없었다.

"좀 더 두고 봅시다."

나왕이 사송과 서리에게 동의를 구했다. 그러자 자왕이 빙그레 웃으며 말했다.

"하하, 그 말씀을 기대하고 있었소. 솔직히 나왕께서 그들의 문제에 더 이상 관여하고 싶지 않다시며 이곳을 떠나자 하실까 봐 걱정했소이다. 이런 싸움 구경은 정말 흥미로운 것 아니겠소? 더군다나 북두산문 문주의 무공을 좀 더 보고 싶기도 하고……"

"사람 피를 보는 일이 즐거운 일은 아니지요."

서리가 자왕을 타박했다.

"누가 즐거운 일이래? 단지 궁금할 뿐이라는 거지."

사송이 어깨를 으쓱하며 대꾸했다.

"나보고 호기심이 너무 많다고 타박하시더니… 아무튼 이곳에 더 머물려면 좀 더 좋은 장소를 찾아요. 만무회나 검산파 사람들이 온다면 어느 방향에서 올지 모르니."

서리가 주변을 돌아보며 말했다.

적월과 일행은 싸움이 벌어진 공터에서 북쪽 방향으로 이동했다. 그리고 다섯 사람이 모두 올라가도 미동조차 하지 않는 커다란 삼나무 위로 올라가 나뭇가지 속에 몸을 숨겼다.

수백 년 묵은 삼나무는 한 그루가 작은 숲처럼 무성해서 북두 산문과 다른 두 문파 고수들의 싸움을 구경하기에는 안성맞춤이었다.

그렇게 다섯 사람이 장소를 옮겨 몸을 숨긴 지 채 일각이 되지 않아 두 무리의 무사들이 숲의 남쪽으로부터 질풍처럼 달려왔다.

그러고는 서로 앞서거니 뒤서거니 하며 백완이 기다리고 있는 숲속 공터에 도착했다.

"정말… 그들이에요."

삼나무 위에 몸을 숨기고 있던 적월이 너무 놀라 자신도 모르게 입을 열었다.

그러자 나왕이 손가락으로 입술을 가려 조심하라는 주의를 주며 대답했다.

"그렇구나."

"어쩌실 거예요?"

적월이 당장에라도 나무 위에서 뛰어 내려갈 것 같은 기세로 물었다.

"지켜보자."

"그냥 지켜보자고요?"

"음… 만약 일이 잘못될 것 같으면 그때나 내려가 보자꾸나."

"설마 저들을 그냥 돌려보내실 생각은 아니시죠?"

"그야 물론이지. 하지만 일단 백 문주가 저들을 어찌 상대하는지 보고 싶구나."

"알았어요. 그리고……."

적월이 말꼬리를 흐렸다.

"왜? 하고 싶은 말이 있느냐?"

"기회가 되면 저들 중 한 명을 제가 상대해 보고 싶어요."

"네가?"

"예."

"모르겠구나. 이제 네 무공이라면 저들을 상대할 수 있을 것도 같지만 강호의 싸움이란 것이 무공보다 경험에 의한 임기응변으로 승패가 갈리는 경우가 많아서……."

"그래도요."

적월이 고집을 부렸다.

"알겠다. 만약 기회가 되면 한 번 겨뤄보는 것도 나쁘지 않겠지."

나왕이 결국 적월의 고집을 이기지 못하자 유왕 서리가 불안한 표정으로 말했다.

"도검을 들고 생사를 겨루는 일은 비무를 하는 것과는 무척 다르단다."

아마도 그녀는 적월이 위험한 일을 하는 것을 원치 않는 모양이었다.

"조심할게요."

"후우… 몽씨의 고집은 정말 어쩔 수 없지."

서리가 고개를 저으며 중얼거렸다. 아마도 적월의 생부인 몽전도 생전에 무척 고집이 셌던 모양이었다.

"뭐, 첫 상대로는 괜찮은 자들이지."

자왕 사송은 오히려 적월의 편을 들었다.

"만무회와 검산파의 후계자들이 좋은 상대라고요? 오라버니,

저들은 좋은 상대가 아니라 아주 위험한 상대들이에요."

서리가 장내에 나타난 무림인들을 이끌고 있는 만무회의 소회주 상황과 검산파의 대공자 유목인을 가리키며 말했다.

"그래도 불파일맥과 검신의 무공을 이어받았는데 그 정도 상대는 해야지 않겠어? 소요야, 자신 있지?"

"예, 숙부님!"

사송의 물음에 적월이 시원하게 대답했다.

"하하, 호부에 견자 없다더니 딱 형님 내외분을 닮았어. 저들과 싸우려면 저들의 무공을 자세히 봐둬야 하니 이제부턴 집중해서 저들의 움직임을 살피도록 하거라."

사송이 진지한 표정으로 충고했다.

그러자 적월이 고개를 끄떡이고는 시선을 삼나무 아래, 세 문파의 고수들이 대치한 곳으로 돌렸다.

"하하! 정말 문주시구려. 소식을 들었을 때는 긴가민가했는데. 정말 문주께서 여기 계실 줄은 몰랐소."

어색하고 무거운 긴장을 깬 사람은 상황이었다.

"근 일 년 만이군요."

백완이 무심하게 대답했다.

"그러게 말이오. 대체 문주께선 그동안 어디 계셨던 것이오?"

상황이 짐짓 반가운 표정까지 지으며 물었다.

"가문의 재건을 위해 이런저런 준비를 했지요."

그러자 상황과 유목인의 눈빛이 살짝 변했다.

"가문의 재건이라… 혹 그 가문이란 것이 북두산문이오?"

유목인이 물었다.

"그럼 내게 북두산문이 아닌 다른 가문이 있나요?"

백완이 되물었다.

"음… 이해할 수가 없구려. 장원까지 버리고 떠나신 분이 다시 북두산문을 재건하려 하다니. 그럼 애초에 장원을 떠나지 않았으면 되는 일 아니오?"

유목인이 물었다.

그러자 백완이 한마디라도 허투루 듣지 말라는 뜻 또박또박 말을 끊어가며 대답했다.

"내가 재건하려는 것은 장원이 아니에요. 난 천하제일문 북두산문을 재건할 생각이에요."

"음……."

"허어……!"

유목인과 상황의 입에서 동시에 미묘한 탄식이 흘러나왔다. 둘 모두 어이없는 소리를 들었다는 표정이다.

"문주… 지금 하신 이야기가 얼마나 무모한 말인지 정말 모르시오? 문주께선 현명한 분이시니 강호에서 몰락한 문파가 다시 재기하는 것이 거의 불가능하단 걸 아실 텐데……."

"그 불가능한 일을 제가 한 번 해볼 생각이에요."

백완이 한마디도 물러나지 않고 대답했다.

그러자 유목인과 상황이 서로를 마주 보며 잠시 당황한 표정을 지었다.

"이 일을 어찌하면 좋겠소?"

유목인이 상황에게 물었다.

"그러게 말이오. 참으로 난감한 일이 아닐 수 없구려. 우리 두 사람은 수십 년 동안 백 문주를 아내로 맞기 위해 공을 들이고 경쟁해 왔는데 그 당사자인 백 문주는 이렇게 엉뚱한 생각을 하고 있으니 말이오. 참으로 난감한 일이 아닐 수 없소."

상황도 고개를 저으며 말했다.

"하아… 이럴 땐 조금 거친 방법이기는 하지만 백 문주의 생각이 잘못되었다는 것을 깨닫게 해주는 것이 모두를 위해 좋은 일 아니겠소?"

유목인이 다시 말했다.

"그 말이 옳은 것 같소."

상황도 유목인의 말에 동의했다. 그러자 유목인이 다시 백완을 보며 말했다.

"문주, 아무래도 우리는 오늘 반드시 문주를 모셔야 할 것 같소. 만약 거절하신다면 거친 방법을 쓸 수밖에 없소. 그리고 오늘은 일 년 전 그날처럼 도망갈 수도 없을 것이오."

유목인이 노골적으로 협박했다.

그러자 백완이 차가운 냉소를 흘리며 대답했다.

"더 이상 그대들을 피해 도망 다닐 생각은 없으니 걱정 마세요. 그런데… 이상하지 않나요?"

"뭐가 말이오?"

유목인이 되물었다.

"그대들을 이리로 부른 만무회 천무오당의 무사들이 왜 보이지 않는지 말이에요."

백완의 말에 순간 두 사람이 당황한 표정을 지었다.

백완을 만나 그녀의 허황된 계획을 듣느라 정작 자신들에게 백완의 출현을 알린 천무오당의 무사들이 보이지 않는다는 것을 미처 알아채지 못했던 것이다.

"음… 그들은 어디 있소?"

천무오당은 만무회의 주력이다. 당연히 그들의 행방을 묻는 것은 만무회의 소회주 상황의 일이었다.

"보여 드려라."

상황이 질문을 하자마자 백완의 차갑게 명을 내렸다. 그러자 갑자기 백완의 등 뒤에 솟아 있는, 높이가 이십여 장이 되지 않는 절벽 위에서 십여 개의 횃불이 불을 밝혔다.

"엇?"

"저… 저건!"

절벽 위에 불이 밝혀지는 순간 상황과 유목인을 따라온 양 파의 무사들이 놀란 음성을 터뜨렸다.

그도 그럴 것이 물고기 꿰듯 줄줄이 묶인 천무오당의 고수들이 횃불 아래 모습을 드러냈기 때문이다.

"대체… 저들에게 무슨 짓을 한 거요?"

상황이 분노를 참지 못하고서 당장이라도 백완을 향해 달려갈 듯한 표정으로 소리쳤다.

"보고 있는 대로 그들은 나의 포로가 되었어요."

"포로……! 감히 만무회의 식솔을?"

상황의 말이 짧아졌다.

그러나 백완은 상황의 태도에 아랑곳하지 않았다.

"그들은 내 경고를 무시했어요. 감히 날 공격했죠. 두 분께도 경고하는데 오늘부터 난 북두산문을 공격하는 자들을 절대 용서하지 않을 생각이에요. 그게 누구라도 말이죠!"

백완의 경고가 워낙 차갑고 날카로워서 상황과 유목인 모두 감히 그녀의 경고를 허투루 들을 수 없었다.

예상보다 강렬한 백완의 기세에 잠시 주춤거렸던 유목인이 이내 평정심을 되찾고 다시 물었다.

"천무구당에 속한 고수들은 만무회의 주력인데 문주께서는 그런 사람들을 대체 어떤 계책을 쓰셔서 제압하셨소이까? 문주의 그 고명한 계책을 배워보고 싶구려."

유목인은 백완이 무공으로 천무오당의 고수들을 제압했을 거라고는 생각하지 않은 모습이었다. 또한 자신들은 절대 백완의 계책에 넘어가지 않을 거란 경고도 내포된 질문이었다.

그러자 백완이 두 손을 들어 보이며 말했다.

"모두 알다시피 무림에서 적을 제압하는 데 무슨 특별한 계책이 있나요? 오직 무공이 모든 것을 말해줄 뿐이지."

"설마 그 말을 지금 믿으라고 하는 거요?"

유목인이 비웃음을 담은 표정으로 물었다.

"확인해 보시겠다면 언제든 환영이에요. 아니, 내가 제안을 하나 하죠."

"제안?"

유목인이 의심스러운 표정으로 되물었다.

"두 분께서 나와 겨뤄 날 굴복시키면 모든 일은 두 분이 원하는 대로 될 거예요."

"지금 비무를 하자는 것이오?"

"비무는 수련장에서나 하는 일이고… 우리의 대결은 생사결이 되겠죠."

"감히… 나에게 생사결을 청하다니. 진심이오?"

유목인이 되물었다.

"자신 없나요?"

"후후후, 이거 정말 점점 날 곤란하게 만드는군. 이렇게 되면 검을 들지 않을 수가 없는데… 상 형! 이 싸움 내가 맡아도 되겠소?"

유목인이 상황을 보며 물었다.

그러자 상황이 고개를 저었다.

"미안하지만 양보할 수 없구려. 만무회의 사람들이 잡혀 있으니 내가 나서야 하지 않겠소?"

"음… 그렇긴 하지만……."

유목인은 내심 이 싸움을 자신이 맡고 싶은 듯 보였다. 그도 그럴 것이 이 싸움에서 백완을 제압하는 사람에게 결국 그녀를 취할 권리가 생길 것이기 때문이었다.

그런데 그때 백완이 유목인이 이 싸움을 양보하지 않아도 될 이유를 만들어주었다.

"그런 이유라면 두 사람 중 누구라도 나와 싸울 이유가 있어요."

"그게 무슨 소리요?"

상황이 백완을 노려보며 물었다.

"천무오당의 고수들을 잡고 있는 사람들이 누군지 모르겠어요?"

백완의 말에 상황과 유목인이 고개를 들어 다시 절벽 위를 살폈다.

횃불이 불타고 있었고, 그 불빛 아래 만무회 천무오당의 고수들이 밧줄에 묶인 채 무릎을 꿇고 있었다. 그리고 그런 그들의 등 뒤에서 도검을 뽑아 든 검산파 칠령의 고수들이 어색한 표정으로 유목인을 바라보고 있었다.

"칠령주!"

처음에는 검산칠령의 고수들을 알아보지 못했던 유목인이 결국 칠령주 육천보를 알아보고는 경악스러운 표정으로 소리쳤다.

"대공자, 오랜만에 뵙습니다."

결코 앞으로 나서고 싶지 않았던 육천보가 가볍게 고개를 숙여 보였다.

"이게… 어찌된 일이오? 설마 검산파를 배신한 것이오?"

"검산의 장문인께는 죄송한 일이지만 어쩔 수 없이 새로운 주군을 모시게 되었습니다."

"북두산문의 사람이 되었다는 뜻이오?"

"그렇습니다."

"도대체 왜……?"

유목인이 도저히 이해할 수 없다는 표정으로 물었다.

그러자 육천보가 가볍게 한숨을 쉬며 대답했다.

"강호에서 주인을 새로 모시는 일이 크게 비난받는 일인 것은 아닙니다. 대공자께서 절 비난하신다면 그 비난은 달게 받겠습니다."

"이유를 알고 싶다고 하지 않았소?"

유목인이 화를 내며 소리쳤다.

"이유는 사실 단순합니다. 난 북두산문의 문주께 패했고, 문주께서는 패한 저를 죽이지 않고 살려주셨습니다."

"단지 그 이유뿐이라는 거요?"

"그렇습니다."

"검산파가 당신에게는 그렇게 의미 없는 문파였소? 목숨을 구하기 위해 쉽게 배신할 수 있는 그런 문파였소?"

유목인이 따져 물었다.

그러자 육천보가 조금은 냉정해진 표정으로 되물었다.

"대공자, 설마… 검산파의 사람들이 장문인께 자신의 목숨을 버리면서까지 충성할 거라고 기대하고 계셨습니까? 그런 충성심이 검산파의 사람들에게 있을 것 같습니까?"

육천보의 물음에 유목인이 선뜻 대답을 하지 못했다. 검산파에 모여든 사람들이 충성심보다는 자신의 야망을 위해 모여든 사람들이란 것을 누구보다 잘 알고 있는 유목인이었다.

천하구패의 한 문파로서 검산파는 그런 야심가들의 욕망을 충분히 채워주었기에 오늘날의 성세를 이룩한 것이었다.

"그렇다 한들 칠령 중 하나를 맡고 있는 그대의 배신은 예상치 못한 일이군."

유목인이 육천보를 노려보며 말했다. 그의 눈에서 짙은 살의가 흘러나왔다.

"따지고 보면 검산파나 만무회나 뿌리는 모두 북두산문, 그러니 배신이라고는 생각지 말아주시기 바랍니다. 단지… 그저 뿌리로 돌아왔다고나 할까요."

말을 끝낸 육천보가 애써 유목인의 시선을 외면했다.

유목인이 다시 입을 열려는 순간 백완이 두 사람의 대화를 가로막았다.

"육 대협의 일은 나중에라도 논쟁할 시간이 있을 거예요. 지금 중요한 것은 두 분 중 누가 나에게 한 수 가르침을 주실 건가 하는 것이죠. 결정하기 어렵다면 두 분이 비무를 해서 승자가 기회를 갖는 것도 좋을 것 같군요."

물론 말을 하는 백완 역시 유목인과 상황이 서로에게 검을 겨눌 것이라고는 생각지 않았다. 다만 두 사람의 심기를 불편하게 만들어 비무를 거절치 못하게 하려는 의도에서 한 말이었다.

그리고 그녀의 의도대로 반응은 즉시 나타났다.

"후후후, 정말 문주께서 지난 일 년간 특별한 기연이라도 얻으신 모양이구려. 그렇게 자신하는 걸 보면……."

"북두산문… 이 이름이 고금제일문이었단 것을 잊었나요?"

백완이 되물었다.

"하하하, 그것은 오직 검신 백초산의 시대, 그것도 겨우 천 일 동안만 허락되는 말이오. 지난 세월 북두산문이 몰락한 이유는 바로 그 검신의 무공이 없었기 때문이지 않소?"

"만약 그 무공을 내가 가졌다면요?"

백완이 내뱉은 말에 상황과 유목인 두 사람의 얼굴이 얼음처럼 굳었다.

검신 백초산의 무공, 얼마나 놀랍고 무서운 이름인가. 그의 무공은 거론되는 것만으로도 강호 고수들의 오금을 저리게 만들 힘을 가지고 있었다.

"지금 그 말을 우리더러 믿으라는 거요? 검신의 무공이 사라진 것이 이미 백 년… 그런 검신의 무공을 문주가 무슨 수로 얻을 수 있단 말이오. 아니, 검신의 무공을 얻었다면 지난 세월 동안 문주는 왜 그 사실을 감추고 살았단 말이오?"

상황이 물었다.

"내가 정말 검신 조부님의 무공을 얻었는지는 두 분이 직접 확인하면 되실 일이지요."

백완이 말하자 상황과 유목인의 표정이 더욱 심각해졌다. 아무런 이유 없이 백완이 검신의 무공을 거론한 것이 아닌 듯 보였기 때문이다. 그리고 검신의 무공이라면 검산파의 검산칠령이나 만무회의 천무오당이 패한 이유로도 충분했다.

"누가 먼저 절 시험하시겠어요?"

백완이 다시 물었다. 마치 추궁하는 듯한 목소리다.

그녀의 재촉에 상황과 유목인이 서로를 바라봤다. 앞서는 서로 백완과 대결을 하려 했지만 지금은 오히려 서로에게 싸움을 미루려는 기색이 엿보였다.

그도 그럴 것이 백완의 말처럼 그녀가 검신 백초산의 무공을 지니고 있다면 대결의 승패를 감히 가늠하기 어려웠다.

승패가 불확실한 싸움에 먼저 나서기보다는 다른 사람이 먼저 백완을 상대하는 것을 보고 자신의 행보를 결정하고 싶은 것이 두 사람 모두의 심정이었다.

그리고 이런 경우 대체적으로 입이 빠른 자가 유리한 위치를 점하게 마련이다.

"내가 앞서 나서고 싶지만 대공자께서는 배신자를 처단해야 하는 문제도 있으니 이번에는 양보하리다."

상황이 발 빠르게 먼저 입을 열었다.

상황에게 선수를 빼앗긴 유목인의 표정이 살짝 일그러졌다. 그러나 그렇다고 이 상황에 뒤로 물러난다는 것은 자신의 체면 이 크게 깎이는 일이라 양보를 거절하기도 힘들었다.

그리고 사실 그는 여전히 백완이 단 일 년 동안에 검신 백초 산의 무공을 얻었을 거라고는 믿지 않았다.

"좋소이다. 그럼 내가 먼저 문주의 무공을 시험해 보겠소. 다만… 이 겨룸에서 내가 이길 경우 문주께서는 나를 따라서 검산 으로 가셔야 할 것이오."

유목인의 말에 상황이 멈칫했으나 그 대답은 상황이 아닌 백 완이 대신했다.

"그렇게 하죠. 나는 이 대결에서 이긴 사람을 따라가도록 하겠 어요."

백완이 동의하자 유목인의 얼굴에 가벼운 미소가 지어졌다.

"하하, 그럼 충분히 검을 들 만하구려. 소회주! 양보해 주셔서 고맙소."

그가 자신에게 싸움을 미룬 상황을 보며 말했다. 한 줄기 비 웃음이 담긴 그의 말에 상황이 불편한 표정을 지었지만, 이내 뒤 쪽으로 물러나며 말했다.

"대공자의 무운을 빌겠소."

"후후, 무운까지야… 무림에서 살아온 세월이 있는데……."

유목인이 상황의 말을 가볍게 받아넘기며 백완을 향해 몇 걸 음 앞으로 걸어나갔다.

"문주! 검에는 눈이 없소. 그러니 우열이 드러나면 고집부리지 마시고 검을 거두시길 바라겠소."

백완 앞으로 다가선 유목인이 날카로운 검을 뽑으며 말했다. 이번만큼은 진심으로 하는 충고인 듯 보였다.

"물론 그래야지요. 괜히 목숨을 내놓을 필요는 없으니까."

백완이 가볍게 대답했다.

"그렇게 생각하고 계시다니 마음이 놓이는구려. 난 문주께서 쓸데없는 고집을 부려 험한 일을 당하게 되실까 내심 걱정했소이다."

"아마도 그럴 일은 없을 거예요."

스릉!

백완도 말을 하면서 가볍게 검을 뽑았다. 연검은 아니지만 검신이 얇고 유연해 보이는 것이 여인에게 어울리는 검이다.

그 검을 본 유목인이 다시 한번 가벼운 미소를 지었다. 백완이 가벼운 검을 쓴다는 것을 그녀의 내공이 아직 절정의 경지에 오르지 못했다는 의미로 받아들인 것이다.

"그럼… 시작합시다."

자신감을 회복한 유목인이 시원하게 말했다.

"한 수 가르침을 받죠."

백완도 물러나지 않고 검을 들어 자신의 발끝 한 자 정도 앞을 가리키며 말했다. 시작은 수비의 자세다.

"행운을 빌겠소."

백완이 수비의 자세를 취하자 유목인이 망설이지 않고 선공에 나섰다.

콰아!

시작부터 강렬한 일초의 검이 허공을 갈랐다. 유목인은 단 일초로 승부를 볼 생각인 듯 자신의 모든 공력을 검에 담아 백완의 머리를 공격했다.

어쩌면 그는 백완이 이 일초의 공세에 겁을 먹고 뒤로 물러나 검을 거두기를 바라는지도 몰랐다.

그러나 공격을 받은 백완의 반응이 유목인을 당황하게 만들었다.

백완은 자신의 머리 위로 떨어지는 강력한 검기를 보면서도 전혀 미동을 하지 않았다. 대신 그녀는 마치 재미있는 물건을 구경하듯 푸르스름한 검기를 머금은 유목인의 검을 빤히 바라보고 있었다.

이대로라면 유목인의 검이 그대로 백완의 작고 아름다운 머리를 반으로 가를 상황. 그러자 유목인이 살짝 검을 틀었다. 이대로 백완을 죽일 수 없다는 본능이 만든 일이었다.

그의 검이 백완의 머리가 아닌 오른쪽 어깨로 향했다.

그 순간 백완이 움직였다.

슉!

나란히 벌리고 있던 백완의 두 발 중 하나가 가볍게 앞으로 나아갔다. 그러자 자연스럽게 백완의 몸이 옆으로 틀어지는 자세가 되었다. 그리고 그 자세 그대로, 백완의 검이 무서운 속도로 사선을 그리며 이동했다.

지잉!

깊은 울림을 만들어내며 두 검이 마주쳤다. 순간 유목인의 검이 백완의 검에 비껴 맞으며 방향이 틀어졌다.

백완이 다시 한 걸음을 옮겼다. 그러자 그녀의 몸이 한순간에 유목인의 등 뒤로 이동했다.

"헛!"

생각지도 못하게 뒤를 내준 유목인의 입에서 다급한 목소리가 흘러나왔다.

탁!

유목인이 급히 한 발로 땅으로 차며 위로 솟구쳤다. 자신의 등 뒤에서 닥쳐들 백완의 공격을 방비하기 위함이었다.

그러나 다급한 유목인의 움직임이 그를 더 허탈하게 만들었다. 백완이 그를 공격하는 대신 제자리에 선 채 가벼운 미소를 머금은 얼굴로 그를 바라보고 있었기 때문이다.

"감히……!"

유목인의 얼굴이 붉게 물들었다. 예상치 못한 백완의 행동에 의해 일어난 수치심이 그를 분노에 떨게 만들었다.

유리한 위치를 점하고도 자신을 공격하지 않은 백완의 행동이 자신을 무시하는 것처럼 느껴졌기 때문이다.

그리고 그 분노가 백완에 대한 강력한 공격으로 이어졌다.

처음 비무에 나섰을 때는 그래도 백완이 크게 다치지 않게 하기 위해 약간의 사정을 두고 공격했지만, 백완에게 모욕 아닌 모욕을 당한 순간 유목인에게서 자비 같은 마음은 사라졌다.

콰콰콰!

당대 무림에서 검의 최고봉으로 꼽히는 검산파의 후계자다운 검식이 유목인의 검에서 펼쳐졌다.

유목인의 검이 단번에 네 개의 검영을 만들어내며 백완의 전후좌우 네 방위를 모두 차단했다.

놀라운 것은 그 네 개의 검영이 단지 검의 그림자일 뿐 아니라 하나하나 살아 움직이는 실체의 검기라는 사실이었다.

이런 검공을 펼칠 수 있는 검객은 아마도 현 무림에서 극히 찾아보기 힘들 터였다.

그런데 백완의 반응은 전혀 달라지지 않았다.

그녀는 처음과 마찬가지로 어떤 위협감도 느끼지 않는 듯 무심한 표정으로 자신을 향해 내리꽂히는 네 개의 검영을 바라보고 있을 뿐이었다.

그러다가 네 개의 검영이 그녀를 난도질하려는 그 순간 그녀의 검이 열십자로 움직였다.

차아앙!

날카로운 검의 마찰음들이 길게 이어졌다. 네 개의 검영이 거의 동시에 백완의 검에 막혀 방향을 잃고 허공에서 흩어졌다.

그리고 다시 백완의 발이 두어 걸음 움직이자 그녀의 몸이 단번에 유목인이 만든 검영의 반경 안에서 사라졌다.

"음……!"

유목인의 입에서 나직한 신음 소리가 일어났다.

몸에 상처를 입은 것은 아니었다. 그러나 그보다 더 심각한 내적 충격을 마음으로 받아내야 하는 유목인이었다.

조금의 사정도 두지 않고, 자신의 모든 힘을 모아 펼친 초식이었다. 그런데 백완은 그런 자신의 공격을 너무 쉽게 받아냈을 뿐 아니라, 몇 걸음 앞에서 반격도 하지 않고 조롱하듯 자신을 응시하고 있었다.

이런 상황이 팔다리 하나 잘려 나간 것보다도 더 큰 심리적인 충격을 유목인에게 주고 있었다.

사정이 이렇게 되자 유목인도 한 가지 사실을 인정하지 않을 수 없었다.

"정말… 검신의 무공을 얻었구려."

"얻었다는 말은 좀 그렇군요. 애초에 우리 북두산문의 무공이었으니까요."

백완이 담담하게 대답했다.

그러자 유목인의 눈이 가늘어졌다. 그러고는 의심 어린 표정으로 물었다.

"설마… 그동안 무공을 숨기고 있었던 거요? 대체 왜?"

자신을 상대하는 정도의 무공이라면 굳이 무공을 숨기고 살 필요가 없다고 생각한 모양이었다.

"가끔은 때가 되어야 얻어지는 무공도 있는 법이죠."

백완이 대답했다.

그러자 유목인이 즉시 고개를 끄떡였다.

"알겠소. 무리에 대한 깨달음의 문제였단 뜻이구려."

"좋을 대로 생각하세요."

백완이 굳이 부인하지 않았다. 그녀로서는 그녀의 무공이 불사 나왕이 가져온 사신지보에 의해 얻은 것임을 굳이 알리고 싶지 않았다. 사신지보가 사실은 절대무경이란 사실을 세상에 알리는 것은 어찌 보면 무척 위험한 일이기 때문이다.

"알겠소. 아무튼… 난 이쯤에서 검을 거두겠소."

갑자기 유목인이 뜻밖의 결정을 내렸다. 그러고는 훌쩍 몸을 날려 뒤로 물러났다.

그러자 백완과 상황 둘 모두 당황했다.

백완으로서는 이 자리에서 유목인을 완전히 굴복시켜 북두산문의 재건을 세상에 알릴 생각이었는데 유목인이 대결을 포기해 버리자 자신의 계획이 틀어지게 생겼기 때문이었고, 상황은 싸움의 책임이 갑자기 자기에게 넘겨진 것 같았기 때문이었다.

"패배를 인정하는 건가요?"

백완이 유목인의 심기를 흔들어보려는 듯 물었다.

"뭐… 패배를 인정한다기보다는 문주의 무공과 북두산문의 재건을 인정한다고 해둡시다. 물론 만무회의 뜻은 어떨지 모르겠지만……."

유목인이 슬쩍 상황을 바라봤다.

그러자 상황이 못마땅한 듯 눈살을 찌푸렸다.

유목인이야 백완과 몇 수 겨뤄보고 한 결정이지만 자신은 지금 대결을 포기하면 그건 그야말로 백완에 대한 철저한 굴복처럼 보여질 수 있기 때문이었다.

그렇다고 유목인이 포기한 싸움을 떠맡는 위험을 감수하는 것도 그리 달가운 일은 아니었다. 이미 백완의 실력을 본 이후라 더더욱 그러했다.

"상 대협은 어쩔 생각이신가요?"

유목인이 체면이 깎이는 것을 무릅쓰고 싸움을 포기해 버리자 백완의 시선이 자연스럽게 상황에게 향했다.

그러자 상황이 잠시 고민하다 이내 결심을 한 듯 앞으로 나섰다.

"나 역시 검신의 무공을 한 번 견식해 보고 싶구려."

"역시 상 대협이시군요. 강호의 일대 호걸께서 설마 일검도 겨루지 않으시고 대결을 포기할 거라고는 생각지 않았어요."

백완이 반가운 표정으로 말했다.

그러자 상황이 얼굴을 굳히며 검을 뽑았다.

"한 수 부탁드리겠소."

정중한 상황의 말에 백완이 가볍게 고개를 끄떡이고는, 다시 검을 들어 유목인을 상대할 때와 같은 자세로 상황을 맞을 준비를 했다.

"후욱!"

상황이 깊게 숨을 들이마셨다. 일단 백완과 마주 서자 미처 느끼지 못했던 팽팽한 긴장감이 느껴졌다.

무심한 듯 보이는 백완의 자세에는 빈틈이 무척 많아 보였지만 어떻게 보면 단 한 곳의 빈틈도 없는 듯 느껴지기도 했다. 그 애매모호함이 상황으로 하여금 선공을 주저하게 만들었다.

더군다나 백완의 검 주위로 흐르는 은은한 자색 기운은 왠지 모르게 신령스러운 느낌까지 들어 더더욱 상황의 움직임을 제약했다.

"제가 시작할까요?"

상황이 공격할 생각을 하지 않자 백완이 물었다.

"기대하겠소."

상황이 기다리던 바라는 듯 대답했다. 선공은 보통 때는 유리하지만 적의 무공을 정확히 모를 때는 오히려 위험한 선택이었다.

　상황의 대답에 백완의 자세가 변했다. 그녀가 땅을 향해 있던 검 끝을 눈높이로 들어 올렸다. 그리고 한 호흡을 짧게 들이쉰 후 가볍게 몸을 날려 상황을 향해 날아갔다.

제7장
두 명의 노고수

부드러운 바람은 가볍게 불어오지만 단 한 곳도 미치지 않는
곳이 없다.

백완의 검이 그랬다.

그녀의 검에서 흘러나오는 기운은 그리 강한 기운을 가지고
있지 않는 듯 보였지만 상황이 움직일 수 있는 거의 모든 공간을
차단했다.

마치 상황이 움직일 곳을 미리 알고 있는 듯, 그렇게 백완의
검은 상황의 이동 경로를 모두 앞서 막았다.

차앙!

상황은 그런 백완의 검을 강력한 힘으로 밀어내려는 듯 연신
검을 휘둘러 자신이 움직일 공간을 확보하고자 했다. 그러나 백
완의 검은 끊임없이 밀려드는 파도처럼 잠시 흩어졌다가도 이내

그 기운을 회복해 상황의 움직임을 제어했다.

대결을 시작한 지 겨우 일각, 그 일각이 채 지나기도 전에 이미 싸움의 승패는 결정되어 있었다.

수비가 아닌 공세로 나선 백완의 무공은 그렇게 단단하고 무서웠다. 단칼에 적을 베는 것은 아니지만, 시간이 지날수록 상대를 무기력하게 만드는 백완의 무공은 대결을 보는 사람들조차도 질리게 만드는 힘이 있었다.

그래서 사람들은 앞서 그녀를 상대하다 스스로 대결을 포기하고 물러난 유목인을 오히려 운이 좋은 사람처럼 생각했다.

백완의 검세 안에서 상황은 아이처럼 허둥댔다. 그가 만들어 내는 검기는 강력했으나, 백완의 검세 안에서는 떼쓰는 아이의 반발에 지나지 않아 보였다.

그러나 완벽하게 장내의 전세를 장악하고 있으면서도 백완의 검은 단 한 차례도 상황의 몸에 상처를 내지 않았다.

아니, 상처뿐 아니라 그의 옷자락 하나 베지 않았다. 상황의 옷이 흐트러지고 머리카락이 헝클어진 것은 모두 그가 백완의 검세에서 벗어나고자 이리저리 무리하게 움직였기 때문이었다.

그리고 그 와중에 상황이 지쳐갔다. 강력하던 그의 검은 더이상 검기를 만들어내지 못했고, 전의가 넘치던 그의 얼굴은 곧 죽음을 맞을 사람처럼 파리해져 있었다.

백완의 공격을 상대하느라 소모되는 그의 공력이 만만치 않다는 것을 말해주는 현상이었다.

그래서 이제 곧 상황이 제풀에 무릎을 꿇고 패배를 인정해야 할 시점이 다가왔다고 모든 사람이 느낄 즈음, 갑자기 장내에 생각지 못한 변화가 일어났다.

"북두산문의 문주께선 그만 검을 멈춰주시오."

어디서 나타났는지, 혹은 애초부터 만무회나 검산파 고수들 중에 섞여 있었는지도 모를 노인 두 사람이 불쑥 장내에 모습을 드러냈다. 그리고 그중 한 명이 검집째 검을 들어 가볍게 앞으로 찌르는 자세를 취했다.

그러자 단단하게 검세를 유지하며 상황을 공격하던 백완이 눈살을 찌푸리며 검을 거두고 훌쩍 뒤로 물러났다.

그러고는 천천히 시선을 돌려 비무를 방해한 자들을 바라봤다.

한쪽은 장검을 든 헌칠한 키의 노인이고, 다른 한쪽은 나이를 무색케 할 정도로 단단한 체구를 지닌 도객이었다.

"당신들은 누구죠?"

백완이 물었다.

그러자 백완과 상황을 갈라놓은 두 사람이 백완에게 가볍게 고개를 숙여 보이며 입을 열었다.

"인사드리지요. 난 검산파의 밥을 먹고 있는 소유종이라는 늙은이입니다."

헌칠한 키의 검객이 먼저 입을 열었다.

그러자 그와 함께 나타난 노인도 자신을 소개했다.

"대북두산문의 문주께 인사드립니다. 난 만무회의 진풍이라는 늙은이입니다."

둘 다 정중한 말투이기는 했으나, 그 안에는 자신들의 존재에 대한 자부심이 강하게 느껴졌다.

"일도객, 비천검······."

백완은 두 사람의 이름을 듣자마자 얼굴색이 변하며 혼잣말을 중얼거렸다.

"영광스럽게도 우릴 아시는군요. 저로선 처음 뵙는 것인데··· 비천검께선······?"

만무회의 진풍이라고 이름을 밝힌 자가 소유종이라는 검객에게 물었다.

"나 역시 북두산문의 문주님을 뵙는 것은 처음이외다."

소유종이 대답했다.

"허허, 그렇다면 우리가 헛살아온 것은 아닌 모양이외다. 한 번도 뵌 적 없는 분이 우리를 알아보시는 것을 보니······."

만무회의 진풍이 미소를 지으며 말했다.

"그러게 말이외다. 그리고 그렇다면 북두산문의 문주께서 우리 두 늙은이의 체면을 봐주실 것 같기도 하구려."

"흐흠··· 소 노사의 말씀이 맞았으면 좋겠소. 그래야 우리 늙은이들이 힘을 쓰지 않아도 될 테니 말이오."

진풍이 말을 하며 시선을 백완에게로 돌렸다. 그리고 갑자기 차가운 목소리로 말했다.

"문주, 이쯤에서 그만 검을 거두셔야겠습니다. 우릴 따라 만무회주님과 검산파의 장문인을 만나러 가십시다. 그곳에서··· 북두산문의 운명을 결정하게 될 것입니다."

겁박하는 듯한 진풍의 말에 백완의 표정이 딱딱하게 굳었다.

"이미 북두산문이 재건되었다는 것을 말했을 텐데요?"

백완이 되물었다.

그러자 진풍이 고개를 저었다.

"아니지요. 그래서는 안 되는 일이지요. 북두산문의 운명은⋯ 백 년 전부터 만무회와 검산파 양 파 주인께서 결정해 왔습니다. 그리고 그건 지금도 마찬가지입니다."

"거부한다면요?"

"그럼 우리 두 늙은이가 힘을 쓸 수밖에 없겠지요."

진풍이 대답했다.

"그럴 능력이 있다고 생각하나요?"

백완이 차갑게 물었다.

"물론⋯ 문주께서 모두가 놀랄 만한 무공을 지니신 것은 인정합니다. 하지만 우린 소회주님이나 검산파의 대공자님과는 다른 사람들입니다. 무공의 이야기가 아니라 성정이 말이지요."

"무슨 뜻인가요?"

백완이 다시 물었다.

"문주님의 무공은 충분히 인정합니다. 우리 두 사람 중 한 사람이 나선다 해도 문주님을 제압하는 것이 그리 쉽지는 않을 겁니다. 물론 못한다고도 말할 수 없지만⋯ 하지만 우린 강호의 일을 그런 식으로는 처리하지 않습니다. 쉬운 길이 있으면 쉬운 길을 택하는 편이지요. 그래서 우리 두 사람이 함께 문주님을 상대하는 일도 마다할 사람들이 아니라는 뜻입니다."

협공도 마다치 않겠다는 진풍의 말에 백완이 표정이 굳어졌다.

그녀가 아무리 검신의 무공을 수련했다 해도 진풍과 소유종 두 노고수를 한 번에 상대하는 것은 그리 쉬운 일이 아니었던 것이다. 적어도 그녀가 아는 한 이들의 무공은 절대의 경지를 넘볼 만한 자들이었다.

더군다나 그 와중에 양쪽의 무사들이 전면전을 벌이게 되면 전력으로 북두산문이 불리한 것은 누구라도 알 수 있는 일이었다.

애초에 그녀가 비무를 통해 상황과 유목인을 굴복시키려 한 것도 그런 위험을 피하기 위함이었던 것이다.

그런데 이 노련한 두 노고수들은 그런 백완과 북두산문의 약점을 정확하게 파악하고 있었다.

"흐음!"

나직한 콧소리와 함께 갑자기 나뭇가지에서 몸을 일으키는 나왕을 적월이 의아한 눈으로 바라보며 물었다.

"왜 그러세요?"

"내려가 볼까 해서."

나왕이 무심한 표정으로 대답했다.

"왜 갑자기……?"

"이대로 싸우면 북두산문이 패할 거야."

"그래서 관여하시겠다고요?"

"그럼 저 두 놈을 그냥 보내주잔 말이냐?"

나왕이 일 년 전 북두산문에서 자신과 적월을 함정에 빠뜨렸던 상황과 유목인을 가리키며 물었다.

"그렇긴 하지만… 양쪽이 싸우다 지쳤을 때 내려가도 되잖아요?"

적월이 물었다.

그러자 나왕이 순간 당황한 표정을 짓다가 이내 엄한 표정으로 대답했다.

"강호의 협사라는 자가 어찌 상대가 곤경에 처할 때를 기다리겠느냐? 정정당당하게 겨뤄 이기면 될 것을! 따라와라!"

나왕은 적월이 대답을 하기도 전에 훌쩍 몸을 날려 삼나무 아래로 내려갔다.

그러자 적월이 어리둥절한 표정으로 중얼거렸다.

"강호 협사? 갑자기 웬 강호 협사?"

그러자 옆에 있던 공예가 측은한 눈빛으로 적월을 보며 말했다.

"이제 보니 소요 오라버니는 아직 누굴 좋아해 본 적이 없는 숙맥이군요?"

"그게 무슨 말이냐? 갑자기?"

적월이 되물었다.

"불사 대협께서 왜 급히 내려가셨는지 정말 그 이유를 모르시겠어요?"

"다른 이유가 있다는 말이니?"

"정말 모르시나 보네……."

공예가 혀를 찼다.

그러자 적월이 정말 궁금한 표정으로 되물었다.

"그 이유가 뭔데?"

"그야 당연히 북두산문의 문주님 때문이죠."

"북두산문의 문주?"

"그래요. 불사 대협은 저분에게 여전히 미련이 남아 있는 것이 분명해요."

공예가 단정하듯 말했다.

"에이, 설마… 사부께서 북두산문에 간 것은 그냥 호기심 삼아 가신 건데……."

"세상에 호기심만으로 사신지보를 찾아 혼인을 요구할 사람은 없어요."

공예나 십이지방의 다른 두 왕들도 나왕과 적월이 북두산문을 찾아갔던 이유를 이미 알고 있었다.

"그럼 정말 사부님이 백 문주님을 좋아하기라도 한다는 거냐?"

"전 확신해요."

"하하하, 예야. 너야말로 아직 어리구나. 사부께서는 결코 백 문주님을 여인으로서 좋아하신 게 아니란다. 그건 단지 호기심으로……."

"됐어요. 두고 보면 제 말이 맞다는 걸 알게 되실 거예요."

공예가 적월의 말을 끊었다.

"글쎄, 난 아니라고 본다."

"그럼 내기해요."

"내기?"

"네."

"음… 좋다. 내가 너보다야 사부님을 더 잘 아니까. 무슨 내기를 할까?"

"나중에 진 사람이 이긴 사람 소원 하나 들어주는 건 어때요?"

"소원이라. 이거 생각보다 거창한 내기인걸?"

"겁나시면 안 해도 되고요."

"아니다. 겁나긴. 내기가 아니라도 네 부탁이라면 뭐든 들어줄 텐데. 좋다. 그렇게 하자."

"좋아요. 그럼 우리도 가서 불사 대협의 마음을 확인해 봐요."

공예가 말을 끝내자마자 다람쥐처럼 삼나무 아래로 내려가기 시작했다. 적월도 급히 공예의 뒤를 따랐다.

그렇게 두 사람까지 내려가자 나무 위에 남아 있던 자왕 사송이 유왕 서리에게 물었다.

"서리 동생 생각은 어때?"

"뭐가요?"

"저 두 아이의 내기 말이야."

"흐흠… 글쎄요. 솔직히 저는 잘 모르겠네요. 행동하는 것을 봐서는 분명 불사 대협께서 북두산문 문주에게 마음이 있는 것 같기도 하고, 평소 불사 대협의 성정을 생각하면 그럴 리가 없을 것도 같은데……."

"우리도 내기할까? 난 예와 같은 쪽에 걸지."

자왕 사송이 자신 있게 말했다.

그러자 서리가 퉁명스럽게 대답했다.

"우리가 애들이에요? 그런 쓸데없는 내기를 하게. 어서 따라오기나 해요."

사송에게 면박을 준 서리가 훌쩍 몸을 날려 나무 아래로 내려갔다.

"쩝… 뭐 나이 많은 사람은 내기도 하면 안 되는 건가? 하여간 쌀쌀맞기는……."

사송이 불만스러운 표정으로 중얼거리며 느리게 움직이기 시
작했다.

"문주! 우리 늙은이들은 다리에 힘이 없어서 오래 기다릴 수가
없습니다. 그러니 어서 결정해 주시지요."

진풍이 백완을 재촉했다.

어느새 말투도 변해서 정중함은 사라지고 협박에 가까운 말
투다. 그러자 백완의 표정이 변했다. 망설임은 더 이상 그녀의 표
정에 없었다. 대신 단호한 기개가 그녀의 표정에서 묻어났다.

"북두산문이 그동안 무림의 조롱과 핍박을 받아온 이유는 검
신 조부께서 사라지신 것 때문이지만, 더불어 그대들의 조상이
본 문을 배신했기 때문이기도 하오. 더군다나 그대들이 몸담은
검산파와 만무회는 북두산문을 뿌리로 하면서도 다른 문파들보
다 더 우리 북두산문을 핍박했소. 그러나 이젠 더 이상 그런 협
박이 통하지 않소. 검신 조부의 무공이 다시 살아난 이상 북두
산문은 이제 그 누구에게도 굴복하지 않을 것이오. 원한다면 좋
소. 어떤 방식으로든 싸워주겠소. 선택은 오히려 그대들이 하시
오. 그동안의 잘못을 무릎 꿇고 빌든지 아니면 오늘 이 자리에
서 북두산문의 재건을 피로써 확인하든지."

예상치 못한 백완의 단호한 기세에 진풍과 소유종이 잠시 당
황한 표정을 지었다.

그러다가 확인하듯 진풍이 물었다.

"문주, 그 말씀 후회하지 않으시겠소?"

"후회? 후후… 두고 보면 알 것이오. 나로선 그나마 북두산문의 재건을 방해하지만 않는다면 그동안 만무회와 검산파가 날 핍박한 과거를 묻어둘 생각도 있었소. 하지만 오늘 내게 행한 이 무례까지는 참지 않겠소. 당신들이 한 행동의 대가는 반드시 치러주겠소. 일단 오늘은 그대들일 터!"

한 치의 망설임도 없이 내뱉는 백완의 경고에 진풍과 소유종의 표정이 한층 심각해졌다. 이상하게도 백완의 경고가 허언처럼 느껴지지 않았기 때문이다.

그러나 그래도 결국 한 명의 아녀자일 뿐이라는 생각에 두 사람은 백완의 경고를 무시했다.

"문주의 말씀 잘 들었습니다. 문주의 뜻이 그러시다면 어쩔 수 없는 일이지요. 강호의 법칙대로 이기는 자의 뜻에 따라 운명이 결정될 것입니다."

"그 선택 환영하오."

이미 결심을 굳힌 백완이 망설이지 않고 검을 들어 올렸다. 그녀의 과감한 행동에 진풍과 소유종이 다시 한번 망설이는 듯 보였지만, 결국 그들도 도검을 뽑아 들었다. 그러면서 슬쩍 뒤를 돌아보며 상황과 유목인에게 말을 건넸다.

"두 분께선 다른 자들을 제압해 주십시오."

"알겠소."

상황이 기다렸다는 듯이 대답했다. 백완이 아니라면 다른 북두산문의 고수들 따위는 안중에도 없다는 태도였다.

"그럼 시작해 봅시다."

진풍이 소유종에게 말했다.

"그럽시다. 겨우 아녀자 한 명을 우리 두 사람이 상대하는 것이 유쾌한 일은 아니지만 그래도 일은 확실히 하는 것이 좋으니."

소유종이 대답을 하고는 장검을 들고 성큼성큼 백완을 향해 걷기 시작했다.

그러자 진풍도 얼른 걸음을 옮겨 소유종과 어깨를 나란히 하고 백완의 삼 장 앞으로 다가섰다.

그렇게 다시 장내가 일촉즉발의 긴장에 휩싸이고 있을 때, 갑자기 어둠 속에서 긴장을 깨뜨리는 목소리가 들렸다.

"잠깐, 세 분은 잠시 기다려 주시오."

갑작스러운 소리에 백완, 그리고 진풍과 소유종이 목소리가 흘러나온 곳으로 시선을 돌렸다.

그러자 그들의 눈에, 크지 않은 키에 허름한 옷차림을 하고 있는 추레한 몰골의 사내가 들어왔다. 그리고 그 보잘것없는 중년 사내가 장내의 몇몇 사람을 경악시켰다.

"불사 나왕!"

"어, 어떻게……?"

가장 먼저 격렬한 반응을 보인 사람들은 상황과 유목인이었다.

"두 분 안녕하신가?"

불사 나왕이 오랜 친구를 만난 것처럼 상황과 유목인에게 인사를 건넸다. 하지만 말투와 달리 그의 눈에서 흘러나오는 날카로운 살기가 두 사람을 공포에 사로잡히게 만들었다.

"당신이 어떻게……?"

상황이 떨리는 목소리로 물었다.

"내 별호가 뭔지 잊었나?"

불사 나왕이 되물었다. 불사 나왕의 말투에선 만무회 소회주라는 상황의 신분에 대한 배려 따위는 찾아볼 수 없었다. 물론 눈빛은 말보다 더욱 날카로웠다.

"불사……."

나왕의 되물음에 상황이 자신도 모르게 나왕의 별호를 중얼거렸다.

그러자 나왕이 두 사람에게서 시선을 돌려 북두산문의 문주 백완을 보며 입을 열었다.

"문주, 오랜만이오."

백완을 향한 말투 역시 과거와는 달랐다. 과거에는 백완을 대할 때 자신도 모르게 주눅이 든 듯한 나왕이었지만 지금은 전혀 거침이 없었다.

"…그렇군요."

당황한 것은 백완 역시 마찬가지여서 나왕의 인사에 조금 늦게 대답했다.

"안 뵌 사이에 놀라운 기연을 만나신 것 같소이다?"

나왕이 다시 물었다.

"조금… 운 좋은 일이 있었지요."

백완이 대답했다.

"그 운 내 덕분 아니오?"

"그게 무슨 뜻이죠?"

"내가 선물한 기연이 아니냐는 뜻이오."

나왕이 재차 말했다.

그러자 백완의 표정이 일변했다. 그녀의 눈이 가늘어지고 탐색하듯 나왕의 표정을 살폈다. 그러다가 망설이며 입을 열었다.

"설마 내게 어떤 일들이 있었는지 알고 있다는 뜻인가요?"

"후후, 마하공에 대한 것이라면… 그렇소. 알고 있소."

"대체 어떻게……?"

백완이 믿을 수 없다는 표정으로 되물었다.

"설마 그 이야기들을 지금 이 자리에서 털어놓으란 말이오?"

사신지보에 검신의 무공이 담겨 있다는 사실을 밝혀도 좋으냐는 물음이었다.

그러자 백완이 퍼뜩 정신을 차리고는 이내 고개를 저었다.

"아니에요. 그 이야기는 나중에 해야겠군요. 그런데, 오늘 이 자리에 나타나신 것은 우연인가요. 아니면……?"

"문주의 싸움을 보게 된 것은 우연이오. 하지만 우리들의 인연을 생각하면 결국 이 만남은 운명이 아니겠소?"

"인연이라. 지금도 제가 사신지보의 약조를 지키길 바라시는 건가요?"

사신지보의 한 조각이라도 먼저 가져온 사람과 혼인하겠다는 백완의 약속에 대한 질문이었다.

"흠… 애초에 내가 사신지보의 한 조각을 가지고 문주를 찾아갔을 때조차도 난 문주가 반드시 혼인의 약속을 지킬 것이라고는 기대하지 않았었소. 정중히 이해를 구한다면 북두산문에서 며칠 머물며 귀한 손님 대접을 받다가 떠날 생각이었소. 그러니 지금에 와서야 뭐 때문에 그 약속에 연연하겠소?"

나왕의 말에 백완이 묘한 표정을 지으며 잠시 나왕을 바라보다 다시 물었다.

"그럼 이 만남이 운명이란 것은 무슨 뜻이지요?"

"정말 몰라서 묻는 것이오? 나 불사 나왕이 감히 날 죽이려했던 자들을 눈앞에 두고 모른 척 지나칠 수 있는 사람이라고 생각하시오?"

대답을 하면서 나왕이 다시 시선을 돌려 상황과 유목인을 바라봤다.

그러자 두 사람이 흠칫하며 본능적으로 두어 걸음 뒤로 물러났다.

그 순간 나왕의 등장 이후 지금까지 침묵을 지키고 있던 진풍과 소유종 두 노고수가 슬쩍 걸음을 옮겨 상황과 유목인의 앞을 가로막았다.

그러고는 진풍이 딱딱한 음성으로 말했다.

"불사(不死), 오랜만이구려."

"그렇군요. 일도객을 뵌 지 벌써 다섯 해가 지났던가요?"

불사 나왕이 진풍을 보며 되물었다.

진풍을 대하는 나왕의 말투는 정중하면서도 싸늘했다. 사실 나이로 보자면 불사 나왕은 만무회의 수뇌 중 한 명인 일도객 진풍에 비하면 한 세대 아래 사람이다.

그럼에도 불구하고 진풍이나 소유종은 감히 나왕을 강호의 후배로 대할 수 없었다. 사실 이들 사이에 강호의 나이나 강호의 배분 같은 것은 그리 중요하지 않았다.

중요한 것은 강호의 평판, 불사 나왕은 오십 전의 나이지만 당대 무림의 절대고수 중 한 사람으로 평가받는 사람이었다.

강호의 평판으로만 따지자면 일도객 진풍이나 검산파의 비천검 소유종조차도 불사 나왕에게 한 수 양보할 수밖에 없는 존재였던 것이다.

"음… 그렇구려. 오 년 전 항주에서 뵌 것이 마지막이었으니……."

진풍이 옛 기억을 떠올리며 대답했다. 대답하면서도 그의 얼굴에는 곤란한 기색이 역력했다.

그 모습을 보고 나왕이 물었다.

"일도객께서는 혹시 일 년 전 북두산문에서 일어난 일에 대해 알고 계십니까?"

상황과 유목인이 자신과 적월을 함정에 빠뜨려 죽이려 한 사실에 대한 질문이었다.

"음… 그것이……."

일도객 진풍이 차마 대답을 하지 못하고 말을 얼버무렸다. 이미 그 일에 대해서 만무회의 수뇌부들도 알고 있는 것이 분명했다.

"그렇다면 오늘 이 자리가 결코 웃으며 끝나지 않을 것도 아시겠군요?"

나왕이 다시 물었다.

그러자 일도객 진풍이 난감한 표정을 짓다가 천천히, 그러나 제법 단호한 표정으로 입을 열었다.

"일 년 전, 북두산문에서 불사 대협께 본 회의 소회주께서 저지른 실수에 대해서는 진심으로 사과드리겠소. 그러나, 그렇다고 불사께서 본 회의 소회주님께 위해를 가하려 한다면 그건 받아들일 수 없소. 그 일에 대한 사과와 보상은 추후 본 회의 이름을 걸고 섭섭지 않게 할 터이니 오늘은 이만 물러나 주심이 어떨지……."

진풍의 말에는 간곡한 부탁과 협박이 동시에 담겨 있었다. 그는 비록 불사 나왕의 무공이 무섭기는 하지만, 그래도 천하를 지배하는 만무회와 검산파 세력의 힘을 믿고 있는 듯 보였다.

하지만 불사 나왕은 결코 그의 뜻대로 움직이지 않았다.

"뜻밖이군요. 일도객께서 마치 날 처음 만나는 사람처럼 말씀하시다니. 불사 나왕이 어떤 사람인지 아시지 않습니까?"

나왕이 물었다.

그러자 진풍이 살짝 눈살을 찌푸렸다.

어찌 불사 나왕을 모를까. 칠마의 난 때 신응조의 고수들과 함께 수십 번 죽음의 사선을 넘은 사람이 나왕이다. 그 활약으로 불혹의 나이에 천하의 절대무객으로 인정받은 자, 또한 칠마의 난이 끝난 후 강호의 중소문파였던 송가장을 천하구패의 반열에 올려놓은 고수이기도 했다.

불사 나왕이 신응조로 활동할 때나 송가장의 사람으로 강호행을 할 때 그의 독심과 은원에 대한 단호한 태도는 그를 상대하는 모든 강호인에게 큰 두려움이었다.

그러므로 일 년 전 상황과 유목인이 한 일을 결코 그냥 묻어둘 사람이 아니라는 것을 누구보다 잘 아는 진풍이었다.

하지만 그렇다고 해도 지금 상황과 유목인을 내어줄 수도 없었다.

"물론, 나 대협께서 노하신 것은 충분히 이해하오. 하지만 오늘은 이 늙은이들의 체면을 한 번만 봐주시기 바라오. 오늘 이 자리는 만무회와 검산파, 그리고 북두산문 세 문파의 관계를 정리하는 자리이니 나 대협의 일은 추후 반드시 우리 두 사람이 책임지고 해결토록 하겠소."

진풍의 말에서 진심이 묻어났다. 그는 진심으로 오늘의 일에 나왕이 개입하는 것을 원치 않았다.

아무리 자신들의 전력을 자신한다 해도 나왕 같은 고수는 예상치 못한 변수를 만들어낼 수 있는 존재이기 때문이었다.

진풍의 간곡한 말에 나왕이 잠시 생각에 잠긴 듯하다가 불쑥 북두산문의 문주 백완에게 물었다.

"문주의 생각은 어떻소?"

자신이 예상치 않은 방향으로 상황이 흘러가는 것에 조금은 당황한 채 장내를 살피던 백완이 갑작스러운 나왕의 질문에 놀라 얼떨결에 되물었다.

"뭐가 말이죠?"

"문주께서도 오늘의 일에서 내가 빠지기를 바라느냐는 말이오."

나왕이 다시 물었다.

그러자 백완이 잠시 나왕을 바라보다 냉정하게 대답했다.

"그야 나 대협의 마음이시겠죠."

"내 마음대로라… 난 내 마음이 아니라 문주의 마음을 알고 싶은 거요."

"왜 제 마음을 알고 싶으신 거죠?"

"그야 당연히 이 일의 당사자니까 그런 것 아니겠소? 그리고 내가 이 일에 개입하느냐 안 하냐에 따라 북두산문의 처지도 크게 변할 것이고 말이오."

"설마 내가 고개를 숙여 부탁이라도 하길 바라시는 건가요?"

"음… 그럼 좋긴 하겠지만 문주의 성정을 내가 모르는 것도 아니고. 부탁이 아니라 거래는 어떻겠소?"

"거래?"

"그렇소. 물론, 문주께서 자신이 한 약속을 잘 지키는 분인지는 모르겠소. 하지만 오늘 밤의 상황은 또 한 번의 거래를 하기에 충분할 것 같은데……."

그러자 백완의 표정이 일변했다. 그녀 자신은 자신의 무공에 자신이 있었지만, 세력과 세력의 싸움이 시작되면 북두산문의 전력이 만무회나 검산파에 비해 열세인 것은 분명했다.

이런 상황에서 불사 나왕의 도움을 받을 수 있다면 한순간에 전세를 역전시킬 수도 있었다. 불사 나왕은 충분히 그럴 능력을 지닌 인물이었다.

"거래라면… 뭘 원하시죠? 설마 사신지보의 약속을 지키라고 요구하시는 건가요?"

"그 문제는 이미 내 관심 밖이라고 말씀드리지 않았소?"

"그럼 뭘 원하시죠?"

"음… 일단 거래에 관심은 있으시구려?"

"조건을 말씀하세요."

"요즘 난 강호에서 사귄 친구들과 함께 새로운 문파 하나를 만들까 생각 중이오."

나왕의 말에 백완은 물론 진풍과 소유종도 놀란 표정을 지었다.

불사 나왕의 불파일맥은 일인전승의 무맥으로 알려져 있었다. 그런 나왕이 문파를 창건한다는 것은 강호에 적지 않은 파장을 일으킬 만한 일이었다.

"불사께서 문파를 창건하신다고요?"

백완이 되물었다.

"뭐, 거창하게 문파를 창건한다기보다는 소소하게 강호의 어려운 일을 봐주고 먹고살 방책이나 마련하려는 것이오. 나도 이제 나이도 있고 하니 언제까지 강호를 떠돌아다니며 살 수도 없는 노릇이고……."

"설마 청부문파를 만들겠다는 건가요?"

"청부문파라… 그렇게 불러도 상관은 없소."

나왕의 말에 백완이 실망한 듯한 표정을 지었다. 강호에서 청부문파는 정사를 막론하고 하류의 업(業)으로 취급받게 마련이었다.

무공을 수련한 무인의 본성은 본래 협이나 신념, 혹은 패권을 추구하는 것이었다. 반면 청부문파는 금자를 위해 무(武)를 사용하는 자들이어서 천한 일을 하는 신분으로 멸시되는 것이 보통이었다.

그러므로 청부업은 불사 나왕이라는 이름에 전혀 걸맞지 않는 일이었다.

그래서 깨지기는 했으나, 그래도 자신과 혼인을 할 수도 있었던 불사 나왕이 청부문을 만들겠다는 것은 백완에게 실망스러운 일이 아닐 수 없었다.

"불사 대협이 청부문이라… 어울리지 않는군요."

백완이 마치 자신의 일이라도 되는 듯 고개를 저으며 말했다.

"그야 생각하기 나름이고, 어쨌든 내 생각은 그러하니 오늘 내가 북두산문의 일을 돕는다면 난 그 대가를 제법 무겁게 요구할 생각이오. 이 거래 하시겠소?"

나왕이 물었다.

"결국 청부를 하라는 말이군요."

"굳이 말하자면 그렇소."

"무거운 대가가 필요하다 하셨는데 아시다시피 우리 북두산문은 이제 막 재기를 시작한 문파여서 재력이 충분치 않아요. 과연 대불사 대협께 청부금을 제대로 지급할 수 있을지 걱정이 되는군요."

백완이 조금 싸늘한 표정으로 말했다.

의협이 아닌 금자를 가지고 거래를 하는 상황이 영 마땅치 않은 듯했다.

"그런 걱정은 하지 않으셔도 되오. 내 생각에 북두산문은 이제 곧 과거의 영화를 회복할 것이오. 그렇게 되면 천하의 재력가들이 알아서 북두산문에 모일 것 아니겠소? 그리고 또한 청부의 대가가 꼭 금자일 필요도 없는 것이고……."

그러자 백완이 의심스러운 눈빛으로 나왕을 보며 물었다.

"금자가 아닌 다른 대가라면 무엇이 있을까요?"

"그건 나중에 생각합시다. 금자로도 좋고 다른 것으로도 좋다는 뜻이니. 아무튼 청부를 하시겠소?"

"왜 북두산문이 과거의 영화를 회복할 거라 확신하시는 거죠?"

백완이 나왕의 질문에 대답하는 대신 다시 질문을 던졌다. 그러자 나왕이 망설이지 않고 대답했다.

"검신의 마하공에는 그럴 만한 힘이 있으니까."

나왕의 망설임 없는 대답에 백완이 다시 한번 나왕을 바라봤다.

사실 나왕의 대답은 그녀의 마음에 꼭 드는 대답이었다. 마하공에 북두산문을 재건할 힘이 있다는 사실을 그녀 스스로도 확신하고 싶었기 때문이다.

그래서인지 갑자기 나왕에 대한 믿음이 생겨났다.

"좋아요. 본 문은 나 대협에게 청부를 하겠어요. 오늘 만무회와 검산파를 상대하는 일에 힘을 보태주세요."

"후후후, 그야말로 나로서는 거절할 수 없는 청부요. 나 개인의 은원도 풀고 두둑한 청부의 대가도 챙기고. 어떻소, 두 분. 나의 첫 거래가 말이오?"

갑자기 나왕이 고개를 돌려 어두운 숲을 보며 소리쳤다. 그러자 어둠 속에서 검은 인영들이 움직이더니 결국 어둠을 벗어나 장내에 모습을 드러냈다.

"불사 대협께 이렇게 사람을 당황시키는 재주가 있으신 줄은 몰랐소이다."

자왕 사송이 여전히 곤혹스러움이 사라지지 않은 표정으로 말했다. 그러자 나왕이 대답했다.

"두 분을 만난 이후부터 줄곧 생각해 오던 일이외다. 그런데 오늘 마침 큰 청부거리가 생겼으니 새로 시작하기에는 좋은 계기가 아니겠소?"

나왕이 말했다.

"그러나 다시 청부업을 한다는 것은……."

"숲을 건드리면 뱀이 나오는 법이오."

나왕이 말했다.

그러자 자왕 사송의 표정이 심각하게 변했다.

"그럼 청부문을 만드시려는 목적이 설마……."

"나쁘지 않은 방법 아니오? 어차피 지난 십수 년간 풀지 못한 일이니. 새로운 방법으로 시작하는 것도……."

십이지방이 겪은 혈월야의 내막을 파헤치는 일을 두고 하는 말이다.

"음… 동생은 어때?"

자왕 사송이 유왕 서리에게 물었다. 그러자 서리가 혀를 차며 대답했다.

"그걸 꼭 지금 말해야겠어요? 일단 오늘 일이나 먼저 처리해야죠."

"아, 그렇구먼. 일단 눈앞의 일부터 처리합시다, 불사 대협!"

"그럼 동의한 것으로 알겠소."

"말이 그렇게 되나? 뭐 그럼 그런 거로 합시다. 나쁘지 않은 방법이니."

사송이 대답했다.

그러자 불사 나왕이 고개를 한 번 끄떡인 후 백완을 보며 말했다.

"어떤 식으로 일이 매듭지어지길 원하시오?"

나왕의 물음에 백완이 망설이지 않고 말했다.

"이들을 모두 굴복시키고 싶군요."

백완의 말에 나왕이 대답했다.

"역시 문주답소. 처음 뵐 때부터 대범한 사람이란 걸 눈치챘었소. 아마도 일은 문주의 뜻대로 될 것이오."

나왕이 느리게 서너 걸음 앞으로 걸어 나와 낮지만 거부할 수 없는 목소리로 말했다.

"이쪽의 뜻은 결정되었습니다. 이제 그쪽 생각을 들어봅시다. 저 두 사람을 넘기고 도검을 버린다면 아마 죽거나 크게 상하는 사람은 없을 것입니다. 하지만 싸우기를 원한다면 아마도 오늘 만무회와 검산파는 강호에 나온 이후 가장 처절한 패배를 맛보게 될 겁니다. 물론, 명분도 충분하지요. 감히 살인을 하려던 자들을 벌주는 것이니⋯⋯."

나왕이 날카로운 눈으로 상황과 유목인을 보며 말했다. 나왕의 경고에 소유종이 노기를 드러냈다.

"불사, 감히 그대 홀로 천하구패 중 두 개의 문파를 감당할 수 있다고 생각하시오?"

"누군들 그게 가능하겠습니까? 하지만 오늘 이 자리에 있는 사람들은 충분히 감당할 수 있다고 자신합니다."

나왕이 대답했다.

"마치 그대 자신이 천하제일인이라도 되는 듯이 말하는군."

소유종이 한 줄기 비웃음을 담은 표정으로 말했다.

"물론 난 천하제일인이 아닙니다. 하지만 날 도와주는 사람들과 힘을 합치면 천하제일인이라도 상대할 수 있을 겁니다."

나왕의 호언장담에 소유종이 자왕 사송과 유왕 서리, 그리고 적월과 공예를 가리키며 말했다.

"겨우 저 네 사람을 두고 하는 말이오?"

"아마 겪어보시면 겨우라는 말을 하지 못하실 겁니다."

나왕의 대답이 너무 확고해서 소유종과 진풍은 불현듯 적월 등 네 사람에 대한 의구심이 커졌다.

"대체 그대가 믿고 있는 저들은 누구요?"

상대의 정체를 알 수 있다면 그에 대한 대비도 할 수 있다는 생각에 소유종이 물었다.

그러자 나왕이 고개를 저었다.

"지금은 말씀드릴 수 없습니다. 하지만 한 가지 분명한 것은 저분들의 능력이 결코 내 아래는 아니라는 겁니다."

"세상에 불사 나왕과 무공을 견줄 사람은 많지 않지. 하물며 그런 고수들의 이름이 무림에 알려지지 않았을 리도 없고……."

소유종이 나왕의 말을 믿지 않는 듯 대답했다.

"내 말을 믿고 안 믿고는 내가 신경 쓸 문제는 아니고. 결국 결과가 모든 것을 말해줄 테니 시작하시겠습니까?"

나왕은 만무회와 검산파의 고수들은 전혀 안중에 없는 듯 보였다.

그런 자신감은 진풍과 소유종 두 노고수를 노하게 만들기보다 걱정스럽게 만들었다.

그러나 결국 오늘의 싸움은 피할 수 없는 싸움이었다. 그리고 피할 수 없는 강적이라면 가장 유리한 방법으로 싸워야 한다는 것을, 두 사람은 알고 있었다.

"한 번에 몰아칩시다."

소유종이 진풍을 보며 말했다.

그러자 진풍이 대답했다.

"그럽시다. 우리 양 파가 힘을 합치면 설혹 과거의 검신이라도 감당하지 못하겠소?"

"맞소이다. 이곳에 온 형제들은 모두 양 파의 정예들, 힘을 모아 적을 치면 절대 지지 않을 싸움이오."

"맞소이다. 그럼 시작합시다. 이럴 때는 선공이 유리하니."

진풍의 말에 소유종이 고개를 끄떡이고는 이미 검을 뽑고 적을 향해 돌진할 준비를 하고 있는 검산파 고수들을 향해 소리쳤다.

"쳐라! 모두 죽여도 좋다."

제8장
불사일맥

애초에 백완이 이곳으로 만무회와 검산파 고수들을 끌어들인 것은 이곳 지형이 소수의 힘으로 다수의 적을 상대하기에 안성맞춤이기 때문이었다.

그럼에도 북두산문 문도들의 피해를 의식해 우두머리들의 대결로써 이 싸움을 끝내려 했던 그녀였지만, 결국 싸움은 전면전으로 이어지고 있었다.

그러자 애초에 그녀가 계획한 대로 지형의 유리함이 북두산문 무사들에게 큰 힘이 되어주었다.

진풍과 소유종이 이끄는 만무회와 검산파 고수들은 호리병같은 절곡의 입구에 막혀 좀처럼 전진하지 못했다.

한 번에 계곡 입구에서 싸울 수 있는 사람의 숫자가 많아야 열이 넘지 않을 공간이어서 전력의 우세가 도움이 되지 못할 뿐더러, 그 절곡의 입구를 막고 있는 사람들이 불사 나왕, 북두산문의 문주 백완, 자왕 사송과 유왕 서리 등 무공으로만 보자면 강호에서 적수를 쉽게 찾을 수 없는 고수들이었다.

그들 네 사람이 전면에 나서서 도검을 휘두르자 오히려 쓰러지는 자들은 하나같이 만무회와 검산파 고수들이었다. 더군다나 한순간 갑자기 절곡의 위쪽 절벽에서 화살이 쏟아지기 시작했다.

쐐애액!

봄날 갑자기 내리는 소나기처럼 화살이 쏟아지자 검산파와 만무회 고수들 중 후미에 처져 있던 자들이 속절없이 쓰러졌다.

"피햇! 화살 공격이다."

갑작스러운 화살 공격에 놀란 만무회와 검산파 고수들이 메뚜기 떼처럼 놀라며 급히 몸을 날려 화살을 피해 몸을 숨길 수 있는 숲으로 들어갔다.

오직 날아오는 화살을 도검을 쳐낼 수 있는 정도의 무공을 지닌 자들만이 여전히 전장에 남아 진풍과 소유종을 도울 뿐이었다.

한차례 화살 공격이 끝나자 이젠 굳이 지형의 유리함을 이용하지 않아도 양측의 전력이 비등해졌다.

그렇게 되자 불사 나왕의 존재가 점점 더 중요해졌다. 장내에서 무공의 고강함으로 우열을 따지자면 불사 나왕과 견줄 인물은 없었다. 그는 비록 불혹을 갓 넘긴 나이지만 무림의 절대고수로 인정받는 인물이어서 무공으로는 진풍이나 소유종 같은 구패의 수뇌들조차 한 수 양보할 수밖에 없었다.

그런 그가 지금까지와 달리 방어가 아닌 적극적인 공격에 나서기 시작했다. 나왕의 가늘고 긴 검이 허공을 가를 때마다 만무회와 검산파 고수들이 어김없이 쓰러졌다.

그의 검법은 저 유명한 불파일맥의 독문검법인 일살검으로 일단 한 번 검이 움직이면 반드시 적을 베고야 만다는 무서운 검법이었다. 그리고 나왕은 세간의 평을 증명이라도 하듯 한 초식에 한 명씩 적을 쓰러뜨리며 적진을 파고들었다.

팟!

"악!"

다시 한 명의 적을 쓰러뜨리자 이제 그 누구도 나왕의 앞을 막아서지 않았다.

눈에 보이지도 않는 나왕의 검은 검기조차도 필요치 않았다. 단지 빠름 하나로 적을 베는 나왕의 검은 내공의 힘으로 만들어내는 고수의 검기보다 더 강렬하고 두려운 검이었다.

그렇게 적을 향해 자신에 대한 두려움을 심어준 나왕이 앞길이 자유롭게 열리자 훌쩍 몸을 날려 소유종을 향해 다가갔다.

"검산파의 검! 언제든 한 번 경험해 보고 싶었습니다."

나왕이 다가서며 말하자 소유종이 긴장한 표정으로 장검을 앞에 세우고 대답했다.

"명불허전! 과연 불사요. 내 오늘 무공의 새로운 경지를 보았으니 무인으로서 기쁘기 그지없소. 그러나 나 소유종의 검도 만만치는 않으니 조심하시오!"

소유종이 말을 쏟아내는 동시에 자신의 장검을 머리 위에서 사선으로 내리그었다. 그러자 소유종의 장검이 좀 더 길게 늘어나는 듯 보였다. 그의 검 끝에서 일어난 검기가 마치 하늘을 날아오르는 용처럼 나왕의 머리를 향해 날아갔다.

그가 비천검이란 별호를 왜 얻게 되었는지를 알 수 있는 초식이었다.

"과연!"

나왕의 입에서 소유종의 무공에 대한 감탄이 흘러나왔다. 그의 왼쪽 머리 위로 닥쳐드는 소유종의 검기는 나왕조차도 위협감을 느끼기에 충분했다.

나왕이 살짝 몸을 구부렸다. 그러고는 팽이처럼 몸을 회전하며 검을 밀어 올리자 소유종의 검기가 나왕의 머리 바로 위에서 그의 검에 막혔다.

카앙!

벼락같은 충돌음이 일어나며 눈부신 불꽃이 터져 나왔다. 그 불꽃에 밀리듯 불사 나왕의 몸이 옆으로 쭉 밀려 나갔고, 그 순간 나왕의 검이 이번에는 횡으로 번쩍였다.

팟!

"웃!"

비천검 소유종의 입에서 다급한 목소리가 흘러나왔다. 비명인지 단순히 놀라는 것인지 알 수 없는 소리를 내뱉으며 소유종이 주르륵 뒤로 물러났다.

펄럭!

뒤로 물러나는 소유종의 가슴 옷자락이 바람에 펄럭였다. 소유종이 재빨리 자신의 가슴에 손을 가져갔다. 달빛 아래에서도 확연히 보이는 붉은 피가 그의 손을 적셨다.

"으음……."

소유종이 다시 신음 소리를 냈다.

"과연 비천검이시군요. 내 검을 피해낸 사람이 근자에는 없었는데……."

몸을 굽히고 있던 나왕이 허리를 펴며 말했다. 비천검 소유종에게 부상을 입혔지만 이 격돌의 결과에 만족하지 못한 표정이었다.

"불파일맥의 일살검… 소문으로 듣던 대로 정말 대단하구려."

소유종이 가슴의 검상을 손으로 눌러 지혈하며 말했다. 피가 흐르기는 했지만 치명상은 아닌 듯 보였다.

"계속하시겠습니까?"

나왕이 물었다.

그러자 소유종이 잠시 망설이는 듯하더니 뒤를 돌아보며 소리쳤다.

"숲으로 물러나라."

소유종의 명이 떨어지자 그나마 남아 있던 검산파 고수들이 일제히 숲으로 물러났다. 그러자 진풍이 이끄는 만무회 고수들 역시 어쩔 수 없이 숲으로 물러났다.

"숲에서 다시 봅시다."

소유종이 나왕에게 다부지게 말하고는 훌쩍 몸을 날려 숲으로 사라졌다.

"그들을 그냥 보내서는 안 돼요."

검산파와 만무회 고수들이 숲으로 물러나자 백완이 달려 나오면서 소리쳤다.

그러자 나왕이 손을 들어 백완의 걸음을 멈춰 세우고는 차분

한 목소리로 말했다.

"그들도 지금 물러갈 생각은 아닐 것이오."

"무슨 말씀이죠? 도주하기 시작했잖아요?"

백완이 조급한 표정으로 말했다.

"도주하는 게 아니오. 싸움의 장소를 옮긴 거지. 협곡에선 숫자의 우위를 제대로 이용할 수 없었으니 숲으로 물러나 우리가 들어오길 바라는 거요. 저 숲에서는 그들의 숫자가 큰 힘이 될 것이오. 그런데 이곳에 함정을 만들 때 저들이 도주할 경우도 생각해 두셨을 것 같은데. 아니오?"

나왕이 묻자 백완이 고개를 끄덕였다.

"패주하는 자들을 막기 위해 숲 외곽에서 화공을 준비하는 문도들이 있어요. 하지만 지금 저들의 전력이라면 아무리 화공이라도 방어막이 뚫릴 가능성이 있어요."

백완이 걱정스러운 표정으로 말했다.

"음… 화공이라……."

나왕이 그늘진 표정으로 중얼거렸다.

"마음에 들지 않는다는 건 알아요. 하지만 적은 수로 많은 수를 상대하려면 어쩔 수 없는 선택이지요."

"알겠소. 그야 문주께서 선택하신 북두산문의 방식이니 내가 뭐라 할 일은 아니오. 그런데 화공을 할 경우 그들의 도주로도 파악해 두셨겠구려."

"황하 방면으로 이어지는 소로(小路)가 있는데 반드시 그리로 움직일 거라 생각하고 있어요. 급박하면 사람은 본능에 따라 움직이죠. 불을 피하려는 자들은 자연스레 강 쪽으로 가게 되어 있으니까요. 하지만 그곳에 배가 없는 이상은 막다른 골목이죠."

"그곳에도 사람이 있소?"

"강에 배 한 척을 띄워두었어요. 다른 배들이 접근할 수 없게 하기 위해서……."

백완이 대답했다.

"정말 치밀한 계획을 세우셨구려. 굳이 내가 돕지 않아도 되었을 것 같소만……."

"그랬다면 본 문의 사람들이 많이 상했겠지요. 우리 북두산문은 이제 막 재기를 시작한 터라 한 사람의 문도도 소중한 상황이에요."

"그렇구려. 그런 의미에서 기왕에 준비한 화공을 미리 쓰는 것은 어떻겠소?"

"지금이요?"

백완이 조금 놀란 표정으로 물었다. 화공에 대해 별로 좋은 감정을 갖지 않은 듯 보였던 나왕이 오히려 화공을 서둘자고 말했기 때문이다.

"그렇소. 기왕에 쓸 화공이라면 미리 쓰는 것이 양쪽의 피를 덜 흘리는 방법일 것이오. 지금 후방에서 불길이 일어나면 저들은 분명 불이 난 곳으로 가지 않고 다른 방향으로 도주할 것이오. 일단 도주가 시작되면 사람들은 흩어지게 될 거고 강변으로 이어지는 소로로 도주하는 자들은 결국 수뇌들과 몇몇 수하들이 될 거요."

나왕의 말에 백완이 고개를 끄떡였다.

"듣고 보니 불사 대협의 말씀이 맞군요. 지금 숲으로 공격해 들어가 봐야 피해만 커질 테니까요."

"그럼 시작합시다."

나왕의 말에 백완이 고개를 끄떡이고는 손짓으로 북두산문의 문도 한 명을 불러 나직한 말로 몇 마디 지시를 내렸다.

백완의 지시를 받은 북두산문의 문도가 서둘러 어둠 속으로 사라지자 백완이 나왕을 보며 말했다.

"일각 후에 화공이 시작될 거예요."

"알겠소. 그럼 그때까지는 우리도 공격을 하지 말고 이곳에서 기다립시다."

"그러죠."

백완이 다부진 표정으로 대답했다.

갑자기 싸움이 중지되고 침묵이 전장을 뒤덮었다. 북두산문의 진영과 만무회, 검산파의 진영에서 밝혀놓은 횃불만이 이곳에 사람이 있음을 말해주고 있었다.

숲으로 물러난 적들을 향해 북두산문의 고수들은 전혀 공격할 생각을 하지 않았다. 그렇다고 뒤로 물러나지도 않아서 숲에 들어간 진풍과 소유종도 진퇴의 결정을 내리지 못하고 시간이 가기만을 기다리고 있었다.

그래도 그나마 그 시간이 만무회나 검산파 고수들에게 아주 나쁜 것은 아니었다.

지친 몸을 회복할 시간이 되었고, 또 자신들이 처한 상황을 근처에 있는 양 파의 사람들에게 알릴 기회도 되었기 때문이다.

그렇게 전장의 사람들이 자신들에게 주어진 짧은 휴식을 보내던 어느 순간, 갑자기 그 고요를 깨뜨리는 일이 벌어졌다.

쐐애액!

한 줄기 허공을 가르는 날카로운 소음이 들리더니 갑자기 숲 위로 수백 개의 별이 내리기 시작했다.

화공이었다.

퍽퍽퍽!

둔탁한 소리와 함께 불화살이 만무회와 검산파 진영 뒤쪽에 떨어졌다.

"적이다!"

"조심해! 화공이다!"

양 파의 진영에서 다급한 목소리가 터져 나왔다.

그런데 그 와중에 다시 하늘에서 다른 물체들이 떨어지기 시작했다.

퍽퍽!

둔탁한 소리를 내며 떨어지는 것들은 돌덩이처럼 보이는 가죽 주머니였다.

그런데 그 가죽 주머니가 땅에 떨어져 터지는 순간 안에서 검은 액체들이 흘러나오더니 순식간에 불화살의 불꽃을 거대한 화염으로 만들기 시작했다.

가죽 주머니에는 화공을 위한 기름이 담겨 있었던 것이다.

화르르!

잘 마른 숲에 기름까지 쏟아지자 순식간에 사방이 타들어갔다. 숲이 자신들의 키보다 높은 화염에 휩싸이자 그 속에 들어가 있던 만무회와 검산파 고수들은 당황하기 시작했다.

그리고 결국 그들은 후퇴를 선택할 수밖에 없었다.

"물러난다. 모두 이곳을 벗어나라."

불타는 숲속에서 만무회의 노고수 진풍의 목소리가 들렸다. 뒤를 이어 만무회와 검산파 고수들이 숲을 떠나는 소리가 요란하게 들려왔다.

"우리도 가죠."

적이 떠나는 것을 본 백완이 조급해진 표정으로 말했다. 자칫 때를 놓쳐 적의 수뇌들을 제압하지 못할까 걱정하는 듯 보였다.

"길은 알아두셨소?"

"저들보다 이각은 빠를 거예요."

나왕의 물음에 백완이 대답했다.

"그럼 갑시다."

나왕이 고개를 끄떡이자 백완이 급히 고개를 돌려 북두산문의 문도들에게 명을 내렸다.

"강변으로 간다. 모두 서둘러라!"

*   *   *

하늘 높이 솟구치는 화염이 보이고 그 열기가 멀리 떨어진 곳까지 은은하게 전해지고 있었다. 그 열기를 느끼며 이십여 명의 사람들이 바쁘게 걸음을 옮겼다.

말은 없었다. 그들은 걷는 것만으로도 지쳐 보여 누구도 입을 열어 말을 꺼낼 힘이 없어 보였다.

패배는 그렇게 무사들의 정기를 빼앗는다.

숲에서 도주한 만무회와 검산파 고수들은 사방으로 뿔뿔이 흩어지고 그 수뇌들과 그들의 측근 몇몇만이 이렇게 어둠을 뚫고 걸음을 옮기고 있었다.

"젠장, 대체 이게 무슨 꼴이란 말인가?"

갑자기 무리 중에서 신경질적인 목소리가 흘러나왔다.

땀으로 번들거리는 얼굴을 달빛 아래 드러낸 만무회의 소회주 상황이었다.

그는 살길을 찾아 허겁지겁 도주하는 자신의 처지가 도저히 믿기지 않는 모양이었다. 그건 어쩌면 당연한 반응일지도 모른다.

상황은 태어나면서부터 만무회의 후계자였다. 당시에도 만무회는 이미 강호의 거대문파로 인정받을 때라 태어난 이후 줄곧 누구에게 등을 보이고 도주한 경험이 없는 상황이었다.

오늘 처음 누군가에게 패하고, 또 누군가로부터 목숨을 부지하기 위해 도주하고 있는 이 상황을 도저히 받아들일 수 없었다.

"그러게 말이오. 우리 처지가 참 비참하게 되었소. 나중에라도 강호에 이 소식이 알려지면… 휴……."

검산파의 대공자 유목인 역시 고개를 저으며 대꾸했다.

"강호에 소문이 퍼지기 전에 서둘러 양 파의 고수들을 불러와 그자들을 제거해야 할 것이오. 그래야 우리 두 사람이 강호에 얼굴을 들고 다닐 수 있을 거요."

상황이 차가운 살기를 드러내며 말했다.

그러자 유목인이 생각났다는 듯 시선을 돌려 뒤따라오는 검산파의 노검객 소유종에게 물었다.

"아버님께 소식은 전하셨소?"

"그렇습니다."

소유종이 살짝 얼굴을 찌푸리며 대답했다.

그러자 유목인이 걱정스러운 표정으로 물었다.

"상처가 깊은 모양이오. 잠시 쉬어가시겠소?"

"아닙니다. 견딜 만합니다. 지금 이곳에서 지체할 시간이 없습니다."

소유종이 얼른 고개를 저었다.

불사 나왕의 검에 베인 가슴의 상처가 그의 움직임을 불편하게 만들고는 있었지만, 그렇다고 적의 추격이 있을 것이 분명한데 상처를 돌보느라 시간을 지체할 수는 없는 노릇이었다.

"조금만 참으시오. 이제 곧 강이니 그곳에서 어떻게 배를 구해 강을 건넙시다. 그러면 그자들도 더 이상 추격하지는 못할 것이오."

유목인이 말했다.

"제 걱정은 마십시오. 그런데……."

갑자기 말을 하던 소유종이 고개를 들어 주변을 돌아보며 눈살을 찌푸렸다.

"왜 그러시오?"

그의 뒤를 따르고 있던 진풍이 불안한 표정으로 소유종에게 물었다.

그러자 소유종이 대답했다.

"길을 서둘러야겠소. 이곳 지형이 무척 좋지가 않소."

소유종의 말에 진풍이 새삼스러운 표정으로 주변을 돌아봤다. 그러다가 문득 탄식을 흘리며 말했다.

"정말 그렇구려. 이곳은… 앞뒤를 막으면 꼼짝없이 갇히는 형국이 되겠구려."

"뒤는 불이니 물러설 수 없고, 결국 앞으로 가야 하는데 절벽은 높고 출구는 좁으니 아무래도 좋지가 않소이다. 더군다나……."

"또 다른 문제가 있소?"

"강변에 이르러 빨리 배를 구하지 못하면 결국 추격을 허용해 고립되고 말 것이오. 그러니 서두는 편이 좋겠소."

그러자 이번만큼은 진풍이 고개를 갸웃했다.

"그런데 정말 북두산문이 추격을 하겠소?"

"아마도 그럴 거요."

"글쎄, 난 모르겠소. 우릴 추격하는 것은 북두산문에게도 큰 위험을 감수해야 하는 일일 텐데……."

"화공을 했다는 것은 두 가지 의미요. 전력의 열세를 화공으로 상쇄하려는 것이 첫 번째고, 화공으로 우리 쪽 전력을 흩어놓으려는 것이 두 번째 이유일 거요. 그러니 결국 추격을 해올 거요. 우리 쪽 사람들이 사방으로 흩어진 걸 알 테니까. 더군다나 불사 나왕 일행이 없다면 모를까. 그들이 있는 이상은……."

소유종의 말에 그제야 진풍도 수긍했다.

"그렇구려. 내가 또 잠시 불사 나왕을 잊고 있었소. 하아… 그 독한 자의 무공은 정말……."

"일단 서둡시다."

소유종이 길을 재촉했다. 그러자 만무회와 검산파 고수들이 힘을 내 어둡고 좁은 계곡을 달리듯 빠져나가기 시작했다.

그런데 바로 그때였다.

갑자기 좁은 계곡 길 위쪽 절벽에 사람 그림자들이 어른거리나 싶더니 어둠을 뚫고 수십 대의 화살이 계곡 아래로 내리꽂혔다.

쐐애액!

날카로운 파공음을 일으키며 내려꽂힌 강전들이 검산파와 만무회 고수들을 파고들었다.

퍼퍽!

"욱!"

"큭!"

서너 명의 고수들이 화살에 맞아 비명을 지르며 쓰러졌다.

"제길, 모두 절벽에 붙어 이동해!"

불길한 예감이 현실로 나타나자 소유종이 다급하게 명을 내렸다. 그러자 양 파의 고수들이 허공에 대고 검을 휘두르며 양쪽 절벽에 바싹 붙어 이동하기 시작했다.

그 와중에도 다시 서너 명의 사람이 쓰러지기는 했으나 그나마 수직의 절벽이 어느 정도 화살을 막아준 덕에, 두 문파의 고수들은 화살을 피해 결국 황하의 강변으로 쏟아지듯 탈출할 수 있었다.

그러나 위기는 거기서 끝이 아니었다.

혈풍의 밤에 어울리지 않게 교교한 달빛이 내리는 황하의 강변에서 그들을 기다리고 있는 사람들이 있었기 때문이다.

"어서들 오세요. 모두 고생 많으셨어요."

냉소를 흘리며 자신들을 반기는 북두산문의 문주 백완을 보며 진풍과 소유종, 그리고 상황과 유목인이 허탈한 표정으로 걸음을 멈췄다. 애써 벗어나고자 했던 화염의 숲을 벗어나자 또 다른 그물이 그들을 기다리고 있었던 것이다.

"결국… 모든 것이 계획된 것이었군요."

진풍이 백완을 바라보며 허탈한 목소리로 말했다.

"천하구패 만무회와 검산파의 고수분들을 상대하는 일이에요. 어찌 소홀함이 있을 수 있겠어요."

백완이 담담한 목소리로 대답했다.

"후우… 결국 끝을 보잔 겁니까?"

진풍이 한숨을 쉬며 물었다.

"그대들을 이대로 보내면 아마도 제게 더 큰 위험이 찾아오겠죠."

백완이 냉정하게 말했다.

"그건 우릴 죽여도 마찬가지일 겁니다. 아니, 우릴 죽이는 순간 북두산문은 만무회와 검산파의 제일적이 될 겁니다."

진풍이 경고했다.

"몇 사람 살려두면 좋은 거래를 할 수도 있겠지요. 그러니 검을 내려놓으세요."

백완은 태도는 단호했다.

만무회와 검산파 고수들을 절대 이대로 보낼 수 없다는 의지가 분명했다. 그럴 수밖에 없는 것이 그녀의 말대로 이들을 그냥 돌려보내면 추후 만무회와 검산파의 매서운 반격을 감당해야 했다.

그렇게 되면 북두산문은 재기는커녕 멸절의 상태에 이를 수도 있었다.

"스스로 인질이 되라는 말입니까?"

"부인하지 않겠어요."

백완이 대답했다.

그러자 진풍이 고개를 돌려 소유종을 바라봤다. 그의 의견을 묻는 것이다. 그러자 소유종이 고개를 저으며 말했다.

"죽을지언정 항복을 할 수는 없소. 항복을 하면 우리 두 사람의 이름뿐 아니라 만무회와 검산파의 명예가 땅에 떨어질 것이오."

"물론 모르는 바는 아니오. 하지만 우리만이라면 모르겠지만, 지켜야 할 분들이 있지 않소?"

진풍이 상황과 유목인을 보며 말했다.

이 두 사람은 만무회와 검산파의 공식적인 후계자들로 어떤 희생을 치르더라도 살려내야 하는 사람들이었다.

"후우… 항복한다고 저들이 두 분을 살려주리라는 보장이 있소? 두 분과 불사 나왕의 관계를 생각해 보시오. 불사 나왕이 과연 두 분을 용서하겠소?"

"그야 흥정하기 나름 아니겠소?"

진풍은 어떻게든 파국을 피하고 싶은 모습이었다. 그러자 소유종이 단호한 표정으로 말했다.

"차라리 우리가 이곳에서 죽더라도 두 분의 활로를 뚫어드리는 것으로 합시다. 죽음을 무릅쓴다면 설마 우리 두 사람이 두 분의 생로를 열어드리지 못하겠소?"

"음……."

진풍이 소유종의 제안에 침음성을 흘리며 생각에 잠겼다. 그러다가 문득 고개를 들어 소유종에게 물었다.

　"정말 그 방법을 택하시겠소?"

　"진 노사께서 동의하시면 난 그러고 싶소. 이 나이에 누군가의 포로가 된다는 것은… 그리고 운이 좋다면 우리도 살 수 있는 길이 있을지도 모르오."

　소유종이 슬쩍 강변에서 그리 멀지 않은 곳에 떠 있는 한 척의 배를 보며 말했다. 누구의 배인지는 알 수 없으나 그 배에 오를 수만 있다면 충분히 이곳을 벗어날 수 있을 것 같았다.

　"배를 탈취하자……?"

　"지금으로선 그게 최선이오. 일단 두 분 공자님들을 배에 오르게 한 후, 이후에 우리의 살길을 만들어봅시다. 더군다나 저들의 숫자는 여전히 그리 많지 않소."

　그러고 보니 백완이 데려온 북두산문의 문도들도 그 숫자가 스물 남짓이었다. 숫자로만 본다면 여전히 그리 불리하지 않았다.

　"후… 좋소. 그럼 한번 해봅시다."

　진풍이 드디어 소유종의 계획에 동의했다. 그러자 소유종이 재빨리 뒤로 물러나 상황과 유목인에게 말했다.

　"우리가 길을 열어볼 테니 두 분은 싸움이 시작되면 강으로 가십시오."

　"강으로 말입니까?"

　유목인이 놀란 표정으로 되물었다.

　"저기 배가 보이실 겁니다. 저 배가 누구의 배든 크기가 그리 크지 않으니 타고 있는 사람이 몇 없을 겁니다. 배를 확보하시면 무조건 강을 건너십시오."

"하면 두 분은……?"

"두 분께서 배에 오르시면 그때 우리 나름대로 활로를 찾아보겠습니다."

소유종이 굳은 표정으로 말했다.

"그게… 가능하겠습니까?"

유목인이 걱정스러운 표정으로 물었다.

"모두를 살릴 수는 없을 겁니다. 하지만 우리 두 늙은이는 걱정하지 마십시오. 어떤 경우라도 한 몸 지킬 능력은 됩니다."

어느새 다가온 진풍이 대신 대답했다.

"알겠습니다. 그럼… 염치없지만 부탁드리겠습니다."

유목인이 진풍과 소유종에게 고개를 숙여 보였다. 상황 역시 지친 몸으로 두 사람에게 고개를 숙여 보였다.

그러자 소유종과 진풍이 가볍게 고개를 끄떡여 보인 후 양 파의 고수들을 보며 당부했다.

"어떤 경우라도 두 분을 배까지 모시게들!"

"알겠습니다."

진풍의 당부에 양 파의 고수들이 나직한 목소리로 대답했다. 그러자 이번에는 소유종이 말했다.

"나머지는 우리와 함께 적을 공격한다. 사즉생의 법을 알고 있을 것이다. 죽고자 싸우면 결국 살길이 열릴 것이다. 모두 죽음을 각오하고 싸우라."

소유종의 말에 양 파의 고수들이 두려움이 깃든 얼굴로 묵묵히 고개를 숙여 보였다.

그 침울한 동의에 소유종이 살짝 눈살을 찌푸렸으나 이내 다시 전의를 불태우며 소리쳤다.

"가자!"

"정말 끝을 보자는 거군."

북두산문의 문도들을 향해 달려오는 만무회와 검산파 고수들을 보며 나왕이 차갑게 말했다.

"싸우자면 상대해 줘야겠죠."

백완의 목소리는 더욱 싸늘하다.

"물론 당연한 말씀이오. 보자, 저 두 늙은이들은 문주와 내가 상대하는 것이 좋겠소. 그리고… 적월!"

"예, 스승님!"

적월이 앞으로 나서며 대답했다.

"상가와 유가 중 하나를 맡아라. 네가 원했던 일이니."

"알겠습니다."

적월이 긴장하면서도 반가운 표정으로 대답했다.

"나머지 하나는 두 분께서 맡아주시오."

나왕이 이번에는 유왕 서리와 자왕 사송을 보며 말했다. 그러자 서리가 대답했다.

"자왕 오라버니가 상황이란 자를 맡아요. 전… 소요의 뒤를 봐줘야 하니."

"알았어. 그렇게 하지 뭐. 소요! 조심해라."

자왕이 소매 속에서 세 개의 갈고리 모양을 가진 기병을 꺼내며 말했다.

"제 걱정은 마세요."

"그래, 뭐 서리 동생이 뒤를 봐줄 테니 별일이야 없겠지."

사송이 고개를 끄떡였다.

"시작합시다."

불사 나왕이 적을 향해 달려 나가며 외쳤다.

이미 적이 지척에 다가와 있었다. 백완도 말없이 나왕을 따라 앞으로 달려 나갔다.

"어떻게 보면 생각보다 잘 어울린단 말씀이야."

어깨를 나란히 하고 적과 충돌하고 있는 나왕과 백완을 보며 사송이 중얼거렸다.

"지금 그런 말을 할 때예요?"

서리가 혀를 차며 물었다.

"허어… 사람이란 혈하의 전장에서도 사랑을 꿈꾸는 존재야. 서리 동생은 예전이나 지금이나 낭만이 없어."

"쓸데없는 소리 말고 움직여요. 저들이 강 쪽으로 가고 있어요."

서리가 손을 저으며 말했다.

사송이 시선을 돌려 상황과 유목인을 찾았다. 과연 유왕 서리의 말대로 두 사람이 강을 향해 질주하고 있었다.

"배를 노리는군."

"죽을 곳을 찾는 거죠."

서리가 싸늘하게 말했다.

"그래도 죽어서는 안 돼. 비록 죽어 마땅한 자들이지만 쓸모가 많은 놈들이란 말이야."

사송이 당부하듯 말했다.

"걱정 마세요. 죽이지는 않을 거예요."

적월이 대답했다.

"아니, 네게 한 말이 아니다. 서리 동생에게 한 말이지."

사송이 고개를 저으며 말했다.

"오라버니나 조심하세요."

유왕 서리가 쏘아붙였다.

"나야 뭐… 본래 사람 죽이는 일보다는 사람 놀리는 재미로 살아가는 사람인데. 설마 죽이겠어? 자, 그럼 한번 놀아볼까?"

사송이 훌쩍 몸을 날려 상황과 유목인이 움직이는 방향으로 달리기 시작했다.

적월도 가볍게 숨을 들이쉬고는 사송의 뒤를 따랐다.

"후우… 저 아이가 잘 해내야 할 텐데……."

앞으로 달려 나가는 적월을 보며 서리가 가볍게 한숨을 내쉬었다.

상황과 유목인은 필사적으로 강을 향해 달렸다. 그들 앞에서 길을 여는 고수들은 오랫동안 두 사람을 호위해 온 중년의 고수 호천과 구월명, 그들은 각기 만무회와 검산파의 중년층에서는 가장 뛰어난 무공을 지닌 자들로 알려져 있었다.

두 사람이 선두에서 길을 열자 그 기세에 북두산문의 문도들이 감히 그들의 앞을 막지 못했다.

덕분에 두 사람은 수월하게 상황과 유목인을 강까지 이끌었다. 그리고 망설이지 않고 강으로 뛰어들어 배로 향하려는 순간,

갑자기 물 위에 떠 있던 배에서 강전이 날아들었다.

쐐애액!

무서운 속도로 날아온 두 대의 화살이 심장에 꽂히려는 순간 두 사람이 쌍둥이처럼 움직이며 고함을 토했다.

"어딜!"

"이따위 화살로 우릴 막을 수는 없다."

캉!

쩡!

날카롭게 날아들던 두 대의 강전이 두 사람의 검에 의해 반으로 잘려 나갔다.

날아든 화살을 막아내기는 했지만, 두 사람 역시 강으로 뛰어들려던 걸음을 멈출 수밖에 없었다.

두 사람이 멈추자 자연스럽게 상황과 유목인도 그 자리에 섰다. 그런 그들을 향해 적월과 자왕 사송이 호랑이처럼 달려들었다.

"헛!"

"웃!"

예상치 못한 공격에 놀란 상황과 유목인이 각기 검을 들어 상대의 공격을 막으며 몇 걸음 뒤로 물러났다.

덕분에 두 사람은 자신들을 호위하던 만무회와 검산파 고수들과 멀어졌다. 그 사이를 유왕 서리와 북두산문의 고수들이 치고 들어왔다. 덕분에 상황과 유목인의 호위 무사들인 호천과 구월명 역시 발이 묶였다.

"비켜라!"

구월명이 길을 막아선 유왕 서리를 보며 소리쳤다.

"당신들 자신의 목숨부터 걱정해야 할 것이오."

유왕 서리가 싸늘하게 말했다.

그리고 그 순간, 두 사람은 자신들이 상황과 유목인을 걱정할 때가 아니라는 것을 깨달았다.

고수의 풍모는 검이 아니라 그 기운에서 드러난다. 구월명은 단번에 자신들의 앞을 막아선 여인이 평범한 인물이 아니라는 것을 알아챘다. 더불어 한 가지 사실을 인정할 수밖에 없었다. 이제 상황과 유목인도 자신들의 운명을 스스로 지켜내야 한다는 사실이었다.

"대공자, 부디 무사하시길……."

구월명이 나직한 목소리로 중얼거렸다.

구월명의 걱정대로 상황과 유목인은 이제 스스로 자신들의 생사를 책임져야 했다. 그리고 그런 면에서 유목인은 적어도 만무회의 소회주 상황보다 자신이 운이 좋은 편이라고 생각했다.

상황을 향해 다가서는 자는 왜소한 체구를 지닌 듯 보였지만, 그 기세만큼은 그가 속한 검산파의 어떤 고수보다도 강해 보였다.

더군다나 양손에 들고 있는 세 갈래로 갈라진 갈고리 모양의 병기는 보기만 해도 흉측한 느낌이 드는 괴병이어서 쉽게 상대할 수 없는 자가 분명해 보였다.

반면 자신을 향해 다가오는 자는 이제 겨우 스물 남짓을 넘은 애송이였다. 자신의 무공으로 충분히 제압할 수 있는 상대가 분명했다.

물론 이 애송이가 불사 나왕의 제자라는 것은 이미 알고 있었지만 아무리 불사 나왕의 제자라도 사십여 년 무공을 수련한 자신을 위협할 수 있을 거라고는 전혀 생각지 않는 유목인이었다.

"애송이, 오랜만이구나!"

유목인이 적월에게 말을 걸었다.

"그렇군요."

적월이 짧게 대답했다. 무슨 술수를 쓸지 몰라 경계하는 빛이 역력한 적월이다.

유목인은 좀 더 확신을 가졌다. 이 애송이는 어릴뿐더러 싸움의 경험도 그리 많지 않은 것이 분명해 보였다.

"이 싸움이 얼마나 위험한 줄 아느냐? 사람 목숨은 순간의 결정에 달려 있는 것이다. 그러니 길을 비켜라. 그렇다면 널 베지는 않으마."

유목인이 쉽게 이 자리를 빠져나가고자 적월을 설득했다. 그러나 기대와 달리 적월은 즉시 고개를 저었다.

"그건 안 될 말이군요. 사실 난 이 싸움을 무척 기대하고 있었거든요."

"…무슨 소리냐?"

"아, 과거 당신이 나와 사부님께 한 일 때문은 아니에요. 난 단지 내 무공을 제대로 된 상대에게 시험해 보고 싶었어요. 당신이라면 아주 적당한 상대지요."

"뭐? 이, 애송이 놈이?"

자신을 무공의 수련 상대로 생각하는 적월의 말에 유목인이 분노했다. 그러나 적월은 그런 유목인의 분노에 별 반응을 보이지 않았다. 대신 마음이 급한 사람처럼 검을 들며 말했다.

"자, 어서 시작하죠?"

"이놈… 강호가 얼마나 무서운 곳인 줄 모르는구나. 오늘 내가 이 무림은 결코 네 생각처럼 만만한 곳이 아님을 가르쳐 주겠다. 견뎌봐라!"

유목인이 장검을 휘두르며 적월을 향해 돌진했다.

고오오!

유목인의 검에서 만들어진 검기가 일 장 길이의 검기를 뿜어내며 적월의 허리를 갈랐다.

순간 적월이 한 발을 살짝 틀더니 몸을 뒤로 젖히며 검을 들어 가슴을 가렸다.

차앙!

맑은 마찰음과 함께 유목인의 검이 적월의 검에 미끄러지며 옆으로 흘러나갔다.

"놈!"

자신의 검을 흘려낸 적월을 향해 유목인이 노성을 터뜨리더니 허공에서 몸을 틀어 수직으로 장검을 내리그었다.

물 흐르는 듯한 움직임, 강력한 검기, 쾌속한 빠름까지 뭐 하나 부족함이 없는 공격이었다.

그런데 그런 완벽한 유목인의 공격이 또다시 적월의 검에 닿는 순간 허무하게 검로가 흔들리며 적월의 몸에서 비껴 나갔다.

순간 유목인의 얼굴에 당황의 빛이 떠올랐다. 완벽했다고 생각한 자신의 공격을 적월이 너무 쉽게 막아냈기 때문이다.

"좋아! 더 이상 사정을 두지 않겠다."

유목인이 벌겋게 상기된 얼굴로 허공으로 도약하며 소리쳤다. 그러고는 도저히 장검을 이용한 초식이라고 생각할 수 없는 빠르고 눈부신 변화를 일으키는 초식을 펼쳤다.

쐐아아!

수십 갈래의 검기를 만들어낸 유목인의 검이 마치 그물로 짐승을 덮치듯 적월을 향해 떨어져 내렸다.

그런데 도저히 피할 길이 없어 보이는 유목인의 공세를 적월이 빙그레 미소를 지으며 바라보고 있었다.

한순간 적월이 벼락처럼 검을 휘둘렀다. 적월의 몸 주위에서 격렬한 소음이 터져 나왔다.

카카카캉!

마치 수십 자루의 검이 격돌하는 것처럼 요란한 충돌음이 터져 나왔다.

하지만 그 소란스러움은 순식간에 지나가고 어느새 두 사람은 서로를 교차해 각자의 반대편에 섰다.

그리고 그 순간, 유목인이 허깨비에 홀린 듯한 표정으로 중얼거렸다.

"대체… 어떻게?"

제9장
두 거인(巨人)

유목인은 도저히 인정할 수 없었다.

혼신의 힘을 다해 자신의 모든 능력을 쏟아부은 공격이었다. 수십 갈래의 검기를 만들어냈고, 그 검기들을 그물처럼 엮어 공격했다.

강호의 그 어떤 고수라도 이런 공격을 옷깃 하나 베이지 않고 막아낼 인물은 찾아보기 어렵다.

그런데 이 이마에 피도 안 마른 듯한 젊은 놈이 자신의 모든 공격을 막아내고 마치 아무 일도 없다는 듯 자신을 바라보고 있지 않은가.

유목인은 눈을 한 번 감았다 뜬 후 다시 적월을 바라봤다. 혹시라도 몇 군데 옷깃이 베인 것을 자신이 발견하지 못한 게 아닐까 하는 마음에서였다.

그러나 눈 한 번 감았다 떴다고 세상이 변하지는 않는다.

적월은 여전히 아무 일 없다는 듯 조용히 서서 유목인을 바라보고 있었다.

"대체 넌……?"

"검을 거두시겠습니까?"

적월이 물었다.

그러자 유목인이 다시 물었다.

"이게 정말 불파일맥의 무공이냐? 네가 정말 불사의 제자가 맞느냐?"

불파일맥의 전승자 불사 나왕의 무공이야 강호절대고수의 반열에 올라 있으니 그 강함을 의심할 바가 없다. 그러나 이 싸움에서 적월이 보인 무공은 불파일맥의 무공으로는 설명이 되지 않는 신비한 구석이 있었다.

그래서 유목인은 이미 일 년 전 자신의 눈으로 확인한 적월의 신분을 새삼스레 다시 묻지 않을 수 없었던 것이다.

"당연히 난 불파일맥의 전승자입니다. 그리고 사부님에 비하면 많이 부족한 제자지요. 사부님이었다면… 당신은 이미 죽었을 겁니다. 무공도 무공이지만 사부님은 저처럼 마음이 약하지 않으시니까."

적월의 말에 유목인이 자신도 모르게 부르르 몸을 떨었다.

생각해 보면 정말 자신의 목이 붙어 있는 것이 다행이었다. 그가 경험한 적월의 무공이라면 분명 지난 격돌에서 자신을 죽일 수도 있었다는 생각이 들었다.

"왜… 날 살려준 것이냐? 난 널 죽이려 한 사람인데?"

북두산문에서 함정을 준비해 나왕과 적월을 죽이려 했던 것을 생각하면 적월이 유목인에게 살수를 쓰지 않을 이유가 없었다.

그런데 유목인의 질문에 대한 적월의 대답은 의외로 간단했다.

"나와 사부님이 죽지 않았으니까요."

"……?"

"우리가 죽지 않았는데 굳이 당신을 죽일 필요는 없지요. 그런 면에서 당신들은 사부님과 저, 둘 다 무사한 걸 행운으로 생각해야 할 겁니다. 우리 둘 중 누구 한 명이 죽었다면 사실 이런 싸움 따위도 필요 없었을 겁니다. 사부님은 당신들뿐 아니라 만무회나 검산파 모두와도 싸울 분이시니까요."

적월의 말에 유목인의 얼굴에 새삼스럽게 두려움이 떠올랐다. 그가 오늘 경험한 불사 나왕과 그 제자의 무공은 예상한 것 이상으로 강력했다.

거기에 이미 널리 알려진 불사 나왕의 독심을 생각하면 그와 상황이 한 행동이 얼마나 위험한 일인지 새삼스레 깨닫는 바가 있었다.

"그만 검을 내려놓으시죠?"

적월이 전장의 위태로움도 잊고 자신만의 생각에 빠져 있는 유목인에게 말했다.

"음……."

적월의 말에 유목인이 나직하게 신음성을 흘렸다.

유목인도 뛰어난 무인이다. 비록 오늘 불파일맥의 스승과 제자를 만난 곤욕을 치르고는 있으나, 그 역시 강호에서 적수를 찾기 힘든 고수였다.

더군다나 검산파의 후계자이기도 한 그였다. 그런 그가 이렇게 한 세대나 어려 보이는 애송이에게 검을 버리고 항복하는 것은 쉬운 문제가 아니었다.

"다시 겨뤄보겠다."

"그렇게 되면 피를 보게 될 겁니다."

적월이 경고했다.

"무인에게 피는 공기와 같은 것이지."

유목인이 제법 대범한 대답을 했다.

그러자 적월이 고개를 끄떡였다.

"피를 봐야 현실을 인정하시겠다면 그렇게 하지요."

사실 적월은 겉으로 드러내지는 않았지만, 유목인과의 대결에서 무척 중요한 깨달음을 얻고 있었다. 그건 바로 자기 자신에 대한 자신감이었다.

그는 비록 불사 나왕에게서 불파일맥의 무공을 배웠고, 북두산문의 지하 석실에서 검신 백초산의 금강검을 얻었지만, 자신의 무공에 대해 확신을 갖지 못하고 있었다.

무공에 대한 확신이란 것은 결국 실전을 통해, 강적을 꺾음으로써 본능으로 체득되는 것이었기 때문이다.

그런데 오늘 강호의 절정고수 유목인을 상대하면서 적월은 자신의 무공이 불사 나왕이 말한 대로 강호의 강자들을 상대할 만큼 충분히 강하다는 것을 확인하고 있었다.

그리고 일단 그런 확신을 갖게 되자 그 자신감이 적월의 무공에 대한 시야를 한 단계 높이는 계기로 작용하고 있었다.

그런 그에게 유목인은 더 이상 걱정할 상대가 아니었다.

적월의 자신감을 느낀 유목인의 표정이 좀 더 무거워졌다. 이 싸움의 승패는 이미 결정되어 있었다.

문제는 어떻게 좀 더 명예롭게 패하느냐는 것이었다. 그리고 그런 패배를 준비할 수 있는 용기는 적어도 적월이 자신을 죽이지는 않을 것이란 확신이 있기에 생긴 것이다.

"좋아. 다시 한번 네 무공을 시험하겠다."

결심을 굳힌 유목인이 다시 적월을 향해 날아들었다.

파앗!

유목인의 장검이 자신의 가슴 어림에서 일직선으로 뻗어 나와 적월의 심장을 노렸다.

앞서와 달리 화려한 변초가 없는 단순한 공격, 하지만 단순하지만 무척 위험한 공격이기도 했다. 마치 양패구상을 각오한 듯한 유목인의 공격은 자신이 죽지는 않을 것이란 확신에 바탕을 둔 것이었다.

적월도 극단적인 유목인의 공격에 살짝 표정이 변했다. 그 순간에도 그의 머릿속에서는 유목인의 공격을 상대할 계획들이 본능적으로 계산되고 있었다.

슥!

적월이 한 걸음을 오른쪽으로 옮겼다.

그렇게 몸의 위치를 살짝 트는 것만으로도 유목인의 검이 만들어내는 기세가 흐려지며 즉시 허점이 드러났다. 검신 백초산의 무공, 금강검의 위력이다.

금강검은 손이나 검이 아닌 눈으로 펼치는 검공이다. 상대의 공격을 막아낼 수 있는 최적의 위치와 검의 각도를 찾아내 대응하는 것, 그것이 바로 금강검의 원리였다.

　적월이 검을 사선으로 비껴들었다.

　그러자 산이라도 뚫을 것처럼 닥쳐들던 유목인의 검이 적월의 검에 스치듯 닿았다.

　그리고 그 순간 거짓말처럼 유목인의 검에 담겨 있던 강력한 힘이 사라졌다.

　"음!"

　마치 헛다리를 짚은 것처럼 검에 담았던 혼신이 힘이 흩어지자 유목인의 입에서 자신도 모르게 신음 소리가 흘러나왔다.

　그 순간 적월의 검이 다시 움직였다. 이번만큼은 이전에 볼 수 없었던 날카롭고 강력한 힘을 싣고서 검이 움직였다.

　팟!

　적월의 검이 중심을 잃고 흔들리는 유목인을 단번에 베었다. 다행인 것은 적월이 벤 곳이 유목인의 급소가 아니라 허벅지였다는 것이었다.

　"웃!"

　유목인이 다급한 목소리를 내며 재빨리 뒤로 물러났다. 그러고는 본능적으로 뜨거워지는 허벅지로 시선을 돌렸다.

　"음……."

　다시 유목인의 입에서 신음 소리가 흘러나왔다. 그의 허벅지에서 흘러나온 피가 오른쪽 다리를 붉게 물들이고 있었다.

　아마도 유목인이 무인으로서 강호에 나온 이후 가장 깊게 입은 상처일 듯싶었다.

그런데 유목인의 당황스러움이 채 가시기도 전에 그의 눈앞에 한 자루 검이 다가왔다. 그 검은 깊은 부상에 놀라고 있던 유목인이 도저히 피할 수 없는 검이었다.

"헉!"

유목인의 입에서 자기도 모르게 헛바람이 흘러나왔다. 마치 갑자기 찾아온 죽음을 마주한 사람이 만들어내는 당황스러움이 그의 목소리에서 묻어나왔다.

그러나 그에게는 다행스럽게도, 그를 향해 다가온 검은 목 바로 앞에서 정지했다.

"이젠 인정하시겠습니까?"

적월이 유목인의 목젖 앞에 검 끝을 들이대며 물었다.

그러자 유목인의 표정이 몇 번 변하더니 금세 침착함을 회복했다. 새삼스럽게 적월이 자신을 죽이지는 않을 것이란 생각이 떠올랐던 것이다.

침착함을 회복한 유목인이 태연스럽게 물었다.

"앞서와는 다른 초식이군."

"불파일맥의 일살검, 들어보셨을 겁니다."

적월의 대답에 유목인이 고개를 끄떡였다.

"그렇군. 역시 일살검이었군. 이제야 좀 불사의 제자답군."

"언제나 난 사부님의 제자지요. 아무튼 그런 말씨름을 할 때는 아닌 것 같고. 어쨌든 패배를 인정합니까?"

적월이 다시 물었다.

그러자 유목인이 묘한 미소를 지었다. 싸움에서 이겨놓고도 상대를 완전히 굴복시키지 않고 말로써 자신의 동의를 얻으려는 적월의 행동에서 여전히 경험 없는 애송이의 모습을 본 모양이었다.

그런 마음 때문인지 아니면 적월이 자신을 죽일 수 없다는 확신 때문인지 유목인이 놀리듯 되물었다.

"인정하지 않는다면?"

하지만 그 질문은 그가 예상치 못한 대답을 가져왔다. 또한 그로 인해 그는 예정에 없던 고통을 겪어야 했다.

"그럼 예의를 차릴 필요가 없겠지요."

퍼퍼퍽!

적월이 재빨리 유목인의 혈도 몇 군데를 가격했다.

"끄으윽!"

미처 피하거나 막을 사이도 없이 혈도를 공격당한 유목인이 고통을 참느라 신음을 흘려냈다. 그 와중에 유목인의 몸이 뻣뻣하게 굳어갔다.

"죽지는 않을 겁니다. 또 우리 중 누가 당신을 죽이지도 않을 겁니다. 그러니 잠시 이대로 있어요. 항복을 했다면 편히 있을 수도 있었을 텐데… 다음부터는 선택을 잘 하세요. 사부님과 날 함정에 빠뜨린 것하며, 북두산문의 문주님을 조롱하고 협박했던 일들도 그렇고. 그런 것들이 오늘 당신에게 고통을 가져온 겁니다. 이제부턴 조심하세요."

적월이 뼈아픈 충고를 남기고 유목인에게서 멀어졌다.

그러자 유목인이 고통스러운 눈으로 적월을 노려보며 소리를 질렀으나 아혈(瘂穴)까지 제압된 그의 목에서는 제대로 된 목소리가 나오지 않았다.

쩡!

불사 나왕의 검이 불꽃을 일으키는 순간 만무회의 노고수 진풍의 검이 반으로 잘려 나갔다.

"헉!"

진풍의 입에서 다급한 목소리가 토하듯 흘러나왔다.

탁!

순간 불사 나왕이 부러진 검신으로 당황한 진풍의 오금을 쳤다.

쿡!

오금을 가격당한 진풍이 그대로 땅에 무릎을 꿇었다. 그 순간 나왕의 검이 진풍의 목에 닿았다.

"날 알 겁니다. 더 이상의 반발은 용납하지 않겠습니다. 설혹 만무회 전체와 싸우는 한이 있어도 말입니다."

나왕이 손으로 땅을 짚고 일어서려는 진풍에게 경고했다.

그러자 진풍이 고개를 들어 나왕을 바라봤다. 그리고 나왕의 눈에서 강고한 고집을 읽었다. 만약 자신이 다시 싸우려 한다면 불사 나왕은 이젠 망설이지 않고 자신의 목을 벨 것이 분명했다.

"후우… 그래도 강호의 선배인데 날 너무 핍박하는구려."

진풍이 싸움을 포기하고 그 자리에 주저앉으며 말했다.

"모든 것은 노사께서 선택하신 일입니다. 아니, 애초에 만무회의 소회주와 검산파의 대공자란 자들이 원인을 제공한 것이지요. 아무튼… 이쯤에서 그만하시겠습니까?"

나왕이 물었다.

그러자 진풍이 고개를 들어 주위를 살폈다. 그러다가 멀리 떨어진 곳에 나무토막처럼 쓰러져 있는 유목인을 발견하고는 급히 물었다.

"검산파의 대공자가 죽었소?"

"죽지는 않았습니다."

나왕이 대답했다.

"그럼 왜……?"

"내 제자가 손을 좀 독하게 쓴 모양이군요."

"제자? 설마… 그 어린 청년이……?"

진풍이 믿지 못하겠다는 듯 나왕을 바라봤다. 그러자 나왕이 정색을 한 얼굴로 대답했다.

"인정하기 싫지만 무공으로만 봤을 때 내 제자 녀석은 이미 날 능가했을 수도 있습니다."

나왕의 말에 진풍이 황당하다는 듯한 표정을 지으며 무슨 말인가를 하려다 입을 닫았다.

나왕의 표정에서 그의 말이 결코 과장된 것이 아니라는 것을 깨달았기 때문이다.

"어떻게 그런 일이 가능하오?"

진풍이 도저히 믿기 어렵다는 듯 물었다. 그 질문만큼은 순수한 무인으로서의 질문이었다.

"가끔은 여러 인연이 예상치 못하는 결과를 만들어내는 법 아닙니까? 이 무림에선."

"그렇다 한들……."

"아무튼 제 제자 녀석 이야기는 그만하고 이만 싸움을 끝내시지요? 이러다가는 만무회와 검산파의 사람들이 모두 죽겠습니다."

나왕의 충고에 진풍이 다시 주변을 돌아봤다. 정말 나왕의 말처럼 양 파의 무사들 중 살아남은 자들이 겨우 열 명 남짓이었다.

더군다나 수뇌들인 소유종과 상황도 거의 패배 일보 직전에 있었다.

특히 검산파의 노고수 소유종은 북두산문의 문주 백완에게 철저하게 당한 듯 온몸에 혈흔이 낭자한 채 겨우겨우 백완의 공세를 견디고 있었다.

"아… 어쩌다가 이런……."

진풍의 입에서 탄식이 흘러나왔다. 그러자 나왕이 진풍의 결심을 재촉했다.

"이제 결정하십시오. 아니면 내가 이 싸움을 끝낼 수밖에 없습니다."

나왕이 다른 싸움에 개입하게 되면 그 결과가 어떨지는 보지 않아도 알 수 있었다. 아마 살아남는 사람은 그와 소유종, 그리고 상황과 유목인 네 사람이 전부일 것이다.

"후우… 애꿎은 목숨들을 희생시킬 수는 없지. 좋소. 끝냅시다. 모두 무기를 버려라. 싸움을 끝낸다!"

진풍이 뱉어내듯 큰 소리로 외쳤다.

진풍의 목소리가 어두운 밤 강변을 휩쓸고 지나갔다. 그러자 그의 목소리가 지나가는 곳마다 거짓말처럼 싸움이 멈췄다.

한순간 강변에 적막이 찾아왔다.

쨍그렁!

적막 속에서 누군가 떨어뜨린 검이 날카로운 소음을 만들어 냈다. 그러자 그 소리에 놀란 듯 사람들이 침묵에서 깨어났다.

"검을 버렷!"

"무릎을 꿇어라!"

곳곳에서 북두산문의 문도들이 만무회와 검산파 고수들을 제 압하는 소리가 들려왔다.

진풍은 허탈한 표정으로 양 파의 고수들이 북두산문의 문도 들 앞에 무릎을 꿇는 모습을 지켜볼 수밖에 없었다.

싸움은 끝났다.

그러나 모든 싸움이 그렇듯 싸움의 끝은 결코 유쾌하지 않았 다. 승자에게도 패자에게도 배인 비릿한 혈향이 쉽게 가시지 않 았다.

그래도 어쨌든 줄지어 어두운 강변에 앉아 있는 만무회와 검 산파의 고수들보다는, 승자들인 북두산문의 문도들이 조금 사정 이 나은 편이었다. 승리한 사람들에게는 격렬한 싸움 후의 쓸쓸 한 여운조차도 승자의 여유로 받아들여지기 때문이다.

"모두 감사드려요."

싸움을 끝내고 휴식을 위해 모래사장 위에 피운 모닥불 주위 로 사람들이 모이자, 백완이 나왕과 그 일행에게 정중하게 고개 를 숙여 보였다.

본래 차가운 성정의 백완이지만 오늘 이 어려운 싸움을 완벽 한 승리로 끝낼 수 있었던 것은 불사 나왕 일행 덕분이란 걸 인정하지 않을 수 없었다.

그리고 한편으로는 자신의 예상보다 훨씬 강력한 불사 나왕의 힘을 계속 이용하고 싶은 욕심도 있어 보였다.

"문주의 청부를 제대로 끝낼 수 있어서 다행이오."

나왕이 담담한 표정으로 대답했다.

그러자 백완이 살짝 아미를 모으며 물었다.

"청부라. 그렇군요. 제가 불사 대협께 큰 빚을 지게 된 것이군요. 그런데 역시 금자로 하실 건가요? 아니면……?"

"그건 다음에 이야기합시다."

"다음이라면 언제……?"

"아직 일이 끝난 것은 아니지 않소?"

나왕이 백완을 보며 물었다.

"끝난 것이 아니라면 무슨 일이 더 남아 있다는 것이죠?"

"설마 잊으신 거요? 저들이 어느 곳의 사람들이란 걸?"

나왕이 강변에 줄지어 앉아 있는 자들을 가리키며 물었다.

"그야… 아니, 그럼 그 말씀은 저들의 처분이 끝날 때까지 본문의 일을 도우시겠다는 건가요?"

백완의 표정이 잠시 밝아졌다.

"이 일은 이제 나에게도 무척 중요한 문제가 되었소. 저들을 잡아두고 만무회나 검산파와 어떤 협상을 하느냐에 따라 향후 우리 일행의 운명도 크게 변할 테니 말이오."

나왕의 말에 백완이 고개를 끄떡였다.

"듣고 보니 그렇군요. 아무리 청부라 해도 만무회와 검산파를 상대로 검을 들었으니……."

"더군다나 두 문파의 후계자들이 내게 한 짓이 있으니 문주께서 두 문파의 주인들과 협상을 하는 데 내가 제법 도움이 될 것이오. 그러니 문주께서는 이 협상에서 그들에게 어떤 요구를 하실지 그걸 잘 생각해 두셔야 할 것이오."

"그건 이미 생각해 둔 게 있어요."

백완이 대답했다.

"뭘 요구할 생각이시오?"

나왕이 호기심을 드러내며 물었다.

"그야 당연히 더 이상 북두산문의 일에 관여치 말라는 요구를 해야겠지요. 그들의 방해만 없다면 본 문은 십 년 내에 구패를 두려워하지 않는 문파로 성장할 수 있을 거예요."

백완이 자신감을 드러내며 말했다.

"음… 그들의 약속을 믿을 수 있겠소?"

나왕이 걱정스러운 표정으로 물었다.

"당연히 믿지 않죠."

백완이 망설이지 않고 대답했다.

"그럼 어떻게 그들이 약속을 지키게 하실 생각이오?"

"두 가지 방법이 있어요. 하나는 강호의 평판, 다른 하나는 저들의 목숨이죠."

백완이 손을 들어 상황과 유목인을 가리켰다.

"설마 저들을 돌려보내지 않고 십 년 동안 인질로 삼을 생각이시오?"

나왕이 놀란 표정으로 물었다.

"돌려보내긴 할 거예요. 단지 저들이 각자의 문파에 돌아가서도 내 인질로 남아 있을 거란 뜻이죠."

"대체 무슨 말씀을 하시는지 모르겠구려."

나왕이 이해할 수 없다는 표정을 지으며 말했다.

"두고 보시면 알아요. 아무튼 첫 번째 단추는 그런대로 잘 뀀 것 같군요. 모두 대협 덕분이에요. 다시 한번 감사드려요."

백완이 새삼스럽게 나왕에게 정중하게 고개를 숙여 보였다.

그러자 나왕이 어색한 표정으로 손을 저으며 말했다.

"아니외다. 나도 얻는 것이 제법 많을 것이오. 또 저 두 사람 은 내게 큰 빚을 지었으니 나로서도 그냥 둘 수는 없었소."

나왕이 상황과 유목인을 가리키며 말했다.

그러자 백완이 문득 생각난 듯 물었다.

"대협께서는 만무회와 검산파에 뭘 요구할 생각이시죠? 저들 의 목숨을 걸고 말이죠."

현재로선 북두산문과 나왕이 상황과 유목인의 목숨을 공유하 고 있다고 할 수 있었다. 나왕 역시 두 사람이 일 년 전 자신에 게 저지른 죄에 대한 대가를 요구할 권리가 있었다.

아니, 어쩌면 북두산문보다도 더 많은 권리를 가지고 있다고 도 할 수 있었다.

"나로서야 북두산문이 저들을 두고 거래에 나서는 이상 달리 뭘 요구할 생각은 없소. 다만… 만무회와 검산파 장문인의 사과 정도는 받아야겠소. 물론 강호의 사람들이 알 수 있는 방식으 로 말이오."

나왕의 말에 백완이 걱정스러운 표정을 지었다.

"그건… 생각보다 성사되기 어려운 일일지도 모르겠군요. 강호의 평판을 중요시하는 그들인데……."

"아니오. 아마 그들은 순순히 들어줄 것이오."

나왕이 고개를 저었다.

그러자 백완이 의아한 표정으로 물었다.

"왜 그렇게 생각하시죠? 그들은 천하구패의 주인들인데 자신들의 잘못을 공개적으로 사과하는 일은 그리 쉬운 일이 아니에요."

"그렇기는 하지만 거절하기에 그들은 나 나왕에 대해 너무 잘 알고 있소. 칠마, 십육마문의 난을 거치면서 그들은 내가 어떤 사람인지 누구보다 정확하게 파악했을 거요. 내 요구를 들어주지 않아 일어날 일들이 그들의 자존심을 지키는 것보다 훨씬 중요하다는 것을 알 테니까 말이오."

나왕의 말에 백완이 새삼스러운 눈으로 나왕을 바라봤다. 그러고는 천천히 입을 열었다.

"생각해 보니 그렇군요. 가끔… 사람들은 나 대협이 얼마나 무서운 분인지 잊는 것 같아요. 나 또한 마찬가지고요. 하지만 적어도 만무회주와 검산파의 장문인은 결코 그 사실을 잊지 않을 테죠. 그들은… 누가 뭐래도 뛰어난 판단력을 가진 자들이니까."

"그렇게 말씀해 주니 고맙소이다. 자, 그럼 이제 어디로 가는 것이오?"

"개봉 인근에 북두산문의 임시 거처가 있어요. 그리로 가죠."

"백가산으로는 돌아가지 않으실 거요?"

나왕이 물었다.

비록 낡고 허물어지기는 했어도 백가산 장원이야말로 북두산문의 뿌리 같은 곳이다. 그곳이 재건되어야만 북두산문이 다시 태어났다고 할 수 있었다.

"시간이 걸리겠죠. 일단 만무회와 검산파 두 문파와의 일이 끝나야 할 것이고, 이후에 백가산 장원을 어느 정도 복원한 이후에 들어갈 생각이에요."

"음… 그것도 나쁘지는 않구려. 하지만 북두산문의 재건을 세상에 제대로 알리려면 백가산 장원을 빨리 복원하는 것이 좋을 것이오."

나왕이 충고했다.

"충고 고마워요. 그럼… 이제 그만 가실까요?"

백완이 나왕에게 물었다.

"그럽시다."

나왕이 대답했다.

그러자 백완이 북두산문의 문도들을 보며 명을 내렸다.

"개봉으로 간다."

*   *   *

쾅!

투박한 손이 서탁을 내려치자 서탁의 일부가 가루가 되어 떨어져 내렸다. 그러고도 분이 풀리지 않는지 거친 손이 서탁을 움켜쥐었다.

콰직!

"회주! 진정하십시오."

초로의 노인이 서탁을 부순 자를 진정시켰다.

"아우, 이게 지금 말이 되는 소린가? 감히… 백완 그 어린것이 나에게 반기를 들어?"

"가주, 지금 중요한 것은 황의 목숨입니다."

초로의 노인이 다시 말했다.

그러자 금실로 수놓은 화려한 무복을 입고 있던 호랑이 얼굴의 노인이 대호가 으르렁대는 목소리로 입을 열었다.

"난 백완 그 아이에게 황을 죽일 용기가 있다고 믿지 않네."

그러자 초로의 노인이 대답했다.

"물론 예전의 백완이라면 그럴 수 없을 겁니다. 하지만 지금은 다릅니다."

"사람은 쉽게 변하지 않는 법이야."

노인이 자신의 의견을 굽히지 않았다.

"하지만 북두산문의 문주가 이미 우리를 향해 검을 뽑지 않았습니까? 그러니 현실은 인정해야 합니다. 그리고… 백완 그 아이가 변한 것이 아니라 애초부터 자신의 속마음을 숨기고 있었다고 봐야 할 겁니다."

"음… 와신상담했다는 말인가?"

"회주님의 말씀대로 사람은 갑자기 변하지 못하는 법이니까요."

초로의 노인이 대답했다.

"그렇다고 해도 감히 나 상지손의 장자를 사로잡고 내게 협박을 해오다니 정말 놀라운 계집이 아닌가?"

노인의 이름은 상지손, 그러나 강호에선 그의 이름보다 그의 지위가 더 널리 알려져 있었다.

당금 천하를 지배하는 천하구패의 한 축인 만무회의 당대 회주, 지난 칠마, 십육마문의 난에서 혁혁한 공을 세워 당당히 스스로의 힘으로 구패의 위치에 올라선 자가 바로 그다.

그러므로 당금 천하에서 감히 그의 아들을 건드릴 수 있는 용기와 담력을 지닌 자는 거의 없다고 할 수 있었다.

그런데 오늘 그 불가능한 일이 벌어졌다는 소식이 들려왔다.

그것도 백여 년 동안 만무회 손아귀에 틀어쥐고 있던 몰락한 북두산문의 여문주가 바로 자신의 아들을 사로잡은 주인공이라니. 상지손으로서는 믿을 수 없는 현실이었다.

"아마도 그 때문일 겁니다."

상지손에게 아우라 불린 초로의 노인이 침착하게 입을 열었다. 노인의 이름은 상지목, 상지손의 유일한 형제로 자타가 공인하는 만무회의 이인자였다.

"그?"

"불사 나왕 말입니다."

"음… 그래, 그렇겠군. 그자의 도움이 없다면 백완 그 계집이 감히 내게 반발할 수는 없을 거야."

상지손이 고개를 끄떡였다.

그러자 상지목이 심각한 표정으로 말했다.

"그자라면 실력도 실력이지만 명분도 가지고 있습니다. 그래서 이 일을 해결하는 것은 결코 쉬운 일이 아닐 겁니다."

"명분이라… 황과 목인 그 두 녀석들이 저지른 어리석은 일 말인가?"

"그렇습니다. 아직 강호에 그 소식이 퍼지지 않아서 다행이지 만약 두 사람이 나왕을 함정에 빠뜨려 죽이려 했다는 사실이 알려지면 본 회나 검산파 모두 큰 곤욕을 치르게 될 겁니다."

"후우… 정말 기이한 자야. 어떻게 그 함정에서 살아나왔을까. 검신조차도 살아남지 못한 함정인데……."

"그가 불사라는 별호를 얻은 데는 그만한 이유가 있었던 것이 겠지요."

"하긴 칠마의 난 때도 수십 번 죽음의 위기에서 살아왔으니까. 하여간 그 불파일맥의 사람들은 살아남는 데는 탁월한 재능이 있긴 해."

"그자까지 이 일에 관여하고 있으니 협상을 아니할 수는 없습니다."

상지목이 말했다.

그러자 상지손이 얼굴을 찌푸리며 물었다.

"내가 상대해야 할까?"

"불사와 백완이 그걸 요구해 왔으니 어쩔 수 없습니다. 황의 목숨을 포기할 것이 아니라면……."

상지목이 대답했다.

"검산은 어찌 움직일 것 같은가?"

"그쪽이라고 다를 바가 있겠습니까? 아마도 유 장문인이 직접 하산할 것입니다."

"음, 그렇다면 나도 가야겠지."

상지손은 고개를 끄떡였다.

"검산파 장문인에게 사람을 보낼까요?"

"그렇게 하세. 약속을 잡아. 북두산문의 어린애를 만나기 전에 그와 만나서 결정을 해야겠다. 그 아이를 어찌 처리할지."

상지손이 덤덤한 표정으로 말했다.

*   *   *

철썩철썩!

북쪽에서 길게 이어진 강줄기가 황하에 이르는 지점에 강을 따라 거친 절벽이 이어져 있었다.

사람이 도저히 다닐 수 없을 것 같은 절벽 사이에 작은 길이 나 있고, 그 길을 따라 한 무리의 사람들이 이동하고 있었다.

절벽 사이로 난 길은 생각보다 잘 정돈되어 있어서 말을 탄 자들이 이동하는 데 아무런 문제가 없을 정도였다.

"그가 와 있는가?"

문득 무리를 이끌고 있던 날카로운 인상의 노인이 말을 멈추며 물었다.

그러자 그를 수행하던 자 중 굴강한 모습의 중년인이 앞으로 달려 나오며 말했다.

"반 시진 전에 이미 도착했다고 합니다."

"그래? 역시 만무회주는 걸음이 빨라."

"그분의 철두철미함을 아시지 않습니까? 아마도 먼저 오셔서 주변에 매복이나 함정이 없는지 살피셨을 겁니다."

"그 말은 날 의심한다는 말이겠지?"

노인의 얼굴에 차가운 미소가 드리워졌다.

"비단 장문인께만 그런 것은 아니지요."

"후후, 그렇긴 하지. 만인을 의심하는 것이 만무회주 상지손의 특징이니까. 사실 그래서 무서운 사람이기도 하고……."

그런데 노인의 말이 채 끝나기도 전에 길이 이어진 절벽 위쪽에서 한 사람이 나타나더니 새처럼 길을 달려 내려와 노인이 있는 곳으로 다가왔다.

"마중을 나온 것 같습니다."

노인과 대화를 나누던 중년 사내가 말했다.

"음, 천무구당의 일당주인가?"

"그런 듯합니다."

"단단히 준비를 했군. 일당주를 데려오다니."

노인이 얼굴을 굳히며 말했다.

"어쩌면… 북두산문의 문주를 죽일 수도 있을 것 같습니다."

중년인이 말했다,

"그런 것 같지? 그렇지 않다면 저 살인귀를 데려왔을 리 없지."

노인이 얼굴을 찌푸리며 말하는 사이 어느새 길을 달려 내려온 초로의 노인이 노인 앞으로 다가와 포권을 했다.

"천무일당의 당주 야불아, 대검산파의 장문인을 뵙습니다."

"일당주가 직접 마중을 나오다니 고마운 일이군."

노인이 대답했다.

노인이야말로 당금 천하의 패자 중 한 명인 검산파의 당대 장문인 유추량이다.

그 역시 백완과 불사 나왕의 요구에 검산파의 본거지가 있는 하북성 청웅산을 떠나 개봉으로 가던 중이었다. 그 와중에 만무회주 상지손의 연락을 받고 백완을 만나기 전 두 사람이 먼저 이곳에서 만남을 갖기로 했던 것이다.

"안내하겠습니다."

유추량을 마중 나온 자는 만무회 천무구당 중 일당의 당주 야불아다. 그는 본래 돌궐의 피가 흐르는 자로 알려졌는데, 젊은 시절 만무회주 상지손과 인연을 맺은 이후 그의 심복이 되어, 만무회에서 열 손가락 안에 꼽히는 수뇌부에 오른 자였다.

그는 만무회주를 위해서라면 목숨도 아끼지 않는 충신일뿐더러, 그 손속이 이족답게 독하고 잔인해서 만무회 사람들조차도 그를 두려워한다고 알려져 있었다.

그런 그가 마중을 나왔다는 것은 만무회에서도 검산파의 장문인 유추량을 무척 어려워한다는 의미였다.

"그럼 부탁하네."

유추량이 고개를 끄떡였다.

그러자 야불아가 몸을 돌려 검산파 일행을 절벽 위로 안내하기 시작했다.

급히 만든 나무 탁자 위에 회색 비단천이 덮여 있었다.

그 위에 두 개의 술잔이 놓여 있고, 한쪽에 만무회의 회주 상지손이 앉아 느긋하게 자신이 있는 곳으로 다가오고 있는 검산파의 장문인 유추량을 바라보고 있었다.

상지손이 몸을 일으킨 것은 유추량이 오 장 안에 다가섰을 때였다.

"어서 오시오. 장문인!"

상지손이 두 손을 들어 유추량을 반겼다. 그러자 유추량이 가볍게 포권을 하며 인사를 받았다.

"오랜만이외다. 회주!"

"삼 년 만인가 싶소?"

"그런 듯하외다."

유추량이 고개를 끄떡였다.

"허허, 이거 못난 아들놈들 덕분에 이렇게 함께 여행을 하게 되었으니 그놈들이 그래도 한 가지 효도는 하는 모양이오."

상지손이 씁쓸한 웃음을 흘리며 말했다.

"그러게 말이오. 칠마의 난 이후로 이런 동행은 처음인 거 같소."

유추량이 대답했다.

"그렇구려. 애석한 일이오. 아직도 우리 늙은이들이 나서야 두 문파의 일이 해결된다는 것이."

"그래도 상대가 불사 나왕이라면 어쩔 수 없는 일 아니겠소?"

"그렇긴 하오. 그자는 송가장에나 머물러 있을 것이지 왜 쓸데없이 송가장을 떠나서 이런 분란을 만드는지 모르겠소."

상지손이 불쾌한 표정으로 말했다.

"애초에 두 녀석이 상대를 잘못 고른 탓 아니겠소?"

"하긴 불사 나왕이라니. 두 녀석에겐 너무 위험한 상대요. 그런 자는 건들지 않는 게 상책인데. 그래, 장문인께서는 어쩔 생각이시오?"

상지손이 정색을 하며 물었다.

"나왕이라… 쉽지 않겠지만 목숨을 거두는 것이 나을 거요.

그자를 살려두면 두 아이가 북두산문에서 한 일이 세상에 알려지게 될 거요. 그렇게 되면 우리 두 문파의 체면이 크게 상하게될 것이오."

유추량이 살기를 드러내며 말했다.

"그렇긴 하지만 오면서 알아보니 아직 그 일이 강호에 알려진것 같지 않더이다. 그건 곧 나왕이 세상에 자신에게 일어난 일을 알리지 않겠다는 뜻 아니겠소? 이미 일 년이 지난 일인데 아직 소문을 내지 않은 것을 보면……."

상지손이 되물었다.

"물론 그렇기는 하지만 사람의 입이란 게 언제 어느 때 비밀을 뱉어낼지 모르는 것 아니겠소? 더군다나 불사 나왕은 살려두기엔 너무 위험한 적이요. 비록 송가장을 떠났다고 해도 그자는무림맹 신웅조에서 인연을 맺은 자들이 많소. 당장 귀산 왕전조차도 아직은 건재하지 않소?"

유추량이 말했다.

"음… 듣고 보니 그렇긴 하구려."

"그러니 아직 세상이 그 일에 대해 모를 때 제거하는 것이 여러모로 좋을 거요. 그리고 그자를 제거하고 나면 백완 그 아이의 일은 자연스럽게 해결되지 않겠소?"

유추량의 생각을 말에 상지손이 고개를 끄떡였다.

"생각해 보니 장문인의 말씀이 옳은 것 같소. 괜히 도검을 아꼈다가 두고두고 후회할 일을 만들 수도 있겠구려. 그런데… 그자를 상대할 방법은 생각해 두셨소? 만에 하나라도 그자를 공격했다가 살려 보내기라도 한다면 건드리지만 못한 상황이 될 거요."

상지손이 물었다.

그러자 유추량이 망설임 없이 대답했다.

"우리 두 사람이면 충분하지 않겠소?"

유추량의 말에 상지손이 놀란 눈으로 유추량을 바라봤다.

"설마 우리가 직접 그자를 상대하자는 거요?"

"불사 나왕이라면 그 정도 대접은 해줘야지 않겠소?"

유추량이 서늘한 안광을 흘리며 말했다.

그러자 상지손이 잠시 유추량을 바라보다가 이내 빙그레 웃으며 물었다.

"이제 보니 그 두 아이가 효도한 것은 우리의 만남뿐이 아닌 모양이구려. 장문인께선 이 기회에 한동안 쓰지 않으셨던 검날이 여전히 날카로운지 확인하고 싶으신 모양이구려?"

"후후후, 역시 회주시오. 내 마음을 이렇게 쉽게 알아차리시다니. 좋은 상대 아니오? 불사 나왕이라면! 우리 두 사람에게 칠마를 쫓던 젊은 시절의 추억을 되살려 줄 상대로는 말이오."

유추량이 나직하게 웃음을 흘렸다.

"하하하! 장문인의 말씀이 옳소. 좋소이다. 우리 오랜만에 제대로 한번 놀아봅시다."

상지손이 호탕하게 웃음을 터뜨렸다.

제10장
다시 태어나는 문파들

　적월은 무척 좋은 장소라고 생각했다. 진퇴가 용이한 지형이었다. 강으로 이어지는 길도 있었고, 적을 막으며 산을 넘을 수도 있었다.

　일단 산을 넘으면 고도(古都) 개봉으로 이어지므로 대범한 무림인들이라 해도 함부로 칼부림을 하며 추격할 수는 없었다. 어느 쪽을 택해도 만일의 경우 몸을 피하기에 어려움이 없는 곳이었다.

　그곳에 북두산문의 새로운 장원이 있었다.

　마치 백가산의 북두산문을 옮겨놓은 듯한 모습의 장원은, 백가산의 장원에 비하면 십분지 일도 안 되는 크기였지만, 백가산의 북두산문을 기억하고 있는 사람이라면 누구나 이곳이 북두산문의 새로운 본거지임을 알 수 있을 만큼 닮은 모양을 하고 있었다.

그리고 백완은 대범하게도 바로 그 새로운 자신의 장원으로 만무회주 상지손과 검산파의 장문인 유추량을 초대했던 것이다.

적에게 자신의 본거지를 드러내 보이는 대범함에는 불사 나왕조차도 혀를 내둘렀다.

"마음에 드는 곳이야."

적월이 중얼거렸다.

이곳이 곧 세상에서 가장 무서운 거래가 일어날 곳이라는 것과는 상관없이 적월은 이 장원이 마음에 들었다.

번잡한 도읍의 풍광은 뒷산이 막아주고 눈앞으로는 유유히 흐르는 강줄기를 볼 수 있으니 호젓한 생활을 즐기기에는 안성맞춤인 곳이었다.

그래서 적월은 이 고즈넉한 곳으로 적을 불러들인 백완의 결정이 한편으로는 아쉽기도 했다. 이곳에서 피바람이 부는 광경은 상상하는 것만으로도 괴로운 일이었다.

그런데 그렇게 우울한 상념에 잠겨 있던 적월이 슬쩍 고개를 돌렸다. 자신을 향해 다가오고 있는 인기척을 느꼈기 때문이다.

"뭘 그리 생각하고 있느냐?"

한순간 적월의 긴장이 풀렸다.

그를 향해 말을 건넨 사람은 세상에서 그가 가장 믿을 수 있는 존재, 불사 나왕이었다.

"스승님!"

적월이 미소를 지으며 나왕을 맞았다.

"무슨 생각을 하냐니까?"

"그냥 경치가 좋아서요."

"하하, 이 녀석아. 지금 장원이 온통 싸울 준비로 분주한데 경치 구경이나 하고 있느냐?"

"뭐, 제가 할 일은 없잖아요? 그리고 싸움이 일어나면 안 되죠. 이렇게 아름다운 곳에서……."

"후후, 그렇긴 하지. 하지만 강호의 일이란 게 본래 구 할은 피를 봐야 일이 해결되는 것이라서."

"그래도 피할 수 있으면 피해야죠."

"물론 나도 같은 생각이다. 그래서 이렇게 모시기 어려운 분을 모셔왔단다. 너도 인사드려야 할 것 같아서 모시고 왔다."

나왕이 서너 걸음 뒤에서 나왕과 적월을 바라보고 있는 노인을 돌아보며 말했다.

노인은 마른 체구에 키가 그리 크지 않았는데, 얼핏 체구로 보면 나왕과 닮은 듯하면서도, 얼굴 생김이 무척 귀한 티가 나서 나왕과는 확연히 다른 느낌을 주는 사람이었다.

"누구세요?"

적월이 나직하게 물었다.

그러자 나왕이 살짝 얼굴을 찌푸리며 말했다.

"날 이 고단한 세상으로 불러들인 분이지."

나왕의 말에 미소를 지은 채 적월과 나왕을 보고 있던 노인이 호탕한 웃음을 터뜨렸다.

"하하하, 자네는 여전히 날 원망하는가?"

나왕을 대하는 편안함에 적월이 내심 놀라서 다시 노인을 바라봤다. 그가 나왕을 만난 이후 강호의 여러 고수들을 만났지만 이렇게 편하게 나왕을 대하는 사람은 없었다.

"설마 어르신 탓이 아니라는 겁니까?"

나왕이 되물었다.

"그게 왜 내 탓인가? 내가 아니었어도 자넨 분명 강호로 나왔을 거야. 자네 사부가 돌아가신 후, 자넬 산속에 묶어둘 사람은 아무도 없었을 테니 말이야. 설마 자네가 사부의 유언에 따라 평생 산속에서 살았을 거란 말은 못 하겠지?"

노인의 추궁에 나왕이 대답할 말을 잃고 잠시 머뭇거리다가 퉁명스럽게 말했다.

"그렇다 해도 설마 무림맹 신응조에 들어가지는 않았겠지요. 그러지 않았다면 송가의 사람들을 만날 일도 없었을 거고……."

"그것 역시 날 원망할 일은 아니지. 자네가 송가장으로 간다고 했을 때 내가 가장 심하게 반대한 걸 잊었는가?"

"그렇긴 하지만……."

나왕이 더 이상 반박할 말을 찾지 못하겠는지 말꼬리를 흐렸다. 그러자 노인이 앞으로 걸어 나오며 말했다.

"그러니까 자네의 운명에 대해 날 원망할 생각은 하지 말게. 내 말대로 했다면 자넨 지금쯤 무림맹에서 높은 지위에 올라 있을 걸세."

"무림맹은 뭐 다릅니까? 구패의 수족인 것은 같지요."

"후후, 그렇긴 해도 약간의 자유는 있지. 자자, 그런 이야기는 그만하고 자네의 잘난 제자나 제대로 소개시켜 주게."

그러자 나왕이 적월에게 노인을 가리키며 말했다.

"내가 종종 말했었지? 날 무림맹 신응조에 들게 한 사람이 있다고. 이 양반이 바로 그분이다."

"설마… 귀산……?"

적월이 너무 놀라 말을 끝내지 못하고 노인을 바라봤다.

"맞다. 내가 귀산 왕전이다. 불파일맥의 전인을 만나게 되어 기쁘구나. 난 네 사부가 송구구왕이 돼버려서 불파일맥이 끊길 것을 걱정했는데, 이제라도 정신을 차리고 이렇게 뛰어난 제자를 받아들였으니 금강검왕께서도 하늘에서 기뻐하실 것이다."

"허험, 아직도 절 조롱하시는 겁니까?"

불사 나왕이 헛기침을 하며 물었다.

"그건 지금 생각해도 충분히 조롱받을 만한 일이었네. 그 당시 난 자네가 정신이 이상해진 줄 알았어. 물론 지금도 그때 자네의 결정을 이해할 수 없고 말이야."

아마도 불사 나왕이 송가장에 들어가기로 결정했을 때의 일을 말하는 것 같았다.

"아아, 이제 그 이야기는 그만하시죠. 오늘은 과거의 일을 따지고 있을 때는 아니니."

나왕이 손을 저으며 귀산 왕전의 입을 막았다.

"하하, 알겠네. 더 이상 자네를 곤란하게 하지 않겠네. 사실 북두산문의 문주를 만나기 전 자네의 이 영명한 제자를 먼저 보고자 했던 것은, 과연 자네가 어떤 친구를 불파일맥의 전승자로 정했는지 궁금했기 때문이네. 그 제자에게 과거의 일을 고자질할 생각은 아니었고……."

귀산 왕전이 미소를 지으며 말했다.

귀산 왕전, 당대 무림의 살아 있는 전설 중 한 명이다. 명성으로 보자면 불사 나왕을 능가하는 무림의 거성이었다.

당대 무림은 무림오선이라 불리는 다섯 사람의 절대고수와 구패로 칭해지는 아홉 개의 세력에 의해 지배된다.

귀산 왕전은 그중 무림오선의 한자리를 차지하고 있는 절대고수였다.

칠마, 십육마문의 난 때 그의 제안으로 만들어진 신웅조의 활약은 그 난을 무림맹의 승리로 이끄는 데 결정적인 역할을 했었다.

물론 그 와중에 숱한 무림의 고수들이 목숨을 잃기도 했지만, 그래도 신웅조로 인해 공멸의 위기에서 벗어날 수 있었다는 것이 무림의 평이었다.

당연히 칠마의 난이 끝난 후 귀산 왕전은 무림맹에서 가장 중요한 인물이 되었다.

무림맹의 기반은 당대 무림을 지배하는 구패다. 하지만 그들은 서로를 견제하느라 무림맹의 운영에서는 한발 물러나 있었다.

더군다나 당대의 무림맹은 다른 시대의 무림맹과 달리 맹주가 없었다. 대신 무림맹은 세 명의 총관을 두어 평소 무림 곳곳에 일어나는 분란을 해결하고, 이견을 조율하는 일을 맡겼다.

세 명의 총관은 모두 무림에 특별한 연고 세력이 없는 사람들로 구성되었는데, 이 역시 한 세력이 무림을 독패할 위험을 견제하기 위함이었다.

그 세 명의 총관 중 한 명이 바로 귀산 왕전이었다.

그러니 그가 당대 무림에서 가지는 존재감은 달리 설명할 필요가 없었다. 그런 인물이 오늘 이 자리에 나타났다는 것 자체가 아마도 무림의 호사가들에게 한동안 이야깃거리가 될 만한 일이었다.

"그래, 이 아이를 본 소감은 어떠십니까?"

불사 나왕이 자못 자신만만한 표정으로 물었다. 적월에 대해서만큼은 그 누구에게도 자랑하고 싶은 기색이 역력했다.

"청출어람!"

귀산 왕전이 짧게 말했다.

그러자 불사 나왕이 고개를 갸웃하며 되물었다.

"이 아이를 택한 저와 돌아가신 사부님을 비교한 말입니까? 아니면 이 아이와 저를 비교한 말씀이십니까?"

"당연히 후자지."

귀산 왕전이 망설이지 않고 대답했다.

"제길, 그럴 줄 알았습니다. 가시죠."

나왕이 더 이상 말하기 싫다는 듯 손을 들어 길을 안내하듯 말했다.

"하하하! 송가장 일도 그렇고… 진실은 항상 받아들이기 힘든 법이네. 후후!"

귀산 왕전이 호탕한 웃음을 터뜨리며 걸음을 옮기기 시작했다.

두 사람이 앞서가자 그 모습을 보고 있던 적월이 굳은 표정으로 중얼거렸다.

"사부님이 단단히 준비를 하셨구나. 설마 무림맹 총관으로 계신 분까지 모셔올 줄이야. 그러고 보면 사부께선 생각보다 무림에서의 힘도 강하신 분이셔."

오십여 명의 고수들을 이끌고 호기롭게 북두산문의 장원에 입
성하던 만무회주 상지손과 검산파 장문인 유추량은 한 사람의
얼굴을 보는 순간 자신들이 생각했던 모든 계획이 틀어졌음을
깨달았다.

아니, 계획이 틀어진 것을 넘어 향후 두 문파에 커다란 위기
가 닥쳐올 수도 있다는 것을 본능적으로 깨달았다.

무림맹의 총관 귀산 왕전, 당금 무림에서 가장 존경받는 인물
이자 무림맹의 실권을 손에 넣고 있는 삼 인 중 한 명이 북두산
문의 문주 백완과 불사 나왕을 좌우에 두고 그들을 기다리고 있
었던 것이다.

"좋지 않소."

어깨를 나란히 하고 말을 몰던 유추량이 낮은 목소리로 상지
손에게 말했다.

"귀산 왕전이라니… 제길, 백완 저 아이가 제법 준비를 한 것
같구려."

상지손도 눈살을 찌푸리며 말했다.

그러자 유추량이 고개를 저었다.

"그 아이에게 어찌 귀산을 부를 힘이 있겠소. 귀산은 분명 나
왕 저자가 부른 걸 거요. 두 사람의 친분을 아시지 않소?"

"음, 생각해 보니 그렇겠구려. 그런데… 이젠 어쩌면 좋겠소?"

상지손이 급히 물었다. 어느새 두 사람과 나왕 등의 거리가
이십여 장 안쪽으로 좁혀져 있었다.

"이렇게 된 이상 무력을 쓸 수는 없소. 다행히 귀산 왕전은 우리 구파에게서 온전히 자유롭지 못한 사람이니 그를 통해 큰 분란 없이 오늘 일을 끝냅시다. 이후의 일은 나중에 생각하고……"

유추량이 대답했다.

"후우… 그럽시다. 두 녀석을 데려가는 것으로 만족해야겠구려."

"저들이 뭘 요구할지가 걱정이오."

"일단은 저들의 요구를 들어줄 수밖에 없소. 물론 오늘의 치욕은 반드시 갚아줘야겠지만 말이오."

상지손이 얼핏 살기를 드러냈다.

그러자 유추량도 무겁게 고개를 끄떡였다.

그사이 양측의 거리가 십 장 안쪽으로 가까워졌다. 그러자 귀산 왕전이 움직였다.

"어서 오십시오, 두 분. 오랜만에 뵙습니다."

귀산 왕전이 앞으로 나와 인사를 하자 상지손과 유추량도 얼른 말에서 내려 귀산 왕전에게 포권을 해 보였다.

"설마하니 총관께서 이곳에 계실 줄은 몰랐습니다. 마침 이번 일을 어찌 처리해야 하나 곤혹스러웠는데 귀산께서 오셨으니 한시름 놓았습니다."

귀산 왕전의 출현을 불편해하던 사람이라고는 상상할 수 없을 만큼 정중한 유추량의 인사다.

그러자 귀산 왕전이 얼굴에 부드러운 미소를 지으며 대답했다.

"마침 개봉에 볼일이 있어 왔다가 이번 소식을 듣게 되었습니다. 북두산문은 한때 천하제일가로 불리던 전통의 문파이고, 만무회와 검산파는 당대 구패의 한 축을 맡고 있는 문파이니 무림을 위해서라도 서로 피를 보는 일이 없어야겠다는 생각에, 이렇게 주제넘게 이 일에 관여하게 되었습니다. 두 분께서는 넓은 아량으로 오지랖 넓은 늙은이의 참견을 용서하시기 바랍니다."

"무슨 말씀을! 본래 우리 세 문파는 그 뿌리가 같은 것이나 마찬가지인데 서로 간에 오해가 쌓여 오늘에 이르게 된 것이지요. 귀산께서 이런 오해를 걷어내 주시고 우리 세 문파의 화평을 중재해 주신다면 더 바랄 게 없을 겁니다."

유추량이 말했다.

그러자 귀산 왕전이 가볍게 고개를 숙여 보이며 대답했다.

"말씀 감사합니다. 어차피 오해와 화의는 당사자들께서 푸셔야 하는 것이고 전 다만 오늘 이곳에서 약속된 일들을 보증하는 것으로 제 역할을 다할 생각입니다. 자, 그럼 제가 주인은 아니지만 안으로 모시겠습니다. 아무래도 오늘의 일은 사람들의 이목이 없는 곳에서 논의하는 것이 좋을 거 같으니……."

"아무래도 그게 좋겠지요."

유추량과 상지손도 얼른 고개를 끄떡였다. 그들 역시 자신들의 치부를 사람들에게 드러내고 싶은 생각은 없었다.

두 사람이 동의하자 귀산 왕전이 시선을 돌려 백완을 바라봤다. 그러자 백완이 고개를 한 번 끄떡이고는 북두산문의 문도들에게 명을 내렸다.

"문을 열어라. 내전으로 간다. 이후 별도의 명이 있을 때까지

내전의 출입을 막아라. 누구를 막론하고 출입을 금한다!"

"예, 문주!"

검은 무복으로 차려입은 북두산문의 문도들이 일제히 대답했다.

차가운 냉기, 불쾌한 공기, 그리고 무거운 침묵… 불사 나왕은 이런 자리가 영 불편했다. 차라리 검을 들고 싸워 승패를 가리는 것이 그의 성정에는 훨씬 어울리는 일이었다.

그러나 불편하다고 피할 수도 없는 자리다. 오늘 제대로 거래를 하지 못하면 향후 한동안 그는 피바람 속에서 살아야 할지도 모르기 때문이었다.

이미 백완은 자신의 요구를 말한 뒤였다. 그녀의 요구에 대답을 하지 못하고 있는 이는 상지손과 유추량이었다.

백완이 두 사람에게 요구한 것은 어찌 생각하면 무척 쉬운 일이고, 또 달리 생각하면 두 사람의 자존심을 크게 상하게 하는 일이었다.

백완의 요구는 모두 세 가지였다.

첫째, 두 문파가 북두산문으로부터 시작되었다는 것을 공식적으로 인정하고, 둘째, 향후 십 년간 북두산문이 강호에서 행하는 일에 절대 개입하지 말 것이며, 셋째, 허락 없이 백가산 북두산문 장원 백 리 안에 접근하지 말라는 것이었다.

사실 백완의 이 요구들은 만무회나 검산파 입장에서는 크게 손해나는 일이 없는 요구 조건이었다.

하지만 한 가지 불길한 상상이 두 사람으로 하여금 백완의 요구를 쉽게 수락하지 못하게 만들고 있었다.

"십 년… 십 년이라."

유추량이 침묵을 깨고 혼잣말을 중얼거렸다. 그러자 상지손도 입을 열었다.

"그사이 북두산문이 강호에서 행하는 일에 관여치 말라는 것은 문주께서 우리 두 문파의 이익을 침범해도 그냥 지켜보기만 하란 말이시오?"

"사람을 상하게 하는 일은 없을 겁니다. 물론 만무회와 검산파의 이익을 크게 침범하는 일도 없을 것이고요. 하지만 본의 아니게 약간의 손해를 입힐 수는 있으니 그 일에 대해 미리 양해를 구하는 것이에요."

백완이 차갑게 대답했다.

"문주께서 십 년 후에는 우리 두 문파를 상대할 만큼 북두산문을 키워낼 자신이 있다는 뜻으로 받아들여도 되겠소?"

유추량은 십 년이라는 시간에 더 큰 의미를 두는 듯 보였다.

"적어도… 타인의 손에 북두산문이 멸문하지는 않게 될 거예요."

백완이 자신 있게 대답했다.

그리고 이 대답이 바로 상지손과 유추량을 불안하게 만드는 이유였다. 백완의 태도로 보아 십 년 후의 북두산문은 스스로를 지키는 정도가 아니라 두 문파를 위협할 만큼 성장할 수도 있었다.

물론 지금의 북두산문 처지에서 보자면 그런 비약적인 성장은 요원해 보일 수도 있지만, 상대는 검신 백초산의 손녀가 아닌가.

더군다나 협상을 시작하기 전 잠시 만난 각 가문의 두 노고수, 진풍과 소유종의 말에 의하면 백완은 분명 검신 백초산의 무공을 어느 정도 습득한 것이 분명했다.

그 사실이 두 사람으로 하여금 별것 아닌 것처럼 보이는 백완의 요구를 쉽게 받아들이지 못하게 하고 있었다.

그러나 결국 나중에야 어찌 되었든 오늘은 이 조건을 받아들일 수밖에 없었다. 거절할 명분이 없는 조건들이기 때문이었다.

냉정하게 보면 이 조건들은 북두산문의 자립을 인정하는 것 정도였다.

"후우! 좋소. 난 동의하겠소."

결국 유추량이 먼저 백완의 제안을 승낙했다.

그러자 상지손도 더 이상 망설이지 않았다.

"나도 동의하오."

상지손도 대답했다.

그러자 유추량이 다시 입을 열었다.

"아무튼 생각보다 복잡한 거래는 아니어서 다행이오. 십 년… 그 시간 동안 문주께서 북두산문을 어찌 재건하시는지 지켜보리다."

유추량의 말에 백완이 담담하게 대답했다.

"실망시키지 않을 거예요."

그녀의 대답에 유추량이 잠시 탐색하듯 백완을 바라보다 불쑥 물었다.

"오늘 우리가 한 약속을 믿을 수는 있소?"

"솔직히 말하자면 전 사람의 입으로 한 약속은 믿지 않아요."

"그걸 알면서 우리 약속을 믿고 그 아이들을 돌려보내겠다는 것이오?"

"두 가지 상황이 이 약속을 지켜지게 할 겁니다."

"두 가지 상황이라. 그게 뭐요?"

"하나는 모두 아시다시피 이 자리에 귀산께서 계시다는 것이고……"

백완이 말을 하며 귀산 왕전을 바라보자 왕전이 가볍게 고개를 끄덕여 자신이 오늘 이 약속들을 보증한다는 표현을 했다.

그러자 백완이 다시 말을 이었다.

"다른 하나는 지금 잡혀 있는 두 분의 목숨이지요."

"지금 황과 검산과 대공자의 목숨을 두고 하는 말이오?"

침묵을 지키고 있던 상지손이 노기를 드러내며 물었다.

"그래요."

"설마 십 년 동안 그 아이들을 북두산문에 억류하겠단 뜻이오?"

"물론 그렇지는 않아요. 오늘 돌아가실 때 두 분을 데려가실 수 있을 겁니다. 하지만… 그렇다고 해도 두 분은 제게서 자유로울 수 없을 겁니다."

"그게 무슨 뜻이오? 제대로 설명해 보시오."

당장에라도 손을 쓸 뜻한 기세로 상지손이 다그쳐 물었다.

"짐작하고 계시겠지만 전 할아버님의 무공을 제법 성취했어요. 당연히 할아버님의 독문신공인 마하공도 사용할 줄 알죠."

"마하공……!"

"역시, 음……!"

상지손과 유추량이 나직하게 신음 소리를 흘렸다.

다른 사람은 몰라도 북두산문에 뿌리를 둔 두 사람은 마하공이 얼마나 무섭고 전율적인 신공인지 누구보다 잘 알고 있었다. 그런데 설마 했던 대로 백완이 그 마하공을 얻은 것이다.

"아시겠지만 마하공은 아주 특별한 신공이지요. 덕분에 마하공의 기운을 사용한 점혈은 다른 어떤 신공으로도 풀 수 없어요. 오직 시전자나 혹은 본 문의 활혈단만이 마하공의 점혈을 풀어줄 수 있어요. 물론 아시겠지만 활혈단은 적어도 삼 개월에 한 번은 복용해야 하는 불편함이 있고……."

쿵!

순간 상지손이 무겁게 발을 굴렀다. 그러자 그들이 들어 있는 건물이 지진이 난 것처럼 흔들렸다.

"감히 그 아이들에게 마하공의 점혈법을 사용하겠다는 것인가?"

당장에라도 협상을 걷어치우고 싸움을 벌이려는 듯 상지손이 소리쳤다.

"사용하겠다는 것이 아니라 이미 사용했어요. 그런데 회주께서는 지금 이 협상을 그만둘 생각이신가요?"

백완이 차가운 눈으로 자신을 위협하는 상지손을 바라보며 물었다.

백완의 물음에 상지손이 주먹 쥔 손을 부르르 떨며 차마 대답을 하지 못했다.

그러자 유추량이 대신 입을 열었다.

"우린 문주의 행동을 절대 용납할 수 없소. 협상을 하자고 하면서 어찌 두 사람에게 마하공의 점혈을 할 수 있단 말이오. 이건 결코 협상을 하자는 사람의 예의가 아니오."

유추량의 따져 묻자 백완이 유추량의 시선을 회피하지 않고 대답했다.

"지난 세월 북두산문에 대한 두 분의 핍박을 생각하면 결코 과하지 않은 일인 것 같은데요. 지난 백 년의 역사를 생각할 때 제 행동이 정말 과하다고 생각하세요?"

백완이 묻자 유추량의 얼굴이 자신도 모르게 붉게 달아올랐다. 지난 세월 그들과 그들의 선조들이 북두산문과 그 후예들에게 행한 핍박과 통제는 그 어떤 말로도 변명할 수 없는 것이었다.

유추량과 상지손이 말이 없자 백완이 다시 입을 열었다.

"두 분과 두 분의 선조께서 하신 일들을 생각하면 전 절대 두 분의 약속을 믿을 수 없어요. 그러니 당연히 그 약속에 대한 보증을 받아둬야겠지요. 십 년⋯ 십 년이 지나면 자제분들의 혈도는 자연히 풀리게 될 겁니다."

"우리가 용납할 수 없다면 어쩌겠소?"

유추량이 물었다.

상지손의 손은 이미 자신의 검에 닿아 있었다. 비록 귀산 왕전이 있다지만 일단 싸움이 벌어지면 그가 백완을 도와 자신들과 싸우지는 않을 거란 믿음도 있었다.

귀산 왕전은 중재자의 신분이지 당사자가 아니기 때문이었다.

그런데 간과하고 있는 것이 있었다. 장내엔 귀산 왕전 말고 또 한 명의 절대고수가 있다는 사실이었다.

그리고 그는 결코 두 사람을 향해 검을 뽑는 것을 망설일 사람이 아니었다.

팟!

갑자기 허공에 은빛이 물체가 번쩍이더니 한 자루 검이 날아와 백완 등이 둘러앉아 있는 탁자에 꽂혔다.

푹!

탁자에 꽂힌 검이 검의 손잡이 깊이까지 나무 탁자를 파고 들어갔다. 그야말로 엄청난 공력이다.

"무슨 짓이오?"

창!

상지손이 벼락처럼 검을 뽑아 들며 검을 날린 자를 향해 소리쳤다.

그러자 한쪽에 물러나 앉아 있던 불사 나왕이 천천히 탁자 쪽으로 걸어왔다.

느리게 걸어온 불사 나왕이 역시 느리게 손을 뻗어 탁자에 꽂힌 검을 뽑아 들었다. 그러고는 상지손과 유추량을 바라보며 말했다.

"두 분은 반드시 북두산문 문주의 제안을 받아들이셔야 할 겁니다."

"불사, 우리가 그대 한 사람을 두려워할 것이라 생각하오?"

상지손이 반발하듯 소리쳤다.

그러자 불사 나왕이 담담한 목소리로 대답했다.

"물론 나 자신도 두려워해야 할 겁니다. 검으로 상대해 달라시면 거부할 생각은 없으니까요. 그러나 두 분은 내 검보다 내 입을 더 걱정해야 할 겁니다."

나왕의 말에 상지손과 유추량의 얼굴이 어둡게 변했다.

나왕이 무슨 말을 하는지 금세 이해했기 때문이다. 그런 두 사람을 보며 나왕이 다시 입을 열었다.

"일 년 전 두 분의 아드님들께서 내게 한 악업을 생각하면 오늘 이런 자리는 애초에 필요가 없는 자립니다. 나 불사 나왕이 누군가에게 목숨이 위협당하고 상대를 살려두었다는 말을 들으신 적이 있습니까?"

나왕의 질문에 두 사람은 여전히 대답을 하지 못했다. 불사 나왕의 심성이 강호에서 손가락으로 꼽을 정도로 독심임을 너무 잘 알고 있기 때문이다.

"난 지금까지 날 위협한 적을 살려둔 일이 없습니다. 그럼에도 불구하고 두 분의 아드님들을 살려둔 것은, 첫째, 두 분의 체면을 생각했기 때문이고, 둘째, 북두산문의 문주께서 그 두 사람의 처분을 자신에게 맡겨달라 부탁했기 때문입니다. 그래서 오늘 백 문주께서 두 분께 내건 조건은 곧 나의 조건이기도 합니다. 목숨 빚을 십 년의 점혈 정도로 받아두는 건 사실 내가 크게 손해를 보는 일이지요."

강렬한 나왕의 시선이 유추량과 상지손을 압박했다. 검을 들고 적을 위협하는 그의 모습은 평소 추레한 몰골을 한 그와는 전혀 달랐다.

마치 그 순간만큼은 그가 천하제일인이 된 것 같은 느낌이었다. 도도한 백완조차도 이런 나왕의 모습을 두려운 눈으로 바라볼 정도였다.

"음……."

"끙……."

상지손과 유추량이 나직하게 신음 소리를 냈다.

그들은 새삼스럽게 이 특별하게 못생긴 중년 고수가 칠마의 난 때 보여주었던 무공과 용기, 그리고 독한 손속을 떠올릴 수밖에 없었다.

더군다나 수많은 사선을 넘으면서도 끝끝내 생존했던 그의 생존력은 그가 중년의 나이임에도 불구하고 강호의 절대고수 중 한 명으로 인정받는 이유가 되었다.

그런 자를 적으로 두는 것은 결코 옳은 선택이 아니다. 그러나 그럼에도 이들에겐 구패의 주인이라는 자존심이 있었다.

"그래도 우리가 거절하겠다면?"

상지손이 물었다.

"그럼 이 자리에서 제 검을 상대하십시오. 절 제압하신다면 모든 것은 두 분 뜻대로 되지 않겠습니까?"

나왕이 대답했다.

두 사람에 대한 명백한 도발이다. 무인 대 무인으로서 서로 자웅을 겨루자는 나왕의 말은 언뜻 두 사람을 무시하는 것처럼 들리기도 했다.

언제라도 무공으로 겨루면 자신이 이길 거라는 자신감을 드러낸 말이기 때문이었다.

"그대는 우리 두 사람의 체면을 너무 깎아내리는구려."

상지손이 적의를 가진 표정으로 말했다.

"만무회와 검산파 두 곳의 문도들을 공격하는 것보다는 두 분께서 절 상대하는 것이 낫지 않겠습니까?"

나왕이 되물었다.

그의 의도는 분명했다. 거래가 성사되지 않으면 이후 자신이 두 문파의 문도들을 향해 검을 들겠다는 협박이었다. 그건 두고 두고 두 문파의 앞길을 가로막는 악재가 될 터였다.

조금도 양보를 하지 않는 나왕의 완강한 태도에 상지손과 유추량은 막다른 곳까지 밀려가는 모습이었다.

물론 나왕과 한 수 겨룰 수도 있었다. 그리고 나왕에게 자신들이 질 것이라고도 생각지도 않았다.

그러나 나왕과 겨루는 것은 조금이라도 불확실한 면이 있는 승부라는 것 역시 인정하지 않을 수 없었다. 만에 하나 패하기라도 한다면 그 순간 그들이 이뤄왔던 모든 것을 포기해야 할 것이다.

그리고 본래 잃을 것이 많은 자들이 결국 극단적인 대결을 피하게 마련이다.

"후우… 좋소. 좋아. 불사의 뜻대로 하겠소. 그 아이들이 그대에게 용서받지 못할 잘못을 한 것은 분명한 사실이니까. 문주!"

상지손이 더 이상 불사 나왕을 상대하기 싫다는 듯 북두산문의 문주 백완에게 시선을 돌렸다.

"말씀하시지요."

"문주의 조건들을 모두 받아들이겠소. 십 년 동안 북두산문이 과연 다시 천하제일문으로 재건되는지 지켜보겠소."

"물론… 그렇게 될 겁니다."

백완이 다부진 표정으로 말했다. 그러자 지금까지 양쪽의 치열한 거래를 지켜보던 귀산 왕전이 앞으로 나섰다.

"자, 이제 드디어 내 차례인 것 같군요. 사람의 약속이란 본래 말이나 글이나 다를 바가 없지만, 그래도 형식도 중요한 법이니 오늘의 이 약속을 글로써 남기도록 합시다. 천하인들이 나의 필체를 모두 아니 글은 내가 쓰도록 하겠습니다."

착!

다른 시빗거리를 만들지 않겠다는 듯 귀산 왕전이 탁자 위에 양피지 다섯 장을 펼쳤다. 오랜 시간이 지나도 변하지 않을 약속을 글로써 남기기 위함이었다.

그러고는 미리 준비해 두었던 유약을 섞은 검은색 도료로 다섯 장의 양피지에 동일한 내용의 글을 쓰기 시작했다.

일필휘지, 빠르고 간결한 귀산 왕전의 글은 보는 사람으로 하여금 감탄을 자아낼 만큼 특별했다.

무인은 검이 아니라 붓으로도 자신의 무공을 드러낼 수 있는데, 왕전의 글이 바로 그러했다. 양피지에 쓰는 글들 하나하나가 귀산 왕전의 초식이나 마찬가지였다.

그래서일까. 그가 양피지에 쓴 글들의 무게가 다른 어떤 약속보다도 무겁게 느껴졌다.

탁!

한순간 귀산 왕전이 서탁에 붓을 내려놓았다. 그리고 장내의 네 사람을 차례로 보며 말했다.

"내용들을 보시고 혹 동의하지 않는 부분이 있다면 말씀해 주시지요."

물론 넷 중 그 누구도 글의 내용에 이의를 제기하지 않았다. 이미 동의한 내용들이기 때문이었다.

그러자 왕전이 다시 입을 열었다.

"모두 동의하셨으니 이제 오늘의 협상은 합의가 된 것으로 하겠습니다. 이 서약서 다섯 장은 우리 다섯 사람이 각자 한 장씩 가지고 있게 될 것입니다. 그중 내가 가지고 갈 서약서는 무림맹 비고에 보관될 겁니다. 아시겠지만 무림맹 비고에 보관된다는 의미는 무림맹의 이름으로 오늘의 약속이 공인되는 것을 뜻합니다."

왕전의 말에 네 사람이 무겁게 고개를 끄떡였다. 무림맹이 공인한 약속은 누구도 함부로 깰 수 없다는 걸 알기 때문이었다.

네 사람이 침묵으로 동의하자 잠시 말을 멈췄던 귀산 왕전이 다시 입을 열었다.

"한 가지 더 드릴 말씀이 있습니다. 나 왕전은 비록 그리 대단한 사람은 아니지만, 그래도 나에 대한 강호의 신뢰는 확고하다고 생각하는 사람입니다. 지금까지 무림맹에 있으면서 내 입으로 뱉은 말을 어긴 적이 없고, 내가 보증한 일을 회피한 경우가 없습니다. 그래서 오늘 네 분이 하신 약속을 보증하는 사람으로서, 이 약속이 반드시 지켜지길 바랍니다. 만약 이 약속이 지켜지지 않게 된다면 아마도 난 이 일에 관여하게 될 겁니다. 부디 내게 그런 일이 일어나지 않기를 바라겠습니다."

간곡한 당부이고 진지한 경고였다.

그런 왕전의 태도가 오늘 이 약속의 무게를 더해주었다. 네 사람은 여전히 침묵으로 왕전의 당부를 수긍했다.

그러자 왕전이 조금 밝아진 목소리로 말했다.

"자, 이제 모든 일이 끝났습니다. 그러니 이제 돌아갈 사람은 돌아가고… 자넨 나와 술이나 한잔하지?"

왕전이 나왕에게 말했다.

"아직 한 가지 일이 더 남았습니다."

"응? 뭔가?"

"북두산문의 일은 끝났지만 제 일은 끝나지 않았지요."

나왕이 유추량과 상지손을 보며 말했다.

"이 와중에 더 원하는 것이 있소?"

상지손이 불쾌한 표정으로 물었다. 그러자 나왕이 말했다.

"조만간 강호에 이런 소문이 퍼질 겁니다. 만무회의 소회주와 검산파의 대공자가 불사 나왕에게 큰 실수를 해 양 문파의 주인들이 직접 사과하는 일이 있었다, 라고 말입니다. 물론, 실수의 내용은 알려지지 않을 것입니다만… 동의하십니까? 사실 이 정도면 나도 크게 양보한 것 같은데."

나왕은 백가산 북두산문의 장원에서 상황과 유목인이 그와 적월을 함정에 빠뜨린 일을 거론한 것이었다.

나왕의 말에 상지손과 유추량이 순간 노기를 드러내려다가 이내 허탈한 표정으로 말했다.

"후우, 좋소. 좋아. 오늘은 우리 두 사람이 크게 체면이 깎이는 날인데 다시 조금 더 창피를 당한다고 무슨 상관이 있겠소."

상지손이 지긋지긋한 자리를 빨리 끝내고 싶다는 듯 말했다.

"좋습니다. 그럼 나도 공식적으로 두 문파의 사과를 받아들이지요. 귀산 어른, 이제는 정말 술 한잔할 수 있을 것 같습니다."

"그러세. 오늘 같은 날은 술이 필요한 법이지."

귀산 왕전이 조금은 우울한 표정으로 대답했다.

*　　　*　　　*

두두두!

수십 필의 말이 일으키는 말발굽 소리가 한동안 이어졌다. 말을 탄 자들의 모습이 보이지 않게 된 후에도 소리는 한동안 사람들의 귀에 들려왔다.

그리고 급기야 그 소리마저 들리지 않게 되었을 때가 되어야 사람들은 긴장을 풀고 서로를 향해 미소를 지었다.

하지만 적월의 표정은 여전히 어두웠다.

"왜 그런 표정이냐? 일이 제대로 끝났는데."

나왕이 적월을 보며 물었다.

"그자의 말이 신경 쓰여서요."

"누구?"

"검산파의 대공자란 사람이요."

"유목인?"

"예. 잠깐 마주쳤을 때 그러더군요. 언젠가 반드시 다시 한번 겨루는 날이 올 것이라고."

"후후, 네게 패한 것이 몹시 자존심 상한 일이었나 보구나."

"내게 원한을 품은 사람이 어딘가에 존재한다는 것이 이렇게 찜찜한 일이었나 싶어요."

적월이 어깨를 으쓱거리며 말했다.

"기분 좋은 일은 아니지. 하지만 피할 수도 없는 일이다. 본래 사람 사는 세상은 은원의 고리에서 누구도 자유로울 수 없으니까. 그런 크고 작은 은원의 고리들이 사람의 역사를 만드는 거란다. 그러니 담담하게 받아들일 필요가 있어."

"뭐… 어쩔 수 없죠. 그런데요, 사부님."

"응, 하고 싶은 말이 더 있느냐?"

"왜 그 이야기는 하지 않으셨어요?"

"무슨?"

"백 년 전 검신에게 일어난 일 말이에요. 사실 그 이야기를 꺼냈으면 검산파와 만무회 주인들의 양보를 훨씬 쉽게 받아낼 수 있었을 텐데요?"

적월이 궁금하다는 듯 물었다.

그러자 나왕이 고개를 저었다.

"아니, 그건 네 생각이 틀렸다. 만약 내가 그 사실을 입에 올렸다면 오늘 두 사람은 모든 것을 걸고 이곳에 있던 모든 사람을 죽이려 했을 것이다. 그 일은… 두 문파의 존폐와 이어지는 비밀이니까."

"그럼… 영원히 비밀로 묻어둘 건가요? 그럼 백 문주께 너무 미안한 일이잖아요?"

"음… 일단 당사자들은 모두 죽었으니까. 그 문제를 다시 꺼내는 것은… 아, 모르겠다. 일단 좀 더 생각해 보자. 어쩌면 언젠가는 그 비밀을 말할 날이 올 수도 있겠지만 아무튼 지금은 아니다."

나왕의 말에 적월이 말없이 고개를 끄떡였다. 사부의 뜻이 이렇게 완강하면 그도 따를 수밖에 없었다.

그러자 그들 곁에 있던 자왕 사송이 분위기를 바꾸려는 듯
두 사람을 재촉했다.

"자자, 그만 들어갑시다. 문주가 연회를 베푼다고 하니 오늘은
제대로 한번 즐겨봅시다."

사송의 말에 유왕 서리가 타박을 했다.

"하여간 오라버니는 마시고 노는 걸 너무 좋아해요."

"아아, 동생. 그런 말 말라고. 불사 대협도 말씀하셨지만 은원
의 바다에 빠져 하루하루 고단하게 사는 우리 인간 아니겠어? 그
러니 술과 유흥으로 잠시의 즐거움을 얻는 것이 왜 나쁜 일이야?"

"하여금 말은 참……."

유왕 서리가 고개를 저으며 제자 공예와 함께 앞서 걸음을 옮
기기 시작했다.

요란하지는 않지만 풍성한 시간이 밤이 깊도록 이어졌다.

도검으로 거둔 승리는 아니지만, 만무회와 검산파를 굴복시켰
다는 승리감에 취한 북두산문 문도들의 호탕한 웃음소리가 밤
새 장원에 울려 퍼졌다.

그들 속에서 적월 일행도 오랜만에 여유 있는 시간을 즐기고
있었다.

그렇게 흥거운 시간이 흘러 자정에 이를 즈음 귀산 왕전이 백
완에게 물었다.

"문주께선 계속 이곳에 머물 생각이십니까?"

그러자 백완이 잠시 생각에 잠겼다가 입을 열었다.

"고민을 해봤는데, 이곳은 본 문의 문도들이 오래 머물 곳은 아닌 것 같군요."

"그렇지요? 북두산문이 재건되기 시작하면 수많은 고수들이 모여들 텐데 이 장원은 좀 협소한 면이 있지요. 그럼 역시 백가산으로……?"

"때가 되면 돌아갈 생각이에요. 하지만 일단 얼마간 강호행을 하며 사람을 모을 생각입니다."

"사람이라면……?"

"과거 본 문이 천하제일가로 군림할 때 본 문에 몸을 의탁했던 사람들 대부분은 만무회와 검산파로 흡수되었지만, 개중 일부의 사람들은 검신 조부님에 대한 의리를 지켜 두 문파의 눈을 피해 은거했지요. 그분들의 후예들을 찾아볼 생각입니다. 그동안 만무회와 검산파의 눈이 있어 만나지 못했던 분들이지요."

"하지만 이미 백여 년이 흘렀는데 과연 그들의 후예들이 북두산문을 돕겠습니까?"

귀산 왕전이 걱정스러운 표정으로 물었다.

"물론 쉽지는 않겠지요. 그러나 최대한 설득해 볼 생각이에요. 그렇게 해서 그중 삼 할의 사람만 얻는다고 해도 무척 큰 힘이 될 겁니다."

"물론 그러긴 하겠지요. 아무래도 검신에 대한 의리를 지켰던 사람들의 후예라면 보통 사람들은 아닐 테니… 아무튼 무운을 빌겠습니다. 그리고 새롭게 태어나는 북두산문의 무림에 큰 동량이 되길 바랍니다."

"경고신가요?"

백완이 물었다. 혹시라도 백완의 북두산문이 패도의 길을 가게 될 것을 경고하는 말이냐는 뜻이었다.

"무슨 말씀을! 검신의 후예께 어찌 그런 경고를 할 수 있겠습니까? 진정으로 북두산문의 부흥을 바라서 하는 말입니다."

"그렇다면 고맙습니다. 기대하신 모습을 보시게 될 겁니다."

백완이 다부진 표정을 표정으로 말했다.

그러자 귀산 왕전이 슬쩍 시선을 돌려 조금은 흐트러진 모습으로 술잔을 기울이고 있는 불사 나왕에게 말을 건넸다.

"불사 자네는?"

"뭐가 말입니까?"

나왕이 되물었다.

"이젠 어쩔 생각이냔 말이네."

"모르셨습니까? 청부문을 하나 만들 생각이라고 했는데……."

나왕의 대답에 귀산 왕전이 얼굴을 찌푸렸다.

"지난번에도 말했지만 불사 나왕에게 청부문은 어울리지 않아!"

그러자 불사 나왕의 맞은편에 앉아 있던 자왕 사송이 불쾌한 표정으로 물었다.

"청부문에 몸 담은 사람은 천한 족속이란 뜻입니까?"

"아아, 오해는 마시오. 십이지방과 같은 문파는 논외니까. 하지만 일반적으로 강호의 청부문이 사람들의 존중을 받지 못하는 것은 현실 아니오?"

그러자 나왕이 입을 열었다.

"그래서 십이지방과 같은 청부문을 만들 생각입니다."

"호오! 그래? 그럼 다들 함께?"

귀산 왕전이 자왕 사송과 유왕 서리를 보며 물었다.

그러자 두 사람도 나왕을 보다 자왕 사송이 물었다.

"불사 대협, 정말 우리와 함께하실 것이오?"

"바늘 가는 데 실이 따라가야지 별수 있겠소? 저 아이의 운명이 십이지방에서 벗어날 수 없으니……."

나왕이 턱으로 적월을 가리키며 말했다.

"아이고, 이거 정말 고맙소이다. 불사께서 도와주신다면 천군만마를 얻은 것이나 다름없지요. 하하하… 이제 정말 제대로 십이지방을 재건할 수 있겠소이다."

그러자 나왕이 고개를 저었다.

"그 십이지방이라는 이름은 바꿨으면 하오만……."

"그 이름이 싫으시오? 우린 뿌리 같은 이름이라 바꾸기는 아쉬운데……."

"불파일맥이 합류한 문파요. 방이라는 말이 마음에 들지 않소."

나왕이 명확하게 자신의 뜻을 나타냈다.

"그럼 뭐로 하면 좋겠소?"

"천으로 바꿉시다. 까짓 일단 시작하기로 한 것, 강호 최고의 청부문이 되어봅시다."

"그럼… 십이천문?"

"그렇소. 좋지 않소?"

"음… 나쁘지 않은 것 같구려. 동생은 어때?"

사송이 유왕 서리에게 물었다.

그러자 서리가 대답했다.

"이름이 무슨 상관이에요. 불사께서 함께하시겠다는데."

"하긴! 그렇군. 좋소이다. 십이천문, 그게 이제부터 우리의 문파요."

자왕 사송이 시원하게 동의했다.

그러자 그 모습을 보고 있던 귀산 왕전이 묘한 표정으로 중얼거렸다.

"허! 오늘 내가 무슨 운인가? 과거 천하제일문이었던 북두산문과 과거 천하제일의 청부문이었던 십이지방이 다시 태어나는 이 특별한 순간을 보게 되다니. 아무튼 두 문파 모두 무운을 빌겠소."

그렇게 그날 개봉 인근의 작은 장원에서, 향후 무림에 큰 파장을 몰고 올 두 문파가 재건되었다.

『십이천문』 3권에 계속…